铜碗金聲

TONGWAN JINSHENG——曲沃碗碗腔传

刘　平　史建荣◎著

山西出版传媒集团　山西人民出版社

图书在版编目(CIP)数据

铜碗金声:曲沃碗碗腔传 / 史建荣,刘平著.--
太原:山西人民出版社,2015.4
ISBN 978-7-203-08950-6

Ⅰ. ①铜… Ⅱ. ①史… ②刘… Ⅲ. ①纪实文学—中国—当代 Ⅳ. ①125

中国版本图书馆 CIP 数据核字(2015)第 039577 号

铜碗金声:曲沃碗碗腔传

著　　者:刘　平　　史建荣
责任编辑:孙　琳
装帧设计:昭惠文化

出 版 者:山西出版传媒集团·山西人民出版社
地　　址:太原市建设南路 21 号
邮　　编:030012
发行营销:0351—4922220　4955996　4956039
　　　　　0351—4922127(传真)　4956038(邮购)
E — mail :sxskcb@163.com　发行部
　　　　　sxskcb@126.com　总编室
网　　址:www.sxskcb.com

经 销 者:山西出版传媒集团·山西人民出版社
承 印 厂:曲沃县晋华印刷有限公司

开　　本:787mm × 1092mm　1/16
印　　张:18.25
字　　数:280 千字
印　　数:1—2000 册
版　　次:2015 年 4 月　第 1 版
印　　次:2015 年 4 月　第 1 次印刷
书　　号:ISBN 978-7-203-08950-6
定　　价:38.00 元

蒲剧著名表演艺术家筱兰香(右二)从艺六十周年与弟子张玉琴(右一)、孙金娥(右三)合影。

川剧著名表演艺术家涂卿芳(中)在曲沃碗碗腔剧团传艺后留影。

1960年9月侯马市碗碗腔剧团正式建团，全体人员合影留念。

著名作曲家王酩(1934—1997)(二排左五)到曲沃采风时与曲沃碗碗腔剧团演员合影。

著名作家胡正和山西省文联领导在曲沃碗碗腔剧团采风后，与剧团演员合影。

著名作曲家、中国音乐家协会主席赵季平（右二）在观看碗碗腔传统剧目《三忘卖布》后，与演员谈话交流。

20世纪80年代初期，陕西、太原、曲沃三家碗碗腔剧团团长、副团长在临汾地区进行工作交流后合影留念。

全国第九届戏曲小梅花奖获得者刘敏（前排左一）与辅导教师合影。

2015年5月，年逾80高龄的著名川剧表演艺术家涂卿芳（中）重返曲沃碗碗腔剧团，再次向碗碗腔演员传授戏曲表演艺术。

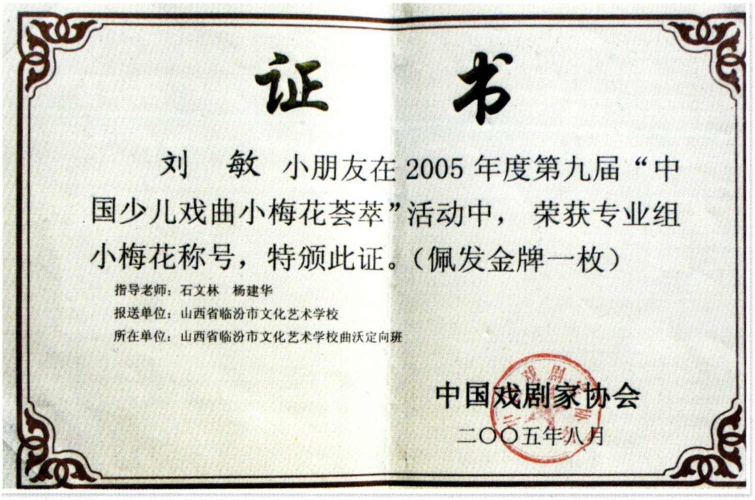

证　书

刘　敏　小朋友在2005年度第九届“中国少儿戏曲小梅花荟萃”活动中，荣获专业组小梅花称号，特颁此证。（佩发金牌一枚）

指导老师：石文林　杨建华

报送单位：山西省临汾市文化艺术学校

所在单位：山西省临汾市文化艺术学校曲沃定向班

中国戏剧家协会

二OO五年八月

全国第十五届群星奖
获奖证书

HUO JIANG ZHENG SHU

山西省文化厅：

你单位报送的作品《人约黄昏后》在全国第十五届群星奖（戏剧）比赛中获群星奖。

特发此证

二〇一〇年六月

序　言

朱晓东

习近平总书记在文艺工作座谈会上强调指出：文艺是铸造灵魂的工程。“移风易俗，莫善于艺”，文化艺术历来是价值观孕育生成的沃土。在人类历史的发展进程中，文化艺术一直起着引导教化民众的作用。全面了解一个地方的历史，离不开对这个地方的文化艺术进行深入考察。从这个意义上讲，了解曲沃的历史，就必须考察曲沃的文化艺术。而考察曲沃的文化艺术，一定避不开对国家级非物质文化遗产保护项目——曲沃碗碗腔的研究。

在永济市工作的时候，我知道永济是蒲剧的发源地，一出《西厢记》让永济名满天下。从那时起，我就开始关注戏曲艺术和戏曲工作。到曲沃工作后，我了解到，曲沃的地方戏曲剧种碗碗腔在晋南甚至全省颇负盛名，而且和蒲剧有着极近的“血缘”关系。但是，我却没有看到专门的研究书籍或者讲述曲沃碗碗腔发展历史的著作。前些日子，县委常委、宣传部长牛春平和县文体广电新闻出版局局长董朝晖、县碗碗腔剧团团长刘平来找我，嘱我为即将出版的《铜碗金声》一书作序。我由此又了解到，早在2006年，刘平和史建荣同志就已经开始了这一方面的专题研究。目前,他们撰写的书稿已经通过山西人民出版社的审定,即将付梓。这让我感到十分欣喜,因为这本书的出版不只是弥补了我心理期待的缺憾,它还填补了全国地方戏曲小剧种研究方面的空白,打开了一扇曲沃和外界进行文化艺术交流的窗口,对我县加速推进“文化立县”进程意义重大。

为此,我从曲沃碗碗腔戏曲传承与创新的角度再赘言几句:

一是要努力弘扬社会主义核心价值观。早在延安文艺座谈会上,毛泽东同志就指出,“我们的文学艺术都是为人民大众的,首先是为工农兵的”。同样的道理,戏曲艺术也必须成为广大人民群众共同的审美取向。曲沃碗碗腔在传承优秀戏曲艺术工作时,必须要发挥好核心价值观的载体作用,必须唱响主旋律,充分发挥戏曲艺术讴歌人民、凝聚力量、鼓舞人心的重要作用。作为戏曲文艺工作者,要认真贯彻党的文艺方针政策,用高质量高水平的作品形象地告诉人们什么是真善美,什么是假恶丑,什么是值得肯定和赞扬的,什么是必须反对和否定的。通过生动感人的故事、形象、表演、唱词、旋律等丰富多彩的艺术化表达,把先进文化和传统美德,把真善美和正能量传递给广大群众,使他们在感动、感悟的审美过程中获得艺术享受、心灵震撼、思想启迪和道德升华,并转化为精神力量和理想信念。

二是要坚持继承与创新并举。曲沃碗碗腔是一个独具魅力的地方剧种，在20世纪六七十年代便风靡一时，拿回过许多奖项。《五花马》、《莫愁女》、《打金枝》等传统剧目曾经有过一年连续演出300多个场次仍盛演不衰的骄人成绩。在碗碗腔现代戏方面，更是排演出了《智取威虎山》、《看瓜》、《断路》、《闹果园》、《上工地》等剧目，为曲沃赢得了“小戏之乡”的美誉。2000年以后，曲沃碗碗腔进入一个新的历史发展阶段，不但捧回了第九届全国戏曲“小梅花”奖和全国第十五届“群星奖”，而且还被纳入国家级非物质文化遗产保护项目。碗碗腔之所以能够获得这样的荣誉，是因为曲沃戏曲工作者始终坚持继承与创新并举，善于汲取精华、不拘泥于教条、不死板僵化、敢于改革创新的结果。

三是要坚持多出精品。我个人认为，在戏曲创作表演上，真正的佳作是没有样板和模式的。那些叫得响、传得开、留得住的戏曲艺术精品，都是编剧、导演和演职人员呕心沥血、精益求精铸就的。这就需要广大戏曲工作者扎根基层、扎根生活，在深入人民生活中采撷文化养分、汲取创作营养、创作文艺精品。当然，我也希望曲沃县碗碗腔剧团能紧密结合我县的文化历史，推出更多立意高远、打动人心、样式新颖、内涵丰富，能经得起历史检验和群众评价的优秀剧目。

我深信，曲沃碗碗腔作为一个优秀地方戏曲剧种，在弘扬正能量、讴歌主旋律、引领新风尚和建设“美丽曲沃、幸福家园”方面一定会发挥越来越重要的作用！

是为序。

铜碗金声唱新曲

郭惠勇

地方戏曲与地域的历史沿革、政治经济及语言声韵均有着十分密切的联系。在素有“铜碗金声”之称的碗碗腔之乡曲沃工作，对于碗碗腔这一剧种曾有过一些思考。一是，曲沃作为晋国古都，作为诗经“扬之水”等篇章的产生地，戏曲，在曲沃可以追溯到什么年代？二是，在不少地方戏，境况不佳的形势下，曲沃碗碗腔何以坚持至今？三是，在“文化立县”战略中，碗碗腔占据着什么样的地位？特别是应该如何更好的“古为今用”？为曲沃的经济和社会发展服务。

恰逢曲沃县文体广电新闻出版局要出版一本反映我县戏曲文化历史的书籍《铜碗金声》，董朝晖和刘平、史建荣等同志一起来我办公室，邀我作序。翻开样书一看，地域文化浓厚，读之颇感亲切，正好又契合了我长久以来的思考，于是欣然应允。

公务之余，抽暇读史，为写序做些准备。翻阅《国语》，看到了“公之优曰施，通于骊姬”的记载。内容大概是“施以优人杀太子，说里克，逐群公子”。据徐慕云先生《中国戏剧史》考证“优之见于载籍者，优施其最先乎”。这里所述的史实就发生在春秋时期的晋国，而书中记载的“优”，就是“中国历史上最早的职业演员”。可见，戏曲文化在曲沃的历史至少可以上溯到春秋时晋国的早期。

但是，在西周以来漫长的历史中，曲沃一直没有确定一个属于自己的剧种，直至1877年，碗碗腔由陕西皮影戏艺人带入曲沃，算来也不过是近140年的历史。翻阅《铜碗金声》一书，不禁感慨系之。可喜的是，碗碗腔一经植入曲沃这片文化沉淀深厚的地方，便生根发芽、繁荣不衰，在全国成为一个独立的地方戏剧种，并在晋南一带声名鹊起，“飞入寻常百姓家”。听一些老艺人们讲，在20世纪七八十年代，《五花马》、《打金枝》等剧目有时一年竟然连演300多个场次，观众仍然观之不厌。2000年以来，碗碗腔剧团又连续捧回全国第九届戏曲“小梅花”金奖和全国第十五届“群星奖”。2006年，曲沃碗碗腔被列入省级非物质文化遗产名录；2011年，曲沃碗碗腔又被列入国家级非物质文化遗产名录。谈到这些成就，大家一致的认识是，这期间的发展，主要得益于几个方面的因素：一是在20世纪60年代，县碗碗腔剧团从社会及学校一次招考了一大批符合戏曲演员条件的有文化的演员，明显提高了剧团人员的文化素质及整体素质。二是在进入20世纪80年代后，同临汾地区戏校联办中专班，进一步提高了剧团的专业水准，彻底改变了师傅带徒弟的狭隘局限。三是不断地“请进来”，融入了西安及临猗眉户剧及歌剧的音乐，使得这一地方皮影戏发展而成的小剧种进入了现代戏曲审美的大视野。还有一个原因就是，碗碗腔委婉的曲调，同曲沃人宽厚包容的性格十分吻合。

文艺从来都是与政治经济息息相关的。可以说,碗碗腔的发展又迎来了一次大好的发展机遇。近年来,县委、县政府围绕建设“全国最大的晋文化研究开发基地”,大力实施“文化立县”战略,晋文化正逐步渗透融入到全县经济社会发展的各个领域、各个方面。放眼全县,大到以晋国博物馆为龙头的晋文化六区一线旅游线路和晋之源八大现代农业园区,小到城市景观、建筑楼宇、道路护栏、公交站台,无不融汇植入了晋文化的元素和符号,就连城区主要街道、巷道和居民社区的名称也都渗透进了晋文化的内涵,这些都为进一步宣传推介晋文化打下了良好基础。特别是我们在建设占地300余亩的晋都文化公园(简称晋园)的过程中,充分考虑了曲沃碗碗腔在弘扬晋文化中的独特地位,专门投资为戏迷和票友们建设了一座高标准的仿古戏台。2014年7月,曲沃碗碗腔剧团曾在晋园古戏台连续演出数天,观众如云,场场爆满。广大群众对碗碗腔的热爱之情,令人感动。

曲沃碗碗腔在曲沃这方历史悠久的文化土壤中,通过不断汲取语言、音乐、民俗、礼仪、节庆、信仰等方面的丰富养料,已经成为中国戏曲文化的宝贵遗产和晋文化的重要组成部分,成为曲沃的一个文化品牌和名片,这是值得我们庆幸和欣慰的。作为一名热衷于晋文化的传播者、弘扬者,作为一名服务于曲沃人民的基层领导干部,我期望曲沃碗碗腔剧团能紧紧把握党的文艺方向,创作出更多优秀作品,不断地把曲沃碗碗腔传承下去、推广开来,让晋文化通过这一广大群众喜闻乐见的艺术表现形式更加发扬光大！

即将出版的《铜碗金声》这本反映曲沃碗碗腔戏曲的文化历史书籍，可以说是在系统研究我县地方戏曲发展史方面开了先河，对传承和弘扬晋文化意义非常，可喜可贺。

是为序。

目 录

第一章 DIYIZHANG

背着皮影过黄河

同州影戏

清光绪元年(公元1875年)。陕西省同州府。

正月十六,天上飘着瑞雪,爆竹时不时噼里啪啦地在耳边炸响,整个同州府都还沉浸在过年的气氛中。

一大早,德祥班的班主九月红就忙活着张罗家伙什。今天是组班庆祝的日子。按照皮影班社沿袭下来的规矩,在这一天里,班社的前首、签手、上档、后槽、下档要聚在一起,买肉炒菜,大口喝酒,庆祝新的班子搭伙成功。在面红酒酣之后,要给左邻右舍的乡亲上演一出“全班子”戏,向大家宣告新班子成立,可以开张演戏了。

酒是从中午喝起的,一直喝到天快黑。九月红站起身,打了一个极响亮的喷嚏,然后招呼大家起来搭台子演皮影戏。

九月红家的庭院不大,聚不了太多的人,就在门外的平坦处扫出一块空地来,麻利地支起了架子,围上了围子,撑展了亮子(表演皮影戏使用的幕布),燃亮了灯火,一个小小的皮影戏台一瞬间就搭建好了。

天上还飘着细碎的雪花，但在戏台的前面仍挤满了人，红着鼻子，哈着寒气，心里却热乎乎地期待着一场好戏的上演。

看看人气已经聚得满满涨涨的了，九月红操起月琴刚起了个过门，“亮子”上就映出了两个“弯弯眉、线线眼、樱桃小口一点点”的美娇娘，纤腰细细，莲足轻摇，秀婉妩媚。就在碗碗叮叮当当的音律回旋之际，九月红嗓子一亮唱道：

姐妹们进庙来参拜佛祖，
游洞天登宝塔绕遍回廊，
把雕梁和画栋无心观赏，
愿上愿神赐我美貌才郎——

那声音细若游丝，却又尖亮切响，转腔急徐绵细，让人荡气回肠。满场子的人瞪着眼睛盯着“亮子”上美若仙娘的小姐，心早就跟着九月红的碗碗腔一起游园去了。

皮影戏一直唱到亥时，雪霁月明，方才结束。等人群散去，九月红从怀里拿出一本戏单，开始盘算着从正月到五月端午这“一料戏”的行程。在这一季里，德祥班将根据去年下的戏单，带着戏班携箱赶赴华县、蒲城、商城等周边区域为富户祈福辟禳、酬谢神灵、了还俗愿，或为村社唱戏娱乐、欢庆丰收。

九月红的德祥班在同州、朝邑、蒲城、华县、华阴、临潼一带很有名气，财东富户和村社以能请德祥班艺人演戏为荣，争相邀请。“能看德祥班，三天不吃饭”、“看了九月红，哭得眼睛痛”等民间戏谚说的就是德祥班。九月红天生一副圆润的好嗓子，真假嗓运用自如，唱腔婉转甜美，善演悲情戏，每到动情处，似吟似唱，一哀三叹，让观者唏嘘不已、泪湿衣襟。

"上了沙底坡(地名,在同州府境内),活文(皮影艺人)比驴多。"据资料记载,清朝末年,在陕西省同州府(现陕西省大荔县)影戏盛极一时,像德祥班这样的皮影戏社班大约有50个。他们大多数由五个艺人组成,俗称"五人忙",每年定"三料子"(一料子约为一季,每年按正月、五月端午、八月十五分为三季)戏。戏班内分工明确,除一人挑签充当操作皮影戏人的签手外,其他四人,一人均兼数职,可操作19件乐器。其中,前首一般是班主或领班,司月琴、堂鼓、边鼓、手锣,负责剧中各种人物的唱念,一人身兼生旦净末丑,在演出中处于首要位置;签手又称"灯底下的",负责皮影戏人的操作、道具摆布,间或帮腔,是影戏演出的重要人物;上档司二股弦,又称"硬弦",兼管铙钹、长号、唢呐,间或搭上几句"岔子话",属于影戏演出中不大忙的人,行内称"要想闲、二股弦";后槽,又称"打后台的",司碗碗、大锣、马锣、梆子、铰子,时或帮腔,行内话称

作者刘平在陕西省大荔县朝邑镇沙底村走访时,与同朝皮影戏代表性传人段满瓮交流月琴弹拔技艺。

"自由自在,打后台儿";下档又称"板胡儿",帮签(签手的助手),司板胡、唢呐、长号,间或帮腔。

同州影戏是碗碗腔产生的重要源头。据《朝邑县志》、《沙苑志》、《重修华县县志稿》载:碗碗腔是由同州影戏的说唱艺术发展而成的一个地方剧种,因其是以皮影的形式在夜间演出,以纱窗借光显影,被群众称为"月调"、"纱窗调",又因其主要节奏乐器为小铜碗而得名。也有人说因领奏乐器月琴旧称"阮咸",故名"阮儿腔"。其唱腔属于陕西东路碗碗腔,声腔为板腔体,主要板式有慢板、慢紧板、紧板、二六板、煽板、二八板、滚板、扬句子、三不齐、单句送等。腔调分为花音、平音、哭音,一般情绪用平音,表现高兴时用花音,表现激昂时用哭音。

在碗碗腔的传播和演变中,有一大批像九月红这样的皮影艺人,在继承老一代艺人的说唱风格时,逐渐融入人文风俗、民间曲调,不断丰富和完善同州影戏的板式唱腔、演出程式,把碗碗腔发展成为一门具有浓郁地方特色的戏曲艺术。

丁戊奇荒

九月红和德祥班的命运是被一次铺天盖地的大饥馑改变的。

清光绪二年(公元1876年),谷雨。

在朝邑一个富户家唱酬神戏的九月红,越来越觉得天气的异常。老天爷似乎憋足了劲,从去年冬天起就没有阴过一晌天,更没有飘过一片儿雪花、滴下过一滴儿雨点,空气中弥漫着一股呛人的尘土味。小雪、大雪,没有飘雪;雨水、谷雨,没有下雨。每一个应该降水的节气,都被老百姓掰着指头算来算去,但还是没有盼来一点儿雨水。天气干净得怕人,甚至连一丝儿云丝都没有,只有一个大日头在头顶上晒着。

“谷雨无雨，交回田主。”九月红想到这句农谚时，不禁吓了一跳，他感到有些莫名其妙的心慌。冬麦已经枯死了，春耕播下的种子也早就化成了灰土，连个芽儿也没有发。谷雨谷雨，雨生百谷。谷雨没有下雨，地旱得连犁都拉不开，看来真的要遭年馑了。

的确如九月红所想，同州、朝邑、蒲城、华县，乃至整个关中平原、整个陕西，一场百年不遇的旱灾已经降临。

芒种，夏粮无收；立秋，秋苗无收。

白露，叶无凝露；霜降，地无结霜。

同州大饥，烈日炎炎，赤地千里，民“几不知禾稼为何物矣”。《续陕西通志稿·荒政》载：

> “六月以来，民间葱、蒜、莱菔、黄花根，皆以做饭，枣、柿、甫结子，即屑榆不弃，粗皮或造粉持卖。桃杏枝、桑干叶、油渣、棉籽、酸枣、麦谷草，亦磨为麦面，槐实、马兰根、干瓜皮即为佳品。苜蓿多冻干且死，乃掘其根，并棉花干叶与蓬蒿诸草子及遗根杂煮以食。近山有食石面者，多致死。严禁乃止。牛马多杀食，鸡豕猫犬殆尽，捕鸠鹊，掘鼠兔，取断烂皮绳鞋底、废皮浸煮，醯糟、由尘和为粥，或弃瓜蒂、菜须尘土中，亦取以啖，绳头破布、灰炭皆强吞嚼。”“饥民相率抢粮，甚而至于拦路纠抢，私立大纛，上书‘王法难犯，饥饿难当’八字。”“饥民鬻男弃女，不计其数，人互食，道殣相望，死者大半，十有七八家破人亡。”

九月红和德祥班已经无人延请说唱影戏。为充腹活命，九月红和他的家人“凡树皮草根之可食者，莫不饭茹殆尽，苟延一息之残喘”。

这次大饥馑，一直持续了三年，以光绪三年（1877年，旧历丁丑年）、光绪四年（1878年，旧历戊寅年）最为严重，史称丁戊奇荒。

东出潼关

九月红被饥饿折磨得近乎耗竭了元气，赖以维持生命残喘的意志也几乎被摧毁殆尽。他五岁父母双亡，七岁沿街乞讨，十岁拜师学艺，饥饿是童年留给他最为残酷的记忆。但是，这一次，他感觉完全不一样，这一次的饥饿是没有尽头的，一开始就把人推向死亡的边缘，让人看不见一丝可以活下去的希望。为了活命，家里能够换成粮食的物件已经全部变卖光了，几间破屋也作价典了出去。唯有一箱子皮影和几件乐器，他没有舍得卖。那是他养家糊

作者史建荣在陕西大荔县采访后与碗碗腔皮影戏艺人合影

口的物件，从拜师学艺时起，九月红就把说唱皮影戏作为改变命运的稻草，紧紧地握在手心，他把影戏看得比生命还重要。当饿得面目青黝、两眼发直的婆娘跪在地上苦苦哀求他卖掉皮影时，他是哭喊着扑到皮影箱子上，哑哑地吼出几个字："命，这是我的命啊"！

如今，皮影背在身上，真成了要命的累赘。九月红佝偻着身子，喘着粗气，拄着拐杖的手不停地颤抖，腿脚像灌了铅水一样沉重得迈不开。他感觉快要撑不住了，但他不能倒下去，一倒下去，他就会成为野狗和老鸹争相分享的美餐。他尽力支撑着，也许出了潼关，过了黄河，到了河东，凭着这皮影戏，还有一条活命的路子。

前面就是黄河了。九月红的心情一下子悲怆起来，如同那奔流的滔滔河水，肆意泛滥，难以自抑。他猛地回转过身子，从身边的签手王义怀里一把抓过月琴，面对着潼关"扑通"一声跪了下来，拼尽全力用低沉而嘶哑的腔调唱道：

天爷爷（音ya），
烈日炎炎如火圈，
禾稼枯死炊烟断，
榆皮树根难下咽，
白土干泥作餐饭。

天爷爷，
道殣相望悲声起，
赤地千里少人烟，
不洒甘霖滋禾稼，
不兆黎民枉为天。

九月红一直唱到喉咙撕裂般的干哑,“噗”地吐了一口血痰,就再也发不出声音来了。

那一年是清光绪三年(1877年),惊蛰。九月红在心里深深地刻下了这个日子,一刀一刀都是血红血红的。

第二章

DIERZHANG

巧剪桐叶映纱窗

流寓浍水边

自打过了黄河，九月红和妻子、签手王义一行六人从风陵渡一路行乞，相互搀扶，踉跄北上，至绛州（现山西省运城市新绛县）后改为沿浍河河道东行。

清光绪三年（1877年），谷雨。九月红到达曲沃县浍河岸边的古村庄——韩村。

韩村，因三家分晋的韩氏后裔居此而得名，距离曲沃县城仅1公里，村人好客侠义、待人至诚，民风淳朴。清代顺治年间进士韩宣曾邀请明末清初思想家、大学者顾炎武在其"宜园"居住，资助顾炎武潜心著述《日知录》（"天下兴亡，匹夫有责"的千古名句即写于此地）。1682年，顾炎武在曲沃韩村病逝后，韩宣又多方筹资使顾炎武得以归葬故里。

一次简单的抉择和改道，成为碗碗腔传播史上的转折点，为碗碗腔落户曲沃，并发展成为曲沃碗碗腔，创造了一个特殊的机缘。面对久远的年代，我们无法拨去历史的迷雾，更无法洞悉九月红内心的真实想法。但是，我们一定可以猜到，九月红和他的伙伴们在临近死亡的境地下，一定会选择向可以生存、可以活命的地方行进。他们选择沿浍水而行，也一定是因为他们认定有水的地方必然会土肥苗茂、物产丰饶。即便是当时的丁戊奇荒在晋地四处蔓延，稼禾无收，饥丁遍野。（据《曲沃县志》记载：光绪三年（1877年），春夏干旱，汾浍几竭，麦秋无收。冬，大饥，人相食。灾害连续三年，死人无数。）九月红最终还是把行走的方向选择为沿浍水向东，把落脚点选择在曲沃的韩村。

九月红栖身的破窑洞

在韩村的一间破窑洞里，九月红放下皮影箱，开始安营扎寨。

谷雨的夜出奇得黑、出奇得静，窑洞的四周连一声犬吠也没有。饥饿再一次向九月红袭来，空空的肚子像一块干布拧绞在一起，拧巴得难受，却一点儿东西也拧不出来。胃紧接着痉挛起来，把九月红的身体抽搐成一团，虚汗一滴一滴从额头滴落，洇湿了身子下面铺着的破炕席。他不知道还能不能活到天明，但他确定自己要留下来，不再走了，就是死也要把这一把干瘦的骨头留在浍水边上的韩村。

最早发现九月红的人是韩村的韩之文。韩之文一大早就提着瓦罐到城里的感应寺（曲沃人俗称西寺庙）吃舍粥，在路经那一间破窑洞时发现了九月红这一群外乡人。

韩之文的一瓦罐舍粥很快就被九月红等人分食得一干二净。尽管舍粥清稀寡淡，九月红依然喝得十分香甜。肚中有了点东西，九月红开始精神起来。他撑起身子给韩之文磕了三个响头，忽然号啕大哭起来，一直哭到气力全无。韩之文是个老实人，站在窑洞中间，一时无措，不知道该如何相劝。等九月红哭完，韩之文才晓得九月红是从陕西同州府逃荒而来的皮影戏艺人。韩之文安慰好九月红，转过身子恹恹地向家走去。一个时辰过后，韩之文将从各家收罗来的几捧麦糠和三五块干窝窝（一种用玉米面或麸皮做的面食）递到九月红手里，鼻翼轻轻抽搐了几下，叹了一口气，声音柔弱地说道："先将就着吃吧，俺村里的光景也一样不好过。韩村离县里近，讨舍粥方便，过光景细作些，也许饿不死。"

有时候，我们会惊异地发现，历史往往会重现它过去的影子，人生往往存在着许多机缘巧合。清初，韩村人因资助顾炎武写完鸿篇巨作《日知录》，留下了一段仗义侠气的佳话。在此之后的近200年中，韩村人因救助九月红而名存梨园，不只是留下了一段佳话，还成就了碗碗腔在曲沃的落地生根，留下了一份宝贵的代代相传的文化遗产。

义救张林保

那个早晨，韩村街头一片静寂。

静寂得听不到一点儿声响，弥漫在空气中的依然是饥饿和死亡的气息。

九月红刚一从破窑洞里爬起身子来，饥饿就张开了大嘴要吞没他。

要在早几年前的日子，每天的黎明是他睡得最香甜的时候，他一直会睡到鸡鸣、犬吠、猪哼哼，各种声音充盈满屋子，等到婆姨一声吆喝，他才会懒懒的伸直腰板，打一个长长的呵欠，然后才从被窝里坐起身来。那时候的早晨，每天都是一个崭新的开始，到处都是生机勃勃。

而现在，他憎恶早晨，一睁开眼睛，就看见那颗圆溜溜、贼光光的日头挂在天上，饥饿就会随之蔓延而来。九月红狠狠地看了一眼天上的日头，心里暗暗诅咒着：要是老子有一双铁手指，就把你从天上抠下来。

九月红不敢把心里恶毒的想法表露出来，只是悄悄地咽了一口唾沫，润了润干燥的嗓子，拿起一个破碗就朝县城走去。

九月红的身后，签手王义背着一个破口袋，手里也抄着一个破碗，紧紧跟着。

县城中西门外的感应寺塔前，早就集聚了一大帮饥民，或立、或坐把寺院前的空地全挤满了，像待哺的小雀一样伸长了脖子等着寺庙里僧人的舍粥。

曲沃县感应寺砖塔

在塔下西南的一个小角落里，有一个满面污垢、衣衫褴褛的少年，面前摆着一个用木头挖成的碗，手里擎起两块竹板，边敲边唱：

梳头匣，描彩金，岭南有人来相亲。
姑娘有心嫁人家，爹娘开口吓死人。
爹要银子九千两，娘要金子九十斤。
羚羊赶来一百对，骏马一定红全身。
哥哥嫂嫂更狠心，四个金盘端海参，
十二个元宝垫柱子，廿四颗珍珠满院滚。

九月红和王义挤进人群，站在不远处痴痴地看着讨饭的少年。那少年看上去面色蜡黄、身材细长，单薄的身板一阵风就可以吹透，尤其是那长长的脖颈，瘦巴巴得只剩下一层皮包裹着喉管，让人看上去就觉得一阵心酸。不过，少年的唱功还不错，声腔利落细长，略略带着一点儿沙音悲声。

无论怎样的含悲唱曲，少年面前的木碗不曾讨来一粒米、一枚钱。饥饿已经让人变得异常麻木，大家都一样的肚腹空空，怜悯别人是件奢侈的事情。

忽然，感应寺的大木门吱呀地响了一声，九月红就看见人群立即像潮水一样向寺门涌动，伴随着"饿、饿"的叫声，数百个各种样式、各种颜色的碗、钵、皿，一起高举了起来，在人潮上面起起伏伏地碰撞着、交汇着。

九月红和王义也随着这股潮水向寺门涌过去。在寺门的狭窄处，没有来得及撤去的宽大而厚实的包铁门槛，成为阻挡这股"潮水"的一道屏障，"潮水"在这里变得激荡起来，不时打个旋儿，眼看着许多人的破鞋、破碗被"潮水"涌掉，许多人被漩涡旋倒在地。前面的人涌在一起走不动倒在地上，后面的人涌上来就用脚踩踏上去，一时间"饿、饿"的潮声夹杂着叫骂声四下涌起。

寺门门槛前，被挤倒在地上的饥民，捂着脑袋，任凭千百只脚从背上踩踏而过，痛苦地连扭曲一下身体的力量都丧失了。

九月红被人潮裹挟着涌进了寺庙内，在大殿前支起的大口锅里，讨得了一碗舍粥。粥一舀到碗里，九月红就迫不及待地吸溜着喝下肚子。寺院里舍粥的规矩是一人一碗，为防止饥民贪多，便把粥做成滚烫的粥。饥民惧怕烫伤，就不敢在粥锅前拥挤，也不能立即入口喝完再讨一碗。等着粥凉了，可以喝了，锅里的粥也分完了。这是一个极聪明的办法，用最原始的办法来确保舍粥的公平。但是，再好的办法也会有漏洞，那就是像九月红这样因饥饿而不惧怕烫伤的人，极有可能讨得第二碗舍粥。

事实上，九月红不仅仅讨到了第二碗粥，还用这第二碗粥救活了一条人命。

等到饥民渐渐散去，九月红发现寺门的门槛上斜倚着刚才那个唱曲的少年。九月红把手中的粥递给签手王义，趔趄着跑过去，把少年扶起来抱在怀里。少年看上去很虚弱，额头青紫，嘴角有一丝血迹，双手哆哆嗦嗦地捂着肋骨处，口里嘘嘘地喘着气。

“快把粥端过来。”九月红向签手王义喊道。

“这粥……”签手王义有些不情愿。

“这娃是被挤倒后踩伤了，身子骨太虚了！”九月红有些心疼地注视着怀中的少年，把碗里的粥凑到少年的嘴边。

“救人要紧，救人一命胜造七级浮屠！”九月红让签手王义把少年扶到自己肩上，喃喃自语地望着寺院里的古塔。

九月红眼前的这座感应寺塔因寺而得名。据《曲沃县志》记载：感应寺塔，俗称西寺塔，位于县城下西关感应寺内，建于金大定五年（1165年），塔基约43.98㎡，底座周长23.3m，高12层。元大德七年（1303年）大地震，塔身一裂为二，坠4层，今存8层，高35m。

九月红想，这塔既然叫感应寺塔，又大震不毁，巍巍而立，也许有些灵气会保佑这少年不死，我也算是做了一件善事。

但是，九月红不曾想到这位名叫张林保的少年，日后会成为他的衣钵传人，并将皮影碗碗腔艺术传播到山西的孝义。

传艺薛家园

曲沃县城的薛家是晋南一带有名的大财东。薛家的源隆公钱庄，开设于清代雍正年间，初期经营银钱兑换，发行钱票。后来，兼营平遥票号的银两出纳业务，日渐发达，百年不衰。曲沃民谣有

薛家大院外景

“拉不完的旱烟，花不完的薛家”之誉称。

薛家的老财东要为孙子过满月，想找人请戏班子热闹几天。凑巧韩村的长工说本村来了几个陕西大荔的逃荒人，会唱皮影戏。老财东就提前打发管事的到韩村下聘金，定好要连唱三个夜场。

正被饥饿和贫困熬煎得度日如年的九月红，立刻连连作揖接下聘金，应承日子一到就去县城的薛家大院唱戏。

那一天，薛家大院门前鲜竹成对、幼竹夺翠，竹枝上高悬红布条、圆镜、铜铃和各色干果；写着“敦伦”大字的门首上钉着木碗、红筷；三进连院的过厅、庭台、廊房打扫得干干净净。

九月红和他的德祥班社走进薛家大院，忽然有了一种久违了的感觉，终于有戏唱了，终于有饭吃了。那一份压抑在内心很久的悲伤和无奈，一时间从腹腔中向上涌动，一直涌到喉咙，涌到鼻腔酸楚。九月红知道不能失态，一失态就会引来财东的不满。这是自己入晋以来的头一桩买卖，再委屈也不能把戏唱砸了。

夜幕降临，薛家大院一派祥和，外面的饥饿在这里完全找不到影子。九月红和他的伙伴们吃过晚饭后，就早早地集合在一起，搭架子，撑亮子，燃灯火，做着演出前的准备。在一旁搬东西、拿家伙什,忙得打转转的还有九月红新收的徒弟韩之文、张林保。

一切准备好了,等到薛家的老财东在过厅中间的太师椅上稳稳地坐下了,九月红一个细长高亢的尖音直上云霄:

咦——咦——咦——
头戴绿翠珠,
身穿绣龙衣,
怀抱麒麟子,
送与富贵人。

坐在九月红身后的上档,紧接着搭上了岔子话:

吾,送子娘娘,玉帝命吾人间送子,从曲沃县城路过,见薛姓人家人心向善,故降至积善堂前,待吾送子哇!

紧接着唢呐声起,执签的王义把一个做好的富贵娃娃放在旁边的桌子上。九月红于是接着边弹月琴边高声唱道:

贵子落在吉祥地,
阖家人等俱安吉。
一门五福生贵子,
状元榜眼探花郎。

一场帽子戏演完,薛家的老财东便听得通体爽快,拍手叫好。等到九月红把一本《桂花山》唱完,已是月到中天。

薛家的老财东本来就是个懂戏的主儿,蒲州梆子、眉户戏有时候还能唱上几嗓子。但是,这种"三尺生绢作戏台,全凭十指逞诙谐"的皮影戏,他还是头一次见到。一块小小的纱窗借着一碗灯光，上演着才子佳人的故事，才子清秀文静，佳人秀婉妩媚，公忠者饰以正貌，奸佞者刻以丑形，一口唱说千古事，双手演绎百种态。据民间传说，西汉文帝刘恒时，宫妃为引太子玩耍，把桐树叶子剪成人影，在阳光的照射下映在窗户上，嬉戏取乐，皮影戏由此而产生。对于此种说法，曾有人作诗写道："汉妃抱子宫前耍，巧剪桐叶映纱窗。文帝治国安天下，制乐传入百姓家。"我们无意考证皮影戏的渊源，但是，这种"巧剪桐叶映纱窗"的表演艺术，的确是以其丰富的唱腔、独特的魅力，打动或者征服了薛家老财东。

在意犹未尽之际，薛家老财东专门吩咐下人给九月红等人安排饭菜，好生犒劳。

曲沃县碗碗腔剧团珍藏的老皮影人

三个夜场唱下来，薛家送来了一石（约合150公斤）粮食、十两银子，安排九月红的德祥社住进了城南门外的薛家园。

找到了管吃管住的财东，九月红心里踏实了许多。他特意在薛家园的空地上支起了桌子，把祖师爷的牌位恭恭敬敬地请上香案，燃香上供，带着德祥班的伙伴和徒弟一起磕头礼拜祖师爷，祈求祖师爷的护佑。

小小的薛家园，因为皮影戏而热闹起来。只要财东没有安排新的演出，九月红就和签手王义悉心传授韩之文和张林保学唱皮影戏。

碗碗腔“咦—咦—呀—呀”的唱腔是那样的悦耳动听，驴皮影一招一式的表演是那样的生动传神。韩之文和张林保学得很用心也很喜欢，但是也受尽了学戏的苦头。唱皮影戏毕竟是一门手艺，不下些苦功是学不会的。九月红不识字，几十本的戏词全装在肚子里。韩之文和张林保也不识字，要把几十本的戏词全装进肚子里，全部功夫都下在了口传心授上，师傅一句一句地教，徒弟一句一句地学。往往是后句刚学完，前句就忘了。三句过去，徒弟领会不了，师傅的棍棒就抡过来了。在学戏这一行，师傅带徒弟，没有什么方法可讲，也没有什么客气可讲，学不会就意味着没有饭吃，没有饭吃就没有活路，没有活路就只有挨棍棒的份。

碗碗腔艺人惩罚徒弟最厉害、最常用的手段叫“忤孽教”。九月

月琴

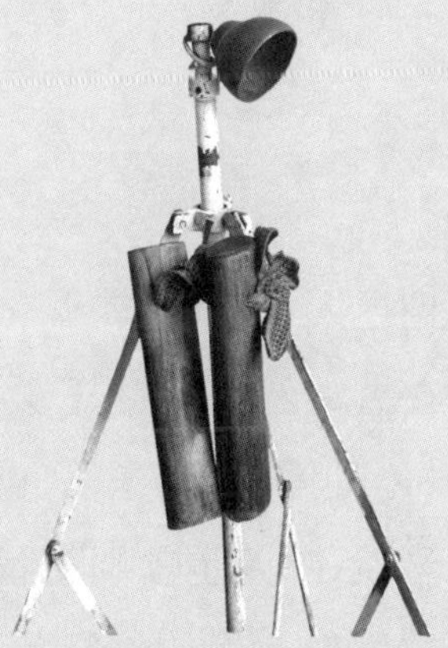

碗碗

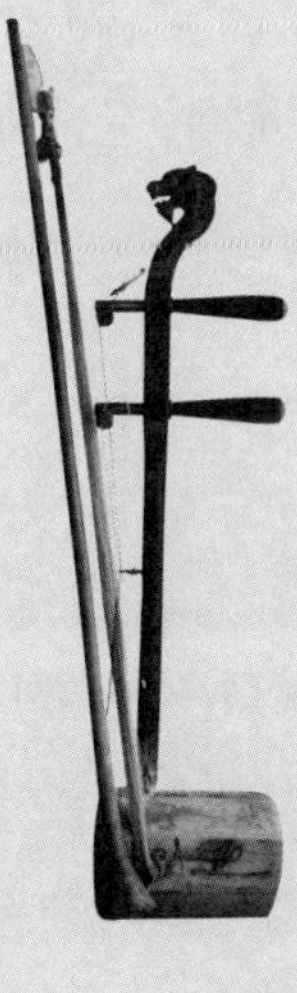

二股弦

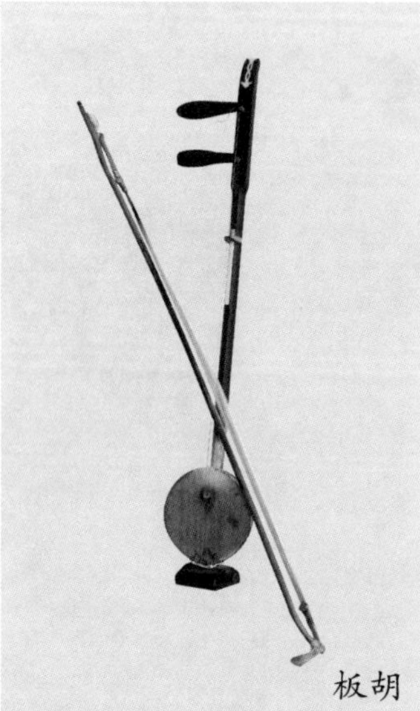
板胡

红也常常用这种手段来惩戒韩之文和张林保。炎炎烈日下，韩之文和张林保挺直身板跪在地上，膝下垫一块青砖，头上顶一面大鼓，一跪就是几个时辰，往往跪得韩之文和张林保汗流浃背、血染青砖。尽管如此，九月红还会在一旁不停地责骂，骂得两个徒弟是一佛出世、两耳冒烟。其实，九月红心里像明镜儿一样，一个是救自己命的恩人，一个是自己救下的命，九月红把他们都当做自己人。既然是自己人，就要更加狠一些，不狠是带不出好徒弟的。

在九月红和签手王义的棍棒下，韩之文和张林保像伺候爹娘一样，为师傅端茶、送水、点烟、铺床、倒尿盆，把师傅照顾得顺顺溜溜。当然，师傅也顺顺溜溜地把吃饭养家的技艺传给了徒弟。

故事就是这样的简单，一场百年不遇的旱灾改变了九月红的人生，一次偶然的相遇改变了韩之文和张林保的命运。但是，这一切对于碗碗腔艺术的继承、传播和发展而言也许是一种极大的幸运和巧合！

啼血祈丰年

义演，九月红的心头浮上来这样一个想法。

自己的命是曲沃人救的，自己的饭也是曲沃人供的。只要是有救济灾民舍粥的地方，我九月红就一定带着德祥班去义演助威，一为酬谢赈济饥民的善人；二为祈求老天早降甘霖。

曲沃县城向北20公里的方城村，成为九月红选择的首演地。

方城村张灿，地产千亩，乐善好施，人称张善人。大旱之年，张灿在村中设粥场一处育养幼儿，并打开自家粮仓，向全村饥民发放赈灾粮食，每人月给粮食一斗。据传张家祖上曾在河南周口做买卖，每年张家从周口往方城村送镖时，光驮骡、脚夫、保镖队伍就绵延数里长，前面的驮骡进了方城村，后面的驮子还在尧都沟（曲沃地名，离方城村约2.5公里），是晋南一带富有盛名的大富商。

九月红一路风尘仆仆赶到方城村时，已逾午时，粥饭已经舍完。见过张善人，表明来意，草草进食，即在张家巷口宽敞处，搭台支架，单等天黑亮灯演戏。

开场戏是祈雨娱神的戏。

张善人表情凝重，先喝退在场的女人，然后让人摆设香案。

香案上摆放好治水龙王的牌位后，上祭品、烧香、焚表，张善人率村中父老一起跪拜龙王，诚心祷告早降甘霖。之后，九月红恭恭敬敬地端上一红木圆盘，里面放着数个写好戏目的红纸条，礼请“龙王”点戏。

神戏开场，一通唢呐吹过，签手王义扮作天官曹国舅模样上前，声若洪钟般言道：

> 斗大黄金印，天高白玉堂。未读书万卷，也能见君王。黑云起，白云散，老龙兴雨在中间。一年四季龙兴雨，五谷丰登庆丰年。

祈雨戏用于讨好龙王，剧情单纯明了，很快就结束了。

压场的戏是九月红最为拿手的《万福莲》。

《万福莲》是碗碗腔“十大本”之一，为清代乾隆、嘉庆年间著名的碗碗腔剧作家李芳桂(1748—1810)的作品。

据历史记载:李芳桂(字秋岩,又名李十三)是陕西渭南人,和浙江兰溪李渔(字笠鸿,自号湖上笠翁,时称李十郎)相齐名,戏曲界有“南李北李”之称。李芳桂穷其一生,先后创作了八部本戏、两部折子戏,民间习惯称之为“十大本”。八部本戏是:《春秋配》、《白玉钿》、《香莲佩》、《紫霞宫》、《如意簪》、《玉燕钗》、《万福莲》、《火焰驹》,两部折子戏是:《四岔捎书》和《玄玄锄谷》。他的作品以“经夫妇、成孝敬、厚人伦、美教化、移风俗”为主要内容,全面展现人伦道德、世相百态和社会风情,自创作以来颇受欢迎,盛演不衰,成为碗碗腔的传世经典。

只听得几声丝弦鸣奏,九月红悲悲切切地唱道:

自幼儿守深闺十分谨慎,
到今日好一似红拂私奔。
哭了声爹和娘风烛早尽,
丢下你女孩儿举目无亲。
龙相公你和我既结秦晋,
为什么到外边雁渺鱼沉。
女孩儿迷了路却将谁问,
又恐怕我兄长后边追寻。
还恐怕张指挥毒心太狠,
又恐怕半路里遇见歹人。
心儿急移不动金莲三寸,
无奈了坐路旁两泪纷纷。

九月红唱到动人处,腔调委婉丝丝入人心扉,直唱得座中人泪湿衣襟。在后台学艺的韩之文和张林保，一边在心中暗暗牢记师傅的唱腔曲调，一边也不由自主地赞叹师傅的高超技艺。

义演是不收任何钱款的，九月红只希望自己的一份虔诚之心能够感动天地，希望龙王唤风弄雨普降甘霖。

张灿眼见异常瘦弱的九月红竭尽心力地祈雨唱戏，于心不忍，便在九月红临行前，悄悄让人将三五斗粮食放在德祥班的小推车上。

南常村的财主常继武，秀才出身，平时吃斋念佛，常常周济贫民。灾荒严重时，常继武筹粮18石赈济邻里，施钱1.6万文，掩埋饿殍，其善举在县内传为佳话。

九月红行至南常村，唱完祈雨娱神的戏，又选了一本《金碗钗》作压场戏来唱。当九月红唱到“卢克成发冲冠心中气结，骂了声小妮子狠心似铁”时，已经显得有些心力交瘁，音质悲泣，似有苦水淤积于胸。他调整了一下气息，想把胸腔中淤积的东西压下去。可是，愈是想压下去，心里就愈加顶得慌。

碗碗叮当，丝弦不断。没有人觉察到九月红身体里的巨大不适。签手的双手依然灵巧地挥舞着，纱窗上的影人手指颤动，发冲冠冕，面向一位俏丽的女子，如泣如诉：

曾不记那夜晚来叩书舍，
你二人道讲下许多情节。
金碗钗非是我向你告借，
此事儿倒做了花残月缺。
我和你有什么恩情难舍，
只可惜我芦门一点骨血。

当九月红一口血沫喷在纱窗上时，签手王义吓呆了，手中的皮影人一下子便乱了阵脚，瘫软着坠落在地上。

白白净净的纱窗上，就只剩下九月红喷出的那一团血沫，在四处洇开，渐渐洇成一只子规鸟的样子。

大家都慌了手脚，韩之文和张林保赶忙过来扶住了师傅，口里连连呼着：师傅！师傅！

常继武迅速叫人请来先生，把脉问诊，开方煎药。经过数日将息调理，九月红恰似从鬼门关上走了一遭，又一次挺了过来。

也许是九月红的虔诚感动了上苍，义演结束后的第九天，天降大雨，旱情始缓。我们从《曲沃县志》上可以看到这样的记载：清光绪四年（1878年），九月淫雨30余日，麦稍有种。

九月红的这一次义演，历时三个月，行经曲沃的头、二、三、四乡36里（清代行政区划，县下设乡、乡下设里），唱祈雨戏36场。

一个民间艺人的义举，从本意上来讲，无非是想以一己之力来演绎感天动地的佳话。在那个时代，这是生活在社会最底层的人民实现美好愿望的一种莫大寄托。当自己的生存受到威胁或面临死亡时，他们往往把生活的希望寄予在神灵和某些公众人物的身上，以求得到护佑。但是，从另外一个角度来分析，九月红的这次义举，无形之中却成就了碗碗腔在曲沃的传播，恰如点点“星星之火”点燃了曲沃民众对碗碗腔的热爱。

第三章 DISANZHANG

此曲只应天上有

钟楼说戏

从薛家园搬出来以后，九月红和德祥班的一班子艺人便分散住在城隍庙、马王庙一带。九月红一向不太喜欢热闹，就和妻子带着韩之文和张林保两个徒弟住到了附近的社仓巷里。

社仓巷口有一座钟楼，高约数丈，重檐飞宇，檐下高悬一块“声闻于天”的大木匾。每天清晨，更夫爬上楼去，手扶木杵撞向一口铁铸大悬钟，钟声就会浑厚有力、余音绵长地传遍全城。随着钟声的传出，整座城市便会从一夜的沉睡中醒来，开启厚重而坚实的城门，迎接新的一天的到来。

住在钟楼下的九月红几乎是全城最早听到钟声的人。每当那个更夫拖沓着步子爬楼时，九月红就已经被惊醒了。他会在心里默默地数着更夫爬楼的台阶数，然后和着绵延而来的钟声翻转过身子来。这时候，张林保就会轻快地跑过来，给他递上一杆长长的旱烟锅子，拧上满满的一锅子永兴和(曲沃一家烟坊的商号名)的皮烟丝。他就趴在被窝里十分美气地抽上两三锅子烟，一直抽得满屋子烟气缭绕，香气扑鼻。等着旱烟的味道在腹腔内滋润了大半晌后，九月红才会从被窝里爬出来，精神头显得异常饱满。

这时，韩之文已经将一把泛着油色的太师椅摆在了院子中间，椅子边的戏箱子上放着一壶浓浓的、滚烫的茶水。

九月红步履矫健地从屋里走出来，向立在院子里和他打招呼的徒弟，轻轻一颔首，算是作了一声应答，然后稳稳地坐在太师椅上，准备给两个徒弟传戏。自打旱灾过去后，九月红的精神一天比一天好。在休班的时候，他常常会兴致很高地给徒弟传戏。在传戏上，九月红从不含糊，他觉得人家娃跟着学一场，不教些真本事，对不住良心。他不怕“教会徒弟饿死师傅”，在他心中就认准一个死理：唱皮影戏就是一门子手艺，是养家糊口的，死了也带不走，传个徒弟也算是做了一件善事！

九月红抱琴而坐，神情寂定如坐禅，只闻得钟楼上的紫燕围着新垒的巢儿“啾啾——啾啾”鸣个不停。

忽见九月红左手食指在月琴弦上一抹擦，右手持骨制拨子迅速一拨，就听到一个小旦的声音悲悲戚戚地从耳边响起：

劝公子且平心莫要上气，
细听我诉一诉满腹委屈。
花园里约赠金原是好意，
有谁知出意外反把祸遗。
虽然说我爹爹有心害你，
还怪我太大意做事不密。
今日里既到了这步田地，
黄泉下愿与你一处同栖。

九月红唱一句，韩之文和张林保便跟着学一句。一个小段也就十句八句，可是学起来却十分费力。不大一会儿的工夫，韩之文的头上就冒出了汗珠。可是九月红唱起来的那一份悲戚劲儿，韩之文怎么也学不会。张林保打小儿就学唱曲儿，嗓音上适应得快一些，加上讨过饭，领会生活中的苦楚多，学的时候容易受到师傅的带动，一唱起来悲悲戚戚的劲儿就会从心中延绵不断地涌起来。

九月红把月琴轻轻地放在一边，端起那壶茶水，对着壶嘴吸溜了一口，滋润了一下口唇，微微一笑，开口说道：

"娃呀！你没有唱出黄桂英的女人味。她男人李彦贵被绑到法场要挨鬼头刀子咧，她要拼命咧，一肚子委屈要一边哭一边诉，要把那看戏的人唱得泪蛋蛋满脸流咧！

黄桂英，是个巾帼英雄，是个奇女子！她大黄璋嫌贫爱富，见李家遭奸贼王强陷害，要撕毁黄李两家的婚约！

黄桂英不愿意咧，和她大翻脸了，她要的就是一个信誉，答应人家了就不能嫌人家穷！

戏里还有一个马贩子叫艾谦，为报答李家救助的恩情，骑上那四蹄生火、快如闪电的火焰驹，到千里之外的边关给李家的大公子报信求助。艾谦这娃子不赖，知恩图报，敢为一个'义'字豁出性命，是个硬汉子！

奸臣王强害人终害己没有落下好下场，李彦荣保国有功终有好报是个忠臣。

娃呀！咱唱皮影戏的命贱人不贱，高台上教化人哩，台下真做人哩！干甚都要敢堂堂正正地走到人前，忠奸分得明，穷死不失信，饿死不失义！"

阳光暖暖地穿过嫩嫩的柳叶铺了一地光斑，在轻轻地闪动。韩之文和张林保坐在柔和的光斑中，静静地听着，有些痴迷，更有些感动。那份感动，他们也说不明白到底是什么，只是觉得就像是一枚石子投进了平静的水塘，激起一轮一轮的波纹，形成无数个圆圈，向四周扩散啊扩散，一直扩散到心底。

槐下赛艺

谁也没有想到九月红会做出这样的决定！

当东下坞里(今曲沃县曲村镇下坞村)的郑家烟坊派人来请德祥班写戏时,九月红不但一口应承下来,还答应再免费送一班子戏。

九月红的老婆在旁边有些着急,用手偷偷拉了拉九月红的衣襟,暗暗递过去一个眼色,意思是说,德祥班只有一个,难道你九月红有孙猴子的本事再变一个戏班子出来?

九月红没有理会老婆的提醒,他心里明白,该是让韩之文和张林保出窝试一试身手的时候了。这两个小子跟着自己学艺两年多了,学唱了十几本戏,在一些小场合也唱过几个段子,嗓音、腔调都还行!磨炼磨炼就是个好苗子啊!

九月红跟着师傅学戏也不过三年光景,吃苦受累如同家常便饭。那时候,师傅不愿意传手艺,自己领悟不到的地方,师傅从不指点,全靠自己一点儿一点儿琢磨。只要是有戏唱,九月红就竖起耳朵,一句话一句话甚至一个字一个字地细心聆听。师傅如何启齿吐字,如何行腔归韵,如何把握节奏,他一时领会不好,就用最笨的办法去模仿,尽量模仿的和师傅唱得一模一样。有一次,师傅临时尿急,他救场如救火般地顶上去,连唱几个小段,竟然没有人能够听得出来。后来,戏班子的人和他打趣叫他尿娃。"尿娃的唱,师傅的样",就是那个时候传出去的。那一年,他才19岁。20岁出师后,他背着师傅给的皮影箱子,搭班演戏,走南闯北,九个月唱红同州府,才赢得"九月红"的艺名。

韩之文和张林保的年龄比自己出师时大好几岁,加上自己的精心培养,唱好这出戏还是有把握的。九月红暗暗为自己鼓了鼓劲,心中充满了底气。

四月初八是郑家烟坊定好唱戏的日子。这一天是关公关老爷的生辰日,县内的大商户有请戏娱神的传统,以祈求财源滚滚买卖兴隆。早上，太阳升起三竿子高，九月红跑到钟楼下的石阶上，招呼着德祥班的伙计们，搬箱运柜，套驴驾车，收拾妥当后赶往东下坞里。

刚进东下坞里，九月红就看见车把式赶着驮骡和马车满载着一囤囤（一囤旱烟重约56公斤）的旱烟往外运，旱烟的香味扑鼻而来。

郑家烟坊所产的皮烟和香料烟（旱烟的品种）远销蒙古，在晋陕一带很有名气。旱烟外销主要靠骆驼、驮骡和大车运往平遥，然后转运四方。民谚有“车过韩信岭，旱烟扑鼻香”，“拉不完的曲沃，填不满的平遥”之说。据相关史料记载，郑家烟坊始建于明代天启年间，由翼城县枣园村徙居东下坞的郑世宽所创，是曲沃最早的旱烟作坊。清初，得到潞安府义丰永商号的扶持，逐渐发展壮大。乾隆年间改称永兴和，其所产郑世宽烟是山西省最早的香烟制品，也是我国最早拥有商号标志的烟草制品。

郑家烟坊拥有东下坞村最大的院落群，光是三进带廊房的四合院就有五座。院落相连互通形成一个由六个“丁”字胡同组成的枝状街巷，寓意“瓜瓞延绵富贵不息”。街巷只有一个出口，巷口建有巷门楼，楼分三层，底层为券门洞，装有八寸厚的包铁木门，楼上住有更夫和家丁。夜间，巷门一闭，郑家烟坊宛如一个小小的城池，以防为主，易守难攻。

郑家烟坊旧址

郑家主院门前有一块平

展展的宽场子，场子的中间有一棵老槐树，树高五丈有余，粗约三人合抱，枝繁叶茂，绿荫蔽日。

九月红的两个皮影戏台子就搭在宅门正对的槐树下，一东一西，状如打擂。

曾经枝繁叶茂的老槐树

天色刚刚暗下来，槐树下已是人声欢腾，男男女女的村民早就扶老携幼聚在一起，等着看戏。

不久，郑家的长工拿一根长长的竹竿，悬起一挂红红的大鞭炮，在宅门前噼里啪啦地燃起。一时间，槐树下充满了喜庆祥和的气氛。

在摆放着关公大帝塑像的香案前，郑家老财东率领家中大小男丁焚香跪拜，祈福纳财。

郑家那边刚刚拜完，九月红这边的锣鼓就开了场。只见两个皮影戏台的纱窗同时亮起，一位头戴官帽、身着蟒衣的神仙驾云而至，口中念道：吾，上元一品赐福天官紫微大帝，朝罢玉帝神王，是吾领了玉帝圣旨、佛家宝号、王母金牌，奔上曲沃县下坞村郑家烟坊赐福一回。童儿，驾动祥云，哎，走咧——

随着唢呐声起，皮影在纱窗上举手抬足，驾云而起。

等到刘海戏金蟾时，两边的纱窗上烟雾缭绕，金蟾一张口就吐出一个金灿灿的大元宝来，乐得郑家老财东笑弯了眉毛，连连叫好。

开场戏一结束,九月红就让韩之文坐在前首的位置上,自己亲自为韩之文执签;另一边的纱窗后,张林保已经抱琴而坐,王义为张林保执签助威。这架势一拉开,大家都知道这是要演对台戏啊!

只听得东边的纱窗后几声嘶喊:

马童!——在!——催马!——啊!

紧接着梆子声起,金鼓齐鸣,纱窗上映出一气宇轩昂的红脸长髯公催马而上。韩之文音若铜钟地高声唱道:

挂印封金辞汉相,单骑保嫂出许昌。
弟兄徐州曾失散,关某被困在土山。
曹差能言张文远,顺说关某投曹瞒。
降曹曾许三事愿,曹操如今悔前言。
白马坡某把颜良斩,才得来大哥一封函。
辞曹三次曹不见,汉寿亭侯印玺屋梁悬。
催动车仗往前赶,但愿得相会三桃园。

西边的纱窗上,映着一位左手扶髯、右手持金龙偃月刀的红脸关公,唱道:

闻言怒发三千丈,
帐中气恼关云长,
三郡之地休妄想,
某个胆敢讨荆襄,
定斩首级挂营房。

张林保唱得浑厚有味，行腔厚重有力。王义一边执签，一边颌首赞许。

开场戏是九月红唱的，只用了东边的一个戏台，村民全坐在东边。对台戏一开始，村民则分成两个群体，东边、西边的戏台前各有一群。韩之文唱得上劲，西边的村民有沉不住气的，就跑到东边来看；张林保唱得带劲，东边的村民有沉不住气的，就跑到西边来看。两边唱得全上了劲，槐树下的村民比纱窗上的皮人还欢腾热闹。后来，有聪明的干脆不跑了，拿把椅子往两个戏台子的中间一戳，蹲在椅子上，瞅瞅东边的关公，看看西边的鲁肃，不时撸起袖子，欢快地拍着手。

郑家的老财东见皮影戏唱得如此受欢迎，心中很是滋润，吩咐家人赏给两个戏班各10两银子，每人一包永兴和皮烟。

月到中天时，郑家老财东体力不济，让家人告诉九月红，后半夜，两个戏班子轮流唱，半个时辰一换，卯时结束。

卯时一到，天色已经微明。纵是一夜的好戏，台前也揽不住太多的村民。等到村民三三两两地散尽，韩之文和张林保一起跑到九月红的跟前，倒头便拜，感谢师傅的养育之恩。然后，两人一起拜谢签手王义和众位搭班师傅。

等到九月红收拾好唱戏的家伙什时，一夜的热闹重新回归为乡村的安谧。九月红就在这安谧的槐树下，伸展腰身，打了一个长长的呵欠，他觉得内心深处还藏着一份收获的喜悦和坦然。

远处不知是谁家的公鸡在一声又一声地鸣着报晓的长啼。

林保北徙

光绪六年(1880年),春节刚过,九月红就请人用上等驴皮做了两箱“底子”(影人),说好让韩之文和张林保出师时带走。

九月红知道“儿大不由娘”,两个娃娃跟着自己学成了手艺,不能老憋屈在自己跟前,早晚要独自到社会上闯荡的。一想到这里,九月红心中就充满了不舍,他们师徒三人的感情,历经诸多风雨和磨难,已经超越一般意义上的师徒情分,成为莫逆于心的生死之交。

但是,离别的日子还是很快就来临了。

一大早,九月红就打发妻子到后街张记肉铺买回来几斤鲜嫩的剔骨羊肉,自己亲自洗涮,一直把那块羊肉洗涮得雪白发亮。这时候,妻子已经在灶头烧开了满满的一锅羊骨汤。九月红就提溜着那块羊肉麻利地下到滚开的汤水中,撇去血沫,放入花椒、草果、良姜等调料,又往灶膛中塞了两根硬柴。旺旺的火苗子像狗舌头一样舔着锅底,羊肉在锅里咕嘟咕嘟地煮着,沸腾的热气顶得锅盖吧嗒吧嗒地响,在满屋子飘荡的羊肉香味中,九月红欢快地向妻子招呼着:“婆姨,快着,多和一些面,抱柴生火,烤上一篮篮锅盔!”

羊肉在锅里慢慢地炖着,锅盔在鏊子上热热地烤着。九月红随手从屋里摸了一把椅子,坐在春天的阳光下,眯上眼睛,静静地聆听着燕子的呢喃,心里暖暖地等着两个徒弟。

当羊肉已经炖得稀烂,锅盔也热烘烘地烤了一堆时,韩之文和张林保提着酒肉和点心进门了。

九月红和妻子热情地张罗着,招呼两个徒弟在院子里的柳树下安放好桌椅,端盆拿碗,舀汤上菜。韩之文把九月红和妻子让到上座,自己和张林保在下首坐了下来。

小小的院落,燕语啾啾,绿柳荫荫,酒香肉香扑鼻。四人围桌而坐,阳光和煦地铺满了一地。这样的祥和时光,让九月红顿时沉入一种久违的幸福之中。

韩之文和张林保一边夸赞羊肉的鲜美,一边频频举杯给师傅敬酒。

"清汤羊肉泡锅盔,越吃越香越有滋味。"

"师傅,俺敬你一个!"

"进了社仓巷,闻见羊肉香。师傅,您老做羊肉的手艺赛过五福园的大厨!"

"师傅,俺给您满上酒、满上酒!"

九月红满脸红润,酒意很快就弥漫了全身。他用手指不时地捡拾着遗落在桌面上的锅盔渣渣,一边塞进嘴里咀嚼,一边愉快地和两个徒弟交流着。

"娃呀!师傅带了你们三年,也日讦(方言,音jue,意为骂人)了你们三年,心里不要装上对师傅的恨!"

"师傅对你们有些严厉可都是为你们好!"

"以后的路还很长,不能把咱的皮影子唱休公(方言,音song,意为懒、坏)了!"

韩之文给师傅的碗里添了一勺羊肉汤,有些激动地说:"师傅,古话常说,严师出高徒,棍棒出孝子,师傅对俺们的好,传给俺们活命的手艺,俺们一辈子也忘不了"!

张林保端起一大杯酒,一饮而尽,大声说道:"师傅,俺的命是您给的,俺从小就是个孤儿,没有人疼爱。自从跟了您,俺就认您老人家一个人,您就是俺大"!说罢,一头拜在九月红的膝下,满脸泪水。

韩之文脑中酒意朦胧，站在一边，拍手欢叫：“林保，你这憨娃好得很，好得很啊！”

九月红顾不上妻子的劝阻，一个劲地和两个徒弟推杯换盏，不足两个时辰便将三斤老汾酒喝得一干二净。

阳光渐渐西斜，师徒三人皆醉，或卧或坐或伏，满院狼籍。一只大胆的小雀儿飞到桌子上，旁若无人地啄食着盆中的残羹剩饭。

第二天，九月红刚刚从炕头爬起来，正在抽第一锅子烟的时候，张林保就上门告别来了。跟着张林保一起来的韩之文在一旁给师傅解释说，林保联系了一班子艺人，要向北走咧，到汾、孝一带去唱戏。日子安排得紧，还没有顾得上给师傅说。今天就要走咧，给师傅作个别！

“你们这是干什么，不就是到外面唱个戏吗，这也不算个啥事情。吃这一行饭的就是要走南闯北哩。到了汾、孝，你下功夫唱，要舍得力气，还怕唱不红嘛？”看着张林保讪讪地站在一边，九月红说：“走，拾掇好了吗，师傅给你送行！”

九月红执意把张林保送到蒙城古驿站(今曲沃县里村镇蒙城村。蒙城地处沟通蜀、秦通往京城的要冲，明永乐十九年(1421年)设驿，清乾隆二十二年(1757年)，撤销驿站。

三人一路无语，至蒙城古驿站时，已是将近午时。

蒙城驿旧址

蒙城驿古时的繁华已经不再，只有几株弯弯扭扭的老柳树披着一身的绿丝绦，在春风中摇曳生姿。柳树下有三五个铺兵(明清时，蒙城设铺递，驻有铺兵，负责县内公文的传递)，靠着墙根懒洋洋地晒着日头闲谝着。离驿站不远的山坡上，满坡青翠，一位老羊倌手扶一管竹笛，对着他的羊群吹奏着一曲不知名的乐曲，音律高亢悲怆，如河水呜咽，若风起云端。

九月红听到动情处，心中不免生起几分悲意，他转头望望韩之文和张林保。师徒三人眼中都噙满泪水，一时无语。

忽然，张林保一撒手放开手中牵着的驴缰绳，扑通一声跪在九月红的跟前，放声哭喊道："师傅——"

九月红怔了一下，连忙和韩之文拉起了张林保，声音顿挫有致地说道：

"娃呀，甭哭。千里相送终有一别。你记着，咱唱皮影子的，不管到哪儿，人都不能尿！"

"快着起来，牵驴上路！师傅给你喊几嗓子号子助威！"

"唉！走咧——唉！走咧——"

在九月红撕破嗓音的喊声里，一个孤单的身影牵着一头驮着皮影戏箱的毛驴，一路向北，渐渐远去。

现在，我们翻阅《孝义县志》，还可以看到这样的记载：

清光绪六年(1880)春天,曲沃说戏艺人(皮影戏中的前首,一人包揽生旦净末丑多个角色的说唱)张林保跟随晋南的一个老调影戏班社来到孝义演出。冬天,张林保在孝义结婚,安家住了下来。第二年秋,自己组建了“大成园”影社。

张林保的北徙成功地把碗碗腔传播到孝义,使得曲沃碗碗腔成为孝义碗碗腔的重要源头之一。

入聘郑家

郑家烟坊的大掌柜的从庭城(曲沃地名,位于县城东北10km,《左传》、《史记》所记载的晋国陉庭之役即发生在该地,今称听城)“开盘子”(曲沃各大烟坊每年收购烟叶时,统一到听城村议价定购、分片吃货)回来后,郑家老财东就赶紧把算盘珠子拨拉了一通,看看算盘上显示的数字,就知道今年又是一个好年景。他吩咐大掌柜的再增加10名雇工,把剩余的三副小榨(烟叶加工的主要工具)全部换成两副大榨,不要舍不得花银子,开榨的时候,一定把九月红的戏班子请来热闹热闹。还没有等到大掌柜的回口,郑家老财东又接着吩咐说,和九月红说说,干脆把德祥班包下来,立个字据,一年30场戏,聘金和平时开销全包在内。

九月红和德祥社的老伙计们一合计,这账很划算,经过中间人见证,合约签了三年,定好农历十一月初三首演,唱“开榨”戏。在同州府,财东养皮影戏班子是件很平常的事情,有的财东包养好几个戏班子,平时有请戏的可以出台,闲暇时就为东家唱戏。财东养戏班子不图挣钱，就是摆个阔气，图个消遣。在皮影戏热闹的时候，唱戏的艺人都很吃香，有名气的艺人和戏班子身价都很高，唱一个夜场的戏能赚150公斤小麦。

这边合约一签，郑家就着手把一处四合院子改造成一座戏院，东西厢房住戏班子的艺人，北边的主房拆掉前门脸的几合软门，垫高屋基，改建成一个小小的戏楼。戏楼不大，也就是丈余见方，但是一个皮影戏班子在台子上演戏，还是显得挺宽敞的。郑家虽是农户出身，但经商多年，走南闯北见多识广，在戏台装饰和点缀上还是十分讲究的。台口上方用上好的核桃木雕刻有“松鹤延年”、“渔樵耕读”、“琴棋书画”等吉祥如意图案的花板，饰以金粉五彩，艳丽夺目，栩栩如生。郑家老财东还专门聘请县上的笔吏为戏台题写了“此曲只应天上有，人间难得几回闻”的对联，从后山的陶寺请来做工精细的老石匠，用青石刻制成碑，嵌入台口两侧的墙体。

依照戏行的俗规，新建的戏台必须上演一台“破台戏”后，才能正式开台唱“开榨戏”。郑家非常看重“破台戏”的上演，专门在戏院的天井上搭建了彩棚，戏台上挂满红绸，郑重礼请九月红本人亲自唱“破台戏”。

当夜子时，月如蛾眉。

小院的宁静，一霎时就被喧天的鼓乐和震耳的鞭炮声打破了。

戏台上纱窗通明，签手王义将一个头戴紫金冠、颌下长髯、面色赤红、额生天眼的皮影人放在纱窗正中间。九月红身披红布，面敷油彩，大喝一声：“伏以（符咒语）——”手持一只公鸡从纱窗后腾身而出。

随着鼓乐齐鸣，纱窗上的皮影人一脚踢开旁边的桌椅，手持钢鞭左劈右刺，十分威武。

九月红双目怒视，举拳顿足，一口便将公鸡的脖颈咬断，一边

郑家祠堂

将鸡血滴在皮影人的天眼上，滴在鼓师的鼓面上，滴在戏台的四周，一边念念有词："伏以，好啊！手提金鸡如凤凰，生来头高尾巴长，头高能载万担米，尾长能载万担粮，昨日天庭报晓鸡，今朝正好祭戏台。一祭台东，代代威风；二祭台西，万担粮米；三祭台南，永保平安；四祭台北，状元好得。"

纱窗上的红脸长髯的皮影人，随着乐师铿锵有力的伴奏依旧舞得热闹非凡。

九月红咕嘟咕嘟地饮下几口烈酒，用一双红筷子将鸡头夹好，然后包裹上红布，攀上舞台正中的房梁，用三枚大铁钉将鸡头钉在房梁上。

其实，这些只是"破台戏"驱邪镇魔的一种仪式，真正的高潮是九月红开唱《敬德打虎》。纱窗上大唐开国大将尉迟敬德一亮相，九月红就打开大本嗓一声直吼，腔调高亢激越、气势逼人，把尉迟敬德的刚健勇猛表现得声势十足。台下的一群庄稼人，哪里听过这样的腔调？一个个美滋滋地坐在台下痴痴地看着、听着，好像刚刚啜饮了一口滚烫的茶水，连五脏六腑都觉得熨帖极了、舒服极了。一直唱到一樵夫被一只吊睛白额大老虎追赶，敬德打虎救人后，跨虎尸依山而眠，这场热闹的功夫戏方才结束。

四更天的时候，“开榨戏”才开始。无非是唱些祈福贵、庆丰收和才子佳人的戏。九月红有些累了，把前首的位子让给徒弟们来唱，自己悄悄地打了一个铺盖卷，蜷曲到台子后面的一个角落里，沉沉地睡着了。

那一夜，九月红梦见了师傅、梦见了黄河、梦见了粮食和女人，梦见了自己长出了翅膀飞得比钟楼还高……

五花马(年画)

出版:北京航空出版社　　摄影:宋大声
演出:曲沃县碗碗腔剧团　配诗:张继善

杨柳河畔张家湾,傍山依水有人烟。
村东员外李玉虎,膝下一女名亚仙。
自古祸福难预料,灾星降临顷刻间。
父母屈做刀下鬼,撇下孤女泪涟涟。

乌云压城盼晴天,面对长空眼欲穿。
多谢姨娘来接应,但愿从此永平安。
谁知姨娘更歹毒,逆水又把恶浪掀。
为索纹银百余两,烟花楼上卖亚仙。

屋漏偏逢骤雨狂,落难之人痛断肠。
白日愁云锁眉间,深夜泪洒逍遥床。
天下老鸨心肠坏,毒如蛇蝎狠如狼。
威逼亚仙来接客,一块白娟落染缸。

摔碎瑶琴心更寒,满腹怨恨向谁弹?
烈女甘做河中鬼,横眉怒目赴黄泉。
忽闻路上马蹄疾,跳下赶考一少年。
仗义救出婵娟女,月老已把红线牵。

五花马(年画)

亚仙哭将身世诉，撕肺裂腑泪不干，
相公顿生怜悯意，欲救弱女出火山。
老鸨打手已追到，双手高举霸王鞭。
苦女又做笼中鸟，留下元和暗心酸。

萍水相逢乃有缘，公子心潮似波澜。
脉脉深情一席话，胜过交往数十年。
才子佳人应相配，只恨门第千重难。
功名利禄全可抛，元和觅偶青楼前。

柳绿花红春光好，夫唱妇随笑语喧。
龙凤阁旁同赏月，鸳鸯枕上话童年。
灯下双双共吟诗，青楼琴声可催眠。
但愿今生常相守，永做河塘并蒂莲。

千两黄金容易得，世上知己最难求。
亚仙为把公子探，设计装病倚床头。
听说要吃马板肠，元和一时犯了愁。
握刀惜杀五花马，娘子一见热泪流。

五花马(年画)

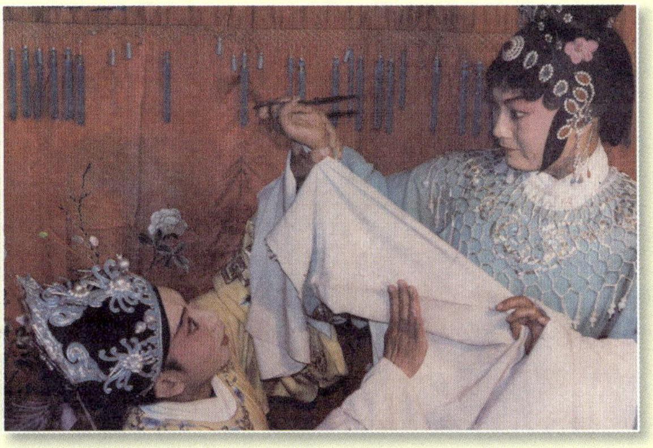

元和沉醉情爱中，不再读书下苦功。
“为何老把奴来看?”少女含羞问一声。
“娘子娇颜实在美。”公子更加乐盈盈。
亚仙猛将剪刀举，劝读不惜毁花容。

劝夫成才情意浓，元和羞愧脸泛红。
为报公子一片恩，发誓一举要成名。
彩楼且把书房作，花丛绿荫好用功。
佳人刺绣相陪伴，夜深犹闻读书声。

秋雨敲窗初觉寒，花谢叶落又经年。
欢娱时刻更易逝，相公银两已用完。
天上无云难下雨，河里无水怎行船。
老鸨怒将鸯鸳折，东风无力百花残。

老鸨实乃黑心贼，白骨堆上来吸髓。
赶走相公郑元和，又逼亚仙把客陪。
少女以死来相抗，满腹惆怅诉向谁?
撕破红颜装疯傻，何日与君再齐眉?

五花马(年画)

含羞忍辱出妓院，面对苍天泪成行。
书童不知何处去，天涯孤鸿倍凄凉。
悔恨交加终成疾，相公病卧大路旁。
书生几做他乡鬼，深感乞丐来帮忙。

感叹人生太渺茫，贫富贵贱本寻常。
往昔豪门贵公子，今日街头苦彷徨。
破帽遮颜人前过，落魄才子愧流浪。
含羞高唱“莲花落”，皆因昨日太荒唐。

浪子回头贵若金，元和立志重做人。
白天沿街来乞讨，夜晚破庙暂栖身。
窗外寒月常作伴，古刹钟声倍觉亲。
此时言辞读书好，高点明烛下苦心。

十年寒窗无人晓，一举成名天下闻。
状元不忘结发妻，烟花巷里迎佳人。
劝君遇事放眼量，世态变幻如转轮。
落魄之日勿丧志，春风得意莫欺贫。

第四章

DISIZHANG

满城都听碗碗腔

庚子迎驾

九月红做梦也没有想到，自己这一辈子能和皇上扯上什么关系。可是，就是这个十八竿子打不着的事，偏偏就让九月红遇着了。

这一天，是清光绪二十六年，农历庚子年闰八月十八日（公元1900年10月11日）。

其实，早在一个月前，九月红就接到曲沃知县王廷英的征调令，要求德祥班一干人等，自接到征调令后，不得外出演戏，在本班住处加紧演练福瑞吉祥剧目，一应物什准备妥当，静候征唤。随后，他亲眼看到郑家的楠木桌椅、雕花大床、自鸣钟表、粉彩瓷瓶等值钱的东西被县衙的役吏装了满满三大马车拉走了。气得郑家老财憋在家里关起门来大骂，说了一通什么“被洋鬼子打得尿了裤裆”、“骑在老百姓头上拉屎”、“逃得灰头灰脸的，还往脸上搽粉”之类的话。那个时候，九月红才渐渐耳闻了一些“洋夷攻进了皇城”、“慈禧太后和光绪皇帝连夜逃窜”的小道消息。有时候，他真弄不明白，泱泱大国的天朝怎么就像纸糊的灯笼，经不起一点儿风雨？他更想不明白这皇帝都跑了，这大清基业还能稳吗？有时候，他想得头疼了，就放开嗓子吼上几声碗碗腔，一直吼到脖子根的青筋一根根涨起。

东下坞里有一个叫郭钟祺的老秀才，精通诗文，能书会画，平日里常到郑家来听九月红的皮影戏。听说九月红的影戏班要到侯马驿（古驿站名，现属于山西省侯马市）唱戏迎驾，郭钟祺一大早就站在郑家戏院门前的大槐树下叫唤起来。那声音急促而激愤，听不出一丝儿斯文，根本不像是一位已逾花甲之年的老秀才在叫唤。这叫唤声不仅惊醒了睡意正浓的九月红，而且栖在槐树上的“槐豆豆鸟”（一种鸟类的俗称，因常在槐树上栖息而得名）也被惊得呱呱地叫着呼扇着翅膀飞成一片乱云。槐树上枝丫忽然在一瞬间减去了槐豆豆鸟的重量，失去了保持一夜的平衡，纷纷舒展起枝儿叶儿，把那些已经成熟的槐豆荚弹落了一地。

九月红顾不上细想，翻身而起，匆匆忙忙地披上一件白粗布短衣，拖着鞋就赶了出来。打开院门一看，九月红便呆住了。大槐树下的郭钟祺，瘦骨嶙峋，一袭长衫，如一管苦竹般立着，花白的发辫稀疏地垂在脑后，光光的脑门上紧紧地粘着几个槐豆荚儿，稠稠的黄色的汁液黏黏地流了一脸。

“銮舆西行，京畿无首。天子举足，天下动摇。悲哉！悲哉！”郭钟祺面含悲色，一边摇首一边自言自语。

九月红一时无语，一手牵住郭钟祺的胳膊，把这个倔强的老头拉进了院子。

那一天，九月红支开德祥班的其他人，一个人抱着月琴给郭钟祺唱了一整本的戏。一整天，两个人都没有吃饭也没有出门。后来，德祥班的徒弟们说，那一天，九月红唱的是《岳飞传》，那戏词硬得像铜板上落下的钢珠子，那唱腔高得像钻天猴窜进了云里头。

就在九月红和郭钟祺悲怆之时，曲沃知县王廷英已经按照岑春煊（慈禧西巡任命的前路粮台会办）的命令，在曲沃境内大办皇差。从蒙城驿到侯马驿，凡是慈禧仪仗路经之地，道路全部用干净细软的黄土铺垫平坦，经过清水洒道、夯实碾压，即便是马蹄疾行在上面也不会扬起灰尘。为讨好慈禧，王廷英还将侯马驿改为行宫，大事裱画垩白。一时间，侯马驿内张灯结彩，黄布围墙，黄绢铺地，绫罗绸缎、珍品古玩、山珍海味一应俱全。侯马驿馆外围的六百亩大小的地面，用各色席子架设了45处大宫馆，每一处宫馆均设有幕帷锦床、条案座椅、画屏古镜、钟表八音等宿食把玩之物。曲沃县周边翼城、绛县、闻喜、新绛、太平等各县的蒲编苇席被搜罗一空；方圆三十里之内，蔬菜牲畜草秣粮食悉索以尽。曲沃当地采购不到的猴头、燕窝、银耳、鱼翅、熊掌、鹿筋、驼峰、鹅掌等满汉全席所需八珍干菜，派专人从数百里外买回。王廷英还调用五福园、玉珍楼（二者均为曲沃县著名酒楼，开业于清中叶）的厨师老孙氏、许德行为厨夫之首，带领80名厨夫日夜习练厨艺。

公元1900年10月11日夜，慈禧太后和光绪皇帝驻跸侯马驿，九月红奉命带着他的德祥班搭台演戏，只是班子里多了一个白发苍苍的老秀才郭钟祺。

戏台就搭设在侯马驿馆的正南面，台口向北，以便慈禧和皇子王孙们坐北朝南观戏娱乐。演出的剧目，是经过王廷英奏请御定的《西厢记》、《百里奚拜相》和《三英战吕布》。

等到夜幕四合，有官差传令开演时，九月红方朗声念白：盘古初分水为头，三皇治世几千秋，清气为天雨为露，吾当一本奏天朝。

紧接着唢呐“点将”（唢呐曲牌名）起，九月红再次朗声念白：太后巡幸地，万事多吉祥。恭请圣上安，万寿福无疆。

演毕“帽子戏”，九月红手扶月琴，口唇轻启，随着音乐的板式用假声发音托腔，以真声吐字，“那——咦——呀——那”地唱起来。旦角唱腔是九月红的拿手绝活，一开口就让人着迷，那声音圆润、细腻、灵巧，美妙得像一缕带着温暖的清香一丝儿一丝儿地沁入你的心脾，然后在你的五脏六腑之间缓缓游走，让你通体熨帖，舒坦得像泡了一次热水澡。

戏足足唱了两个时辰，一直到官差传令散场，九月红也没有敢壮起胆子往台子外瞅一眼。他只知道散场时台下灯火通明，有太监在传懿旨，有官员在诺诺应答。

子夜，月明星稀。侯马驿一片沉寂，除了偶尔传来几声犬吠和野猫的厮打声之外，夜静得能够听到自己的心跳。九月红和郭钟祺分头找了一些麦秸秆铺在地上，背靠背地坐下来，各自往身上盖了一块破旧的羊毛毡子。两人相依无语，抬头望月，各想各的心事。

第二天午膳时间，侯马驿龙旗飘扬，人声鼎沸，热闹非凡。膳席分三等，一等为御膳满汉全席108件山珍海味；二等为官膳八八席（八大碗、八小碗、十七花碟、三趟小饭），供45处宫馆的王子皇孙和达官贵人们享用；三等为役饭六六席（六大碗、六小碗、十三花碟、三趟小饭），供护驾的御林军食用。除御膳外，曲沃当地的传统名菜玉酿银翅、蝴蝶海参、菊花洋珠、彩酿鱿鱼、玫瑰肘子、糖醋里脊、蜜饯夹沙、芥末鱼肚、蹄花片粉、红烧全鸡、清蒸丸子、十锦攒盘、八宝火锅等美味佳肴一应俱全全部上桌供官员享用。据民间传说，仅仅一桌满汉全席，王廷英就花费白银10万两。但是，由于王廷英没有拿出足够多的银两贿赂岑春煊和李莲英，非但没有得到赏赐重用，还受到岑春煊的凌辱和训斥，落了一个出力不讨好的下场。

用罢午膳，慈禧传旨起銮赶往闻喜。九月红和郭钟祺一道低头跪在驿路边上，等候慈禧的八抬大轿。就在慈禧的銮舆经过九月红的身边时，郭钟祺一跃而起，挺直身板跪在了驿路的正中央，两手高举一张偌大的宣纸，花白稀疏的发辫随风飘向脑后，口中振振有词地念道：小民钟祺，不惜一死，拦驾上书，犯颜直谏，劝言圣上，回京理政……

一名骑马的御林军士催马上前，一鞭子将那张宣纸抽得粉碎，宣纸的碎屑在空中随风打着旋儿飘开，白花花地落了一地。另一名步行的御林军士也赶了过来，持刀相斥，一脚便将郭钟祺踢倒在驿路边上。九月红连忙一把拽过满脸血痕的郭钟祺，护在怀中，口中高呼："官爷息怒，官爷息怒，他是一个老疯子、老疯子"！

经这么一闹腾，慈禧的銮舆稍微迟缓了一下，但并没有停顿下来，迅疾间即被轿夫抬着"叮叮当当"地朝着侯马隘口（地名，古关隘，原属曲沃县，和山西省闻喜县接壤）方向走去。

侯马驿馆内外，一片狼藉。菜肴酒肉、残羹剩饭和没有食用的大米、白馍、蔬菜、熟肉随处可见。几只野猫野狗不时窜进席棚，叼出一些东西来，躲在犄角旮旯或桌椅下肆意啃食。据史料记载，慈禧西逃巡行曲沃，供役颇繁，食物用具极尽奢华。行宫所剩粮食、酒肉、菜蔬，无人敢食，无人敢拿，数百野犬、浪猫、田鼠、麻雀终日争食，三五日方尽。

郭钟祺伏在驿路边，还在有气无力地哭泣，像是为这个悲哀的王朝送葬。九月红一脸悲色，双眼充满血丝，但是，他没有流出一滴眼泪。九月红说不清为什么，他只知道他内心有一种痛楚直切肺腑，在胸中血淋淋地涌荡着，让他感到彻骨的寒冷。

庙会争雄

（一）

1903年，九月红离开郑家烟坊，带着德祥班游走在曲沃、新绛、闻喜、绛县一带，以跑场子（即为因小孩生日、老人过寿、男婚女嫁、盖房架屋、上香还愿、老人辞世等事宜聘请戏班的主家唱戏）和赶庙会为生。

清宣统元年（1909年），九月红带着徒弟大富、小黑，到太子滩赶庙会。其时，曲沃县境内皮影戏班已有10余家。

太子滩庙会，正值“惊蛰遍地开”的时节，春花虽然还未开放，但“惊蛰过，暖和和”的春意还是吸引着众多的红男绿女来赶庙会、看热闹。

据《曲沃县志》记载，太子滩位于曲沃县城北3公里处，是一处约20平方公里的盆地。古时由神泉（曲沃地名，因泉水得名）水聚流成浒，相传晋太子申生曾泛舟于此，故名太子浒。金代湖水干涸，遂变为太子滩。每逢深秋，滩内芦荻萧萧，群雁恒集，被誉为曲沃十景之一——神陂落雁。后人曾在此建庙祀奉申生、重耳（即晋文公），每年农历二月十八举办太子滩庙会。

就是在这一年的太子滩庙会上，年过六旬的九月红，与自己一手带大的徒弟韩之文较了一把劲、比了一下高低。

当时，曲沃烟草业十分发达，从事烟草加工的工人多达3000人，一般年份仅烟草包装所需芦席就高达25万张、麻绳50吨、麻纸10万区（每区192张），烟草制品远销俄罗斯、蒙古、宁夏、甘肃、包头、张家口等地。烟草业丰厚的利润让各大烟坊积累了巨大的财

今日太子滩胜景

富，太子滩庙会便成为他们比财斗富的舞台。

紧邻太子滩的席村（曲沃一村庄名）祥云集烟坊，在庙会前三日，就开始搭设台子，将自家主产的祥生烟摆成“烟塔”，放出话来说，凡是出彩夺标者，不论是唱戏的、杂耍的、翻碌碡（一种农具，用石头做成，圆柱形，用来轧谷物，平场地）的、摔跤的，还是玩鸟的、斗狗的，一律有好烟犒劳。

曲沃境内一共有大小烟坊百余家，但能与祥云集比肩争雄的只有魁泰和、永兴和、兴隆昌和东、西、南、北四谦亨等7家大烟坊。祥云集烟坊的“烟塔”刚一搭起，这7家大烟坊就纷纷响应，哪一家都不甘示弱。

太子庙前的街面上，自东向西搭满了“烟塔”，高显村魁泰和的魁泰拔萃皮烟、下坞村永兴和的郑世宽烟、隆兴北白集村兴隆昌的王梦龙皮烟、东谦亨的东生烟、西谦亨的天生烟、南谦亨的仁生烟、北谦亨的北生青烟，个个名头不小、牌子响亮。“烟塔”四周装饰着柏枝、彩带，既耀眼又喜气。春风一吹，烟丝中配入的麝香、冰片、大茴、洋草、川穹、当归、甘草、白芷、石花等香料的味道便四下飘散，烟香浓郁，满街醇芳。

九月红的德祥班、韩之文的兴和班和其他3个影戏班的台子就搭设在这8个大大小小的“烟塔”之间。

宣统元年，农历二月十八，薄薄的夜色刚刚铺将开来，月亮就笑盈盈地爬上了树梢，像是要急着看这场人间好戏的开演。

头一场戏，祥云集的大财东点卯让德祥班唱《珊瑚塔》。《珊瑚塔》是一部反映忠奸斗争的戏，人物角色多，演唱难度大，对签子的手上功夫要求也非常高。头场戏唱好了，这五个皮影班子可能会被挤走三个；唱不好，财东们就敢让人拆你的台子，砸你的摊子，先让你空手走人。九月红虽然见多识广，但是，在这样的关口，还是不敢掉以轻心。因为，那时候唱戏的艺人地位卑微，凭着一身功夫吃饭，财东就是衣食父母，得罪了财东，就是自己砸自己的饭碗。九月红把大富、小黑拉到一边僻静处，细细吩咐，把“戏心子”的唱词再次做了交代。

台下热闹非凡，人头攒动。八大烟坊的财东在台下一字儿坐

开，每位财东的面前都有一张红木小案几，案几上摆放着茶水、点心和瓜子。

德祥班的签手、上档、下档、后槽等一应准备停当，一碗灯油在纱窗后烈烈地燃着，单等前首大富起板开腔。大富长得黝黑敦实，中气很足，一开口就将碗碗腔悠柔婉转的特点表现得淋漓尽致。

随着不断的叫好声，台下的观众渐入佳境。只听得，大富的腔调一转，大吼一声："哎——嗨——"声若天雷，方将沉浸在戏中的观众惊醒。正待观众疑惑之际，大富的声音一变，铿锵有力地念道："一片忠心保朝廷，铁面无私鬼神惊"。接着一通起板击起，大富大喝一声："扯了这老贼的狗皮，西宫——""嗨！""去拿庞妃！"这短短的几句大喝，直喝得字字精神抖擞、句句正气凛凛，含着一股子逼人的气势。

台下的观众开始有人往戏台上撂银子和烟包了，纱窗上的五六个影人似乎舞得更加起劲，一招一式都颇见功力。大富见状，声调一提，用胸腔中的气息稳稳地把控住高亢的调值，然后利用鼻腔、颚腔、喉腔的共鸣（碗碗腔花脸唱腔中的"上嗽音"），音韵丰满地唱道：

你父女如同禽兽样，
施谋弄计害忠良。
胡家本是保国将，
三百口家族尽遭殃。
你在当朝为宰相，
欺上瞒下乱朝纲。
太子险些把命丧，
你的奸心似豺狼。

今日不把实言讲，

包拯就是活阎王！

德祥班正唱得热闹的时候，站在台下看戏的四个皮影班子，已经有两家在悄悄拆台走人了。九月红知道，能把花脸的戏份唱到如此程度，在曲沃周边方圆百里也找不出来几个人，就凭大富唱的这几句“上嗽音”，越是内行越是无人敢叫板对阵。

九月红抬头看看天空，月亮已经爬到半空中，依旧是那般笑盈盈的。

（二）

庙会第二日，夜色和昨日一样，没有多大的变化，但是，台下的人似乎多了一些。按照庙会的规矩，昨天的戏是热场戏，目的是先点卯让一个戏班子唱开场戏，立个“下马威”，让唱功不佳的戏班自动退场。留下来的戏班子，在剩下的两天，要唱对台戏，哪一家撑到最后，哪一家就是擂主，就能获得数倍的报酬。只要是懂戏的主儿，都知道对台戏唱的是拿手戏，是最有看头的戏。

三家影戏班，都拿出了看家剧目。

德祥班唱的是《白玉钿》，兴和班唱的是《献连环》，绛州老安班唱的是《出五关》。戏唱了两个时辰，不分胜负。

这边的德祥班起了一段苦音慢板（碗碗腔板式名），尚飞琼（旦角，戏中女主角）唱道：

慢剔残灯傍小窗，不是思郎是恨郎。

愁思万种心儿上，却甚支吾此夜长。

大富在处理此段唱腔时，先是用清音唱出“慢剔”二字，然后用食指揉弦，奏出一串“水花音”（碗碗腔月琴演奏特有的揉弦技巧，音色水灵灵、亮铮铮），和着“哪——咦——呀——啊——咹”的唱词，把一位相思女子的惆怅与相思全部揉搓进这动人的声腔之中，那腔调清澈如水，泛着波纹，一波波地融入肺腑，让人迷幻着和尚飞琼一起相思、一起惆怅。

那边的兴和班，也正唱得起劲：

梁府里饮罢百官宴，可怜把年兄丧席前。
王允低头进花园，转过身儿把门关。
进得花园用目看，见各样花儿齐开园。
见红花好似胭脂染，白花开放像雪山。
太湖石前水不断，流来流去浇牡丹。
牡丹花叶落根还在，张年兄一死永不还。

那声音是用本嗓喉腔发音，洪亮有力，如鸣铜钟，引得台下的观众一阵接着一阵的叫好声。

德祥班和兴和班的台子前，人越聚越多，观众一时兴起，纷纷往台上抛银子、扔烟包、掷点心。惹得唱《出五关》的绛州老安心烦意乱，偷偷掀起帷布一角向外一瞧，右手手腕用力向下连拨两个重音，抱住月琴掩面大哭。

（三）

庙会第三日，晚风微微，月色柔柔。

九月红美美地吸了几锅子曲沃旱烟，用烟袋锅子在鞋底上“砰砰”地敲了两下，磕掉烟锅里的灰烬，把长长的烟袋杆子往腰里一别，就开始张罗着搭台唱戏。

正在九月红忙活期间，八大烟坊着人传话，今夜两个影戏班子都唱《金碗钗》全本。

九月红明白，这是一台见真功夫的戏，不仅唱功重，而且对签手的技术要求高，整个本子唱下来要花费三个多时辰，对前首的体力也是一个很大的考验。自己已经六十多岁了，和精力正旺的韩之文唱对台戏，这明摆着不是要和徒弟“火拼”吗？

九月红赢了，伤害的是徒弟；韩之文赢了，伤害的是师傅。但是，谁是赢家，财东们倒不关心，他们只关心怎样才能让戏唱得更上劲、更有味。这一切，九月红和韩之文心里十分清楚。

戏很快就上演了，九月红和韩之文的唱功也渐渐发挥到了最佳状态（全本戏的唱词较多，前首在刚开始唱时，往往把调定得比较低。一旦戏唱过了一半，前首才根据情况不断升弦，一是为了保护嗓子，二是为了把戏唱热，把观众留住）。

只听得一声叫板——“唉！”，九月红手扶月琴拨出一段小起板，音色清脆柔和。随着月琴的弹拨，碗碗叮当作响，九月红满含悲情地唱道：

众位（呀）：

劝你再不必彼此争辩，听我把前后事细说一番。

我本是崔艳娘云头立站，尊了声奴的夫新科状元，

可记得去年春东华圣诞，回廊下与君子有意相连，

遗金钗原为的穿针引线，谁料你不瞅睬走过一边，

有沙弥名炼冶暗中瞧见，当夜晚进绣房起了祸端，

原是我着了忙高声呐喊，那贼子伸双手我命丧黄泉。

唉——

那唱腔把真假声融合在一起，圆润如珠，运用自如，几乎挑剔不出任何瑕疵。那声音倾注着一腔的冤屈，字字含悲，句句动情，让听者在不知不觉中为之泪水潸然。

韩之文这边也丝毫不敢含糊，今晚兴和班的行情不只是他韩之文一个人的担当，更是他师傅九月红的脸面。

韩之文的左手食指在月琴高品上轻轻一揉，右手用拨子拨出一个带着“苦音”的哀叹来——

唉！府台(呀)，
这期间还望你多行方便，让舍妹和芦郎结为良缘，
假若还成就了亲上亲眷，天保佑老府台官上加官。
唉！兄弟(啊)，
回家去与爹娘细讲一遍，替姐姐在堂前时常问安，
就说我今做了中条仙眷，叫二老为女儿莫把心担。
妹妹呀！
愁只愁外甥男周岁未满，抱怀中还望你加意相怜，
无娘儿还望你另眼观看，莫叫我在仙山心怀不安。
桃小姐，
你本是聪明人定知闺范，早晚间在二老堂前问安，
孝公婆若能以百年康健，把你的贤孝名传上九天。
唉！芦郎夫(呀)，
小冤家名燕儿学名继汉，到后来还望你多把心担，
将孩儿交与你好好照管，别众位催祥云上了九天。

在旦角的唱腔上，韩之文得到九月红的真传，加上多年的实践

习得，能把二音子（碗碗腔独有的假声唱法）运用得收放自如。在崔艳娘归山离别之际，他在唱腔中巧妙地加了三声哀叹，每一声哀叹都浸透着崔艳娘的痛楚悲恻，每一声哀叹都饱含着崔艳娘的愤懑哀怨。三声哀叹就是三声长长的叹息，声声直抵心灵，声声催人泪下。

德祥班和兴和班的台下没有了喝彩声，观众一时间全都沉浸在崔艳娘的情感中，和着那如泣如诉、哀怨缠绵的唱腔悲泣着、叹息着。

随着“拉大——大大——乙大大——仓”清场锣鼓的响起，八大烟坊的财东们才惊醒过来，连忙吩咐下人，把成堆的烟包搬过来，均分给德祥班和兴和班。对他们而言，他们着实看了一场好戏，也许，这场好戏还多少有些令人失望，毕竟九月红和韩之文平分了“秋色”，没有让他们如愿以偿。

趁着月色，韩之文赶过来拜见了师傅九月红，给师傅填了满满一烟袋锅子旱烟，用火绳点燃了。九月红深深地吸了一口，很满足、很舒坦地喷出一大团烟气。顿时，九月红师徒二人的周围一片烟雾缭绕，一股略带中药味儿的清香随着微风飘散开来……

辛亥辛亥

清宣统三年（1911年），农历辛亥年。

这一年刚开春，九月红的婆姨就遇到一股春寒，整日窝在被子中打颤，连炕头都下不来。尽管九月红不惜花费银钱从县城的百年老字号乾育昶药庄（曲沃老字号药庄，创建于明弘治年间，东家是本县方城村张家，经营1000多种药材，是晋南药材市场行市的实际控制者，独霸晋南药材市场数百年，在天津、汉口、西安、上海、广东、香港等地设有20余家分庄，曾通过天津、上海口岸向国外销售中药材）请来坐堂的名医“老神仙”，下了几味猛药，但还是不见好转。在惊蛰前一日，九月红的婆姨最终还是没有捱过那一年的春寒，蜷缩在炕角旮旯里去世了。

九月红自打婆姨去世以后，就觉得自己提不起精神了，不要说是唱戏，就是念几句词儿，这嗓子里的气儿也不够用。有时候，强打精神提上一口气，胸口马上就会憋涨得厉害，连喘气都有些费力。

九月红没有再坚持登台唱戏，他把德祥班全部交给了大富和小黑经营，自己则带着一杆烟袋，斜倚在北墙根下晒太阳。

有时候，太阳暖暖地照着，九月红眯着眼睛在太阳下能晒上大半天，也常常会迷迷糊糊地睡上一会儿。这一会儿时间并不长，也就是打个盹儿，他睡不踏实，一睡就会梦见婆姨，梦见同州，梦见那些皮影子变成了活人儿，在他面前咿呀咿呀地唱着。可是，这样的梦他并不厌烦，倒是希望多梦一会儿，多和他的婆姨说说话，多看看同州的景致儿，多听一会儿皮影子唱戏。醒了后，九月红懒懒地张开眼，看着天上的云朵飘呀飘，心里又会涌起一股酸楚，他就天真地想，将来自己死了，会不会像这云朵一样飘回同州去。现在，自己着实是老了，老得已经迈不开腿了，不要说是回同州，恐怕连黄河边也跑不到了。

不再唱戏的日子，九月红活得有些寡淡，就像是一碗清米汤，汤清如水，米粒可数。好在韩之文、大富、小黑还时常回来看看他，给他请个安，买上几斤德盛联（曲沃老字号糕点铺）点心，讲些影戏班子的事情，让他心里还算有些盼头。旱烟他是不能再抽了，一抽他就会咳嗽得厉害，别在腰窝里的长长的烟杆子就成了他身上唯一的装饰，每逢百般无聊之时，他就把烟杆子拿出来摩挲上一阵。

岁月沉寂得像一潭死水，在九月红的心里击不起一点儿水花。只有当三三两两的孩童在玩碰钱（一种儿童游戏，用铜钱在砖墙上碰，所碰之钱距离远者投近者，投中为胜）时，他才会乐滋滋地看上一会儿。孩童们戏耍累了，把铜钱往口袋里一揣，双手击拍，欢快地唱道：

爷爷弱，鬼出窝，赶上小儿跑不脱。
不用掐，不用算，宣统不过两年半。
今年猪吃羊，明年种地不纳粮。

那歌谣唱起来，在浍河边上传得很远。九月红静静地听着，从胸腔中长长地叹出一口气，心里狠狠地骂一声，这狗日的世道。

这一年的世道还真的像九月红咒骂的那样，清廷腐败、横征暴敛，洋人入侵、民怨沸腾、起义不断，世道乱得像一盆糨糊。九月红不曾想到，这乱糟糟的世道竟然害死了自己的徒弟韩之文。

那一天夜里，韩之文正带着兴和班在苏村一朱姓财东家唱戏，戏唱到半截，被拥门而进的巡警砸了场子。韩之文和兴和班一干人等被带到县城巡警营问讯，说是韩之文的兴和班是乱党（清廷对革命党人的蔑称）的窝子。其实，韩之文的兴和班并不是什么乱党，而是韩之文得罪了巡警营的张警长。前几天，张警长的老丈人要过寿诞，非韩之文的戏不听，张警长派人下约要韩之文届时到场唱戏。可惜那天的戏早就被苏村朱家约定，故意退戏是坏行规、坏信誉的大忌。韩之文知道拗不过强权，便百般解释，甚至磕头作揖，请张警长另请高明。这张警长是个小心眼，加上平时横行霸道，觉得一个唱驴皮影的竟然不给面子，就怀恨在心，思谋着找个茬子把韩之文拾掇一下。

韩之文一被带入巡警营，便被几个巡警扒光上衣，用绳子拴住双手打个死结，吊在院子中间的一棵枣树上。两个高大肥壮的巡警把长长的辫子盘在脖子上，手持牛皮鞭子，抡开膀子朝着韩之文身上噼里啪啦就是一顿抽打。韩之文的脸上、胸前、脊背立刻就暴起一棱子一棱子的血道子。每一鞭子下去，韩之文就疼得号叫一声，那号叫声已经听不出是人的声调，更像野兽在空旷的原野发出的惨叫。一声声叫得让兴和班的人双腿打颤、心里发抖。

一阵皮鞭打下来，院子里落满了枣花和血点子。

在枣花的香味儿混合着血腥味儿的院子里，兴和班的签手、上档、下档、后槽齐刷刷地跪了一地，为韩之文求情讨饶。

张警长腰挎洋枪，慢吞吞地踱着步从北屋中走了出来，手中把玩着两个油光发亮的大核桃，用一双鱼泡眼死死地瞪了韩之文一眼，用鼻子狠狠地嗅了几下，才把肥硕的屁股墩在院中的一把圈椅上，说道：你个臭唱戏的，不就是耍个驴皮影的下九流（旧社会唱戏的社会地位极低，和流丐、娼妓等列在一起被称作下九流，饱受社会歧视）吗？在老子的地盘上混，你就乖乖地听老子的话，你还摆个啥架子？你信不信，今儿个，老子就给你判个乱党，毙了你！

韩之文被吊在枣树上，已经被打得半死不活了，可是，韩之文一句讨饶的话也没有说。他信师傅以前讲的话，唱戏的人穷命孬但心气儿不能𡋯，事情大小总要讲个正理，咱光明正大地唱戏，靠辛苦吃饭，又没有犯王法，就是皇帝老子也不怕！

张警长说："唱戏的，你给老子认个错，求老子一回，老子就放了你。"

韩之文说："没错，谁也不求！"

张警长说："你就是个乱党，你招不招？"

韩之文说："咱不是，招啥哩。"

张警长说:“不招,打死你个龟孙!”

韩之文说:“打死,咱就是堂堂正正的冤鬼,咱这一辈子唱戏只教人做人,从不教人当龟孙!”

张警长说:“给老子打,打死这个龟孙,看他嘴有多硬!”

韩之文说:“打吧,咱不是嘴硬,是骨头硬!”

张警长被气得暴跳如雷、拂袖而去。

那两个巡警又撸起袖子噼里啪啦打了起来,这一次,韩之文没有再号叫,他咬紧牙关,面孔痛苦地扭曲着,鼻子、眼睛几乎抽搐到了一块,从嘴角滴答下来的血将院子里的枣花红红地染了一地。

枣花清淡的香气已经闻不着了,血腥味儿在小小的院子里浓浓地弥漫开来。韩之文气息全无,被巡警吊在枣树上活活地给打死了。

至死,韩之文一言不发,他嘴硬,骨头更硬。

韩之文含冤死了。九月红不干了,他咽不下去这口气,唱戏低人一等也是人,是人就有一条命,一条命不能白白丢了,他就是要为韩之文讨个公道。

韩之文被打死的第二天,九月红特意在花白的发辫上系了一缕红布条,把长长的烟杆子往腰窝里一别,佝偻着身子一步一蹒跚地到县衙告状去了。

县衙门前,一早就贴出告示,说是曲沃乱党分子韩之文,以皮影戏为业,行窜乡里,妖言惑众,密谋不轨,被县巡警营当场缉捕,迅即正法,等等。九月红虽不认得那张纸上的字,但他从围观的人口中知道那张纸和韩之文有关系。他从人群中挤进去,踮起脚尖,尽量伸直身子,双手往上一探,把那张纸扯了下来,然后将那张纸卷成筒状,拿在手中从散开的人群中走了出来。

县衙的青石台阶上,九月红双手高举那张告示,口中大呼冤杆，催请知县升堂理事。听见九月红的喊冤声，县衙的大门吱的一声被拉开，出来一个衙役模样的汉子，大声斥责道：老家伙，大早上，你喊丧哩！县老爷不在，改日再来！说罢，那衙役转身使劲把门一关走了。

九月红气得浑身发抖，嘴叼住发辫上系红布处，挺直身子，把长长的烟杆子从腰窝里抽出来，照着衙门前的升堂鼓一阵猛敲。

衙门再一次打开了，那个衙役没有好气地骂道：老家伙，这是县衙门，你当是你家院子哩。你喊啥冤哩，庙里头冤死鬼多了！快滚！县老爷管不了你的冤屈！

九月红是个倔强的人，何况他是拼着老命来的，连死都不惧了，何惧有之？九月红抡起烟杆子又是一通猛敲。

这一次衙门里出来了一高一矮两个汉子，那个高个子对着九月红劈面就是一拳。九月红满脸开花，一个趔趄倒在地上。一高一矮两个汉子一人一条胳膊把九月红拖着，扔到县衙的青石台阶前面，转身把衙门一关又回去了。

等九月红醒过来时，已经躺在东韩村自家的炕头上了。乾育昶药庄的“老神仙”，一边给九月红医伤一边叹气说，世道乱了啊，广州、四川都起事了，朝廷还顾得上百姓？老头子啊，一把老骨头了，有冤就憋在肚子里吧！这天下啥时候能是咱老百姓的？衙门口啥时给咱老百姓说过理？能活着就不错了！

韩之文的冤屈还没有伸张，九月红又挨了县衙门的一顿打，这哪里还有天理啊。九月红越想越窝囊，一气之下就卧床不起了。

等到立冬的时候，张林保托付一位行脚的客商从孝义给九月红捎来一件皮袍子，九月红竟然激动得老泪纵横。但是，九月红还是没有缓过劲儿，身体一日不如一日。

一天，大富从外面回来，告诉九月红，县城里在到处传说武昌、长沙、西安那边又起事了，全国大乱了，太原也闹开了，阎锡山作了都督。还有人说，咱县泰山沟那边也有义军了，要攻打县衙哩。

小黑在一边帮腔说，打他个狗县衙，杀了那个狗警长，还有那些个狗衙役，我给义军唱三天戏！

九月红没有气力再说话，但是他听懂了大富、小黑说话的意思，浑浊的老眼里涌出了两行泪水。

九月红死在小雪后的第九天，那时曲沃农民钟仁义、靳殿华已经在泰山沟发动了武装起义（1911年11月29日，曲沃农民在县境泰山沟发动武装起义）。大富给德祥班的人说，师傅走得很安详，师傅也知道那帮狗官挨了枪子，给吓跑了，要换天下了啊！

给九月红举办葬礼的那一天，正好下了一场大雪。那雪深得没过了脚脖子，雪花像冰碴子一样砸在人脸上，生疼生疼的。东韩人在浍河岸边的一块高塬上为九月红找了一块安息之地，为九月红和她的婆姨举行了隆重的合葬礼，好让他这个外乡人能在曲沃望见黄河那边的家乡。

九月红的坟茔前，大富和小黑一身孝衣，迎风而立。雪花渐渐落满了他们的面颊，他们两个像雪人儿一样肃立着，周边的山啊、岭啊全都被白色覆盖起来，整个世界显得是那样的纯洁、那样的苍白、那样的干净。

悲风呜咽，雪花飞舞。忽然，天地间传来一阵唢呐声，吹奏的是碗碗腔曲牌《张良归山》，那声音忧伤而哀怨，像是在诉说苦难，又像是在诉说乡愁……

灯影满城

辛亥功成，清帝退位。

民国肇始，涤旧启新。

民国初年，曲沃商号林立、贸易发达，经济一度繁荣。据相关史料记载，当时曲沃商号有千余家，票号9家（主要是平遥蔚泰厚、乾盛亨，太谷的志成信等大票号开设的分号），烟草作坊逾百。

这短暂的经济繁荣，给碗碗腔在曲沃的发展又带来一次重要的机遇。

曲沃商号、烟坊众多，凡逢商庆、开市、吉日均要聘请皮影戏班娱乐一番，有些财东自家就有影戏班，平时啥时候想听了就啥时候唱上一回。那时候，全县几乎个个村社都有戏台子，每年，大多数村社都借敬神娱神来请影戏班子热闹一两回。再加上平时庙会、还愿、婚嫁、满月、过寿、祈雨等多种方式的唱戏，皮影戏班能从正月初二忙到腊月二十三。有些偏远的小村子，人口少，请不起名头大的影戏班，就和小影戏班子搞叨搞叨（方言，商量、合计、讨价还价之意。），东家几斗粮，西家几升麦，凑够戏价，也能听上几场热闹戏。民国元年，有钱有势的源隆公钱庄，给老财东过寿，一次就请了6家皮影戏班子，唱了三天对台戏，每天晚上观者如云、听客盈门。影戏班成了民间娱乐的“香饽饽”，“一年不听三回皮影戏，365天干啥都乏味”。听得回数多了，好多影戏迷能把戏背下来，一些唱腔只要唱上两句，戏迷一听就知道是哪位艺人唱的，根本糊弄不了。

尤其是到了七月二十二县城庙会，“九门九关小京师”的曲沃城就成了影戏的世界，一到夜晚灯影幢幢照眼明，“七十二台皮影戏，满城都听碗碗腔”。

据《曲沃县志》记载：七月二十二县城庙会，始于清代末期，原为商界的敬财神会。初时三年五年一次，民国后定为每年一次。会期，正大街自南而北搭天棚，并搭5座神楼，5个影戏舞台，白天

曲沃古城发展概貌

1443－1549－1947

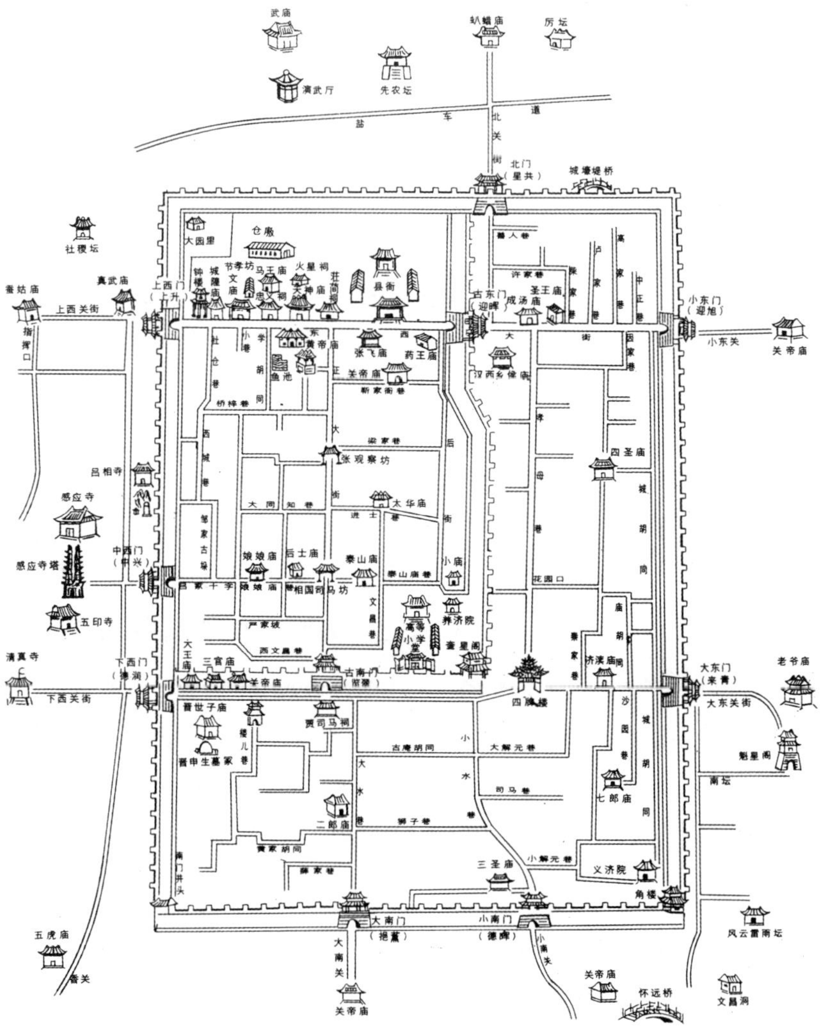

演木偶，晚上演皮影（碗碗腔）。

民国3年（1914年），农历甲寅年七月二十二。天刚刚放亮，路边的草木还凝着露水，大富就和小黑从大南门进了城。虽然早晨的天气有些潮冷，但是城内已经热闹起来。

一大早，街上的商家就打开了铺板，三三两两剃着光头的小伙计忙活着在铺子外面摆放物品。偶尔，有几个着学生装的小女孩，蹦蹦跳跳地从摆满各色物品的街上穿过，间或你一句我一句地唱着新式学堂的歌谣：

> 学生学生学生，读书要用心。平上去入四声，字字要彻清。音要准，读要勤，讲解要分明。字音字义要留心，进步自胜人。
>
> 玉龄女子哭吞声，哭向床前问慈母。母亲爱儿自孩提，如何缚儿如缚鸡。儿足骨折儿心碎，昼不能行夜不寐。邻家有女已放足，走向学堂去读书。

大富把头上的瓜皮小帽摘下来，用手指挠了挠光光的头皮，羡慕地对小黑说："黑子，这曲儿唱得好听哩，将来咱也让咱家的妮子上这样的学堂。"小黑没有回答，眨巴着一双小眼睛很眼热地看着女学生，嘿嘿地笑着。

大富和小黑说着笑着，从进士巷一直绕到转曲湾。小黑说："师哥，晚上要熬夜唱戏了，把你的袁大头（民国3年，政府发行的铸有袁世凯头像的银币）掰上一小块（调侃的话，意思是花费少）请咱喝一碗羊杂羹吧。"

要说这七月二十二县城庙会，还真离不开这羊杂羹。旧时人们逛庙会，无非是购物、看戏、吃美食，就是图个喜庆热闹、打个牙祭。在曲沃，看戏离不开碗碗腔，吃饭离不开羊杂羹。老百姓把逛庙会的感受编成了民谚，说是，“看戏不喝羊头菜，再好的庙会咱不来”、“羊头菜越吃越精神，碗碗腔越听越上瘾”。

据《曲沃县志》记载：

> 羊杂羹，俗称羊头菜。据传北魏拓跋氏食羊肉，弃置羊头、内脏及骨架。县人惋惜，有人拣洗熬制成羊杂羹，味香美。上市出售，备受青睐，遂成县内风味名吃。烩羹时将骨汤和切好的杂碎置锅内加入食盐，羹面漂浮羊油烧辣椒，再撒以葱丝。杂羹红中透白，香气扑鼻。羊杂羹有健胃、活血与滋阴壮阳功能。传说清代傅山先生在沃食用后受到启迪，用羊肉、莲菜、山药配几味草药制成“头脑”，医其母虚弱病体奏奇效。

师兄弟各自要了一碗热乎乎的羊杂羹，用筷子饱饱地挖了一疙瘩羊油辣子，在羊杂羹中一搅和，然后把馍掰成块状，往碗中一泡，端起碗就吸溜吸溜地吃起来。不一会儿，师兄弟二人就吃得浑身发热脸颊冒汗，全身经络好像瞬间被打开一般，既通畅又舒服。

小黑打了一个饱嗝，说：“师哥，今年这五台皮影戏，听说胎里红和陈小的戏班子，想跟咱争‘挑头旗’（第一）。”

大富用手指弹了弹瓜皮小帽上的灰土，淡淡地说：“这头旗是好当的？‘打铁’要凭真功夫，那俩小子能挂彩（观众捧场喝彩）就不错了！”

大富和小黑刚到庄简祠（祭祀明代曲沃籍官员李浩的祠堂，位于曲沃古县城正大街的北端，自此起向南至古南门，全长0.65公里，为曲沃县城最繁华的街道）门口，就被一座气派非凡的财神楼吸引住了。财神楼约有丈八高，全部用上好的松木搭建，上面饰满松柏树枝和奇花异草，中间供奉着一位头戴金冠，身披红纱，手捧元宝，笑态可掬的财神爷。财神爷的四周摆放着大量的古玩珍奇、稀奇钟表、名人字画。整个财神楼从上到下，异香扑鼻，珠光宝气。大富和小黑挤到人群中，向主事的讨了三支檀香，极虔诚地给财神爷敬了香、磕了头。

离财神楼不远的地方，搭建着一个影戏舞台，舞台上正上演着木偶戏（影戏舞台，一台两用，白天演木偶，晚上唱皮影。曲沃人称之为"青天白日泥作怪，深更半夜皮成精"）。一个猪头人身的胖和尚在台上腆着大肚子，一步三摇，醉醺醺地挑逗一位女仙子。女仙子翠眉如月，云鬓高悬，一边娇滴滴地杏目含怒，一边将长长的衣袖迎风舞动。大富和小黑跟着立在台下的一群红男绿女一起叫好。

街道的两边，你来我往，人头攒动。票号、当铺、京货铺、杂货铺、饭店、药店、剃头铺等各色铺面商幌飘飘，吹糖人的、卖熯粉的、卖针头线脑的、箍锅修锁的沿街吆喝声调各异。

大富和小黑被这热闹劲儿感染着，满怀着喜悦，一直逛到日薄西山。

傍晚，正大街上的楼台牌坊花灯齐放，商户门首张灯结彩，交相辉映。大富、小黑、陈小、胎里红（原曲沃县褫祁村人，本名宋天元，曾在陕西华阴学艺10年，名震晋南）的皮影戏舞台前，早就聚满了人群。

庙首（庙会的组织者，亦称会首）已经吩咐打杂的雇工，把准备好的老酒、熟肉、旱烟等犒赏品抬到了戏台前，摆放到几个大八仙桌子上。

打场子的戏唱罢，庙首就点了胎里红的戏，要听胎里红的《借水》（《金碗钗》中的唱段）。这庙首是个老戏迷，知道这一段唱腔是见功夫的戏，想故意刁难一下胎里红。

这胎里红师出绛州一影戏班，因脸上有一块红色胎记而得名。虽然来曲沃不久，名气比不上当年的九月红，但也唱功过人。胎里红一张口，就把一位妙龄女子甜美娇柔的特点唱了出来，那声调高、稳、亮，音色糯、腻、软，丝毫听不出是一位中年男人的演唱。一段还未唱完，庙首就听得连连颔首赞许，挥手让身边的雇工往台子上撂了一包旱烟丝子。

第三个台口，唱戏的是陈小的影戏班子。这陈小长得面白无须，身弱体瘦，平时温文尔雅又生性怯懦，如一介白面书生。年轻的时候，一次大病烧坏了嗓子，从此再也唱不来旦角，只好做了一名签手。但他手指纤细如青葱，拿起影人的签子来，双手若飞，运用自如。最多的时候，他一次能耍9个影人，还能让影人各具神态、活灵活现。

月琴铮铮，金鼓齐鸣。在陈小的亮子上，只见一个身披铠甲的老者，白须飘飘，骑马飞奔而至。忽而，在一瞬之间，搭弓射箭将一敌国将军模样的人儿射落马下。远处，隐隐浮现一缕烟雾，好似狼烟四起，那位身披铠甲的老者，手持一把长柄金刀，手起刀落，一员番将便满脸血污、身首异处。

台下观者双目凝视，心弦如牵，一时噤若寒蝉。俄而，心情始缓，喝彩如雷。

在第五个台口唱影戏的，是大富的德祥班。德祥班在曲沃久负盛名，好多财东以能请到德祥班为荣。尤其是大富的唱腔华丽优美，表现力丰富，如同九月红的翻版，很受民众的欢迎。一场《白玉楼》唱下来，台下便泣声一片，有白发老妇，也有青衣媚娘，更有一些好事者，把住台口不让散场，叫大富加一个喜庆的小段儿。

大富拗不过，只好清唱道：

> 叫鸣的是鸡儿灯，卷卷尾巴是狗娃灯，三只眼是马王灯，四个蹄蹄兔娃灯，五彩灯六色灯，织女牛郎是七月灯，八仙庆寿灯，九珠莲花灯，十（呀哈）面（呀哈）灯（呀哈）十面埋伏灯（那么哎呀哈）。

夜深人静，从正大街到文昌巷、楼儿巷、司马巷、桥梓巷，整个曲沃古城的“三街七十二巷”到处是灯影幢幢，到处是碗碗腔的韵律，好像这个世界只属于碗碗腔。

天色微明，灯火阑珊。庙首和县城里的几个大财东，把犒赏品的一半分给了“挑头旗”的德祥班，剩余的一半分给了其他四家皮影戏班，各个戏班各得其所。

如今，在曲沃还流传着“胎里红的雌音，陈小的手，大富唱得泪蛋蛋流”的民谚。有时候，历史就是这样，世间最美好、最真实的艺术，往往活在民间。

第五章

DIWUZHANG

霜重鼓寒怒声起

救亡义演

民国26年(1937年),是中国历史上灾难深重的一年。这一年的7月7日夜,侵华日军借口一个士兵失踪,炮击北平西南的宛平县城(今卢沟桥镇),中国军队奋起抵抗,拉开了全国抗日战争的序幕。

随后,北平、天津相继失守。国民政府在正面战场开始组织淞沪会战和太原会战。

9月13日,八路军一二〇师经曲沃县侯马镇(今侯马市)北上抗日。

9月14日,八路军一一五师东渡黄河,经曲沃县侯马镇北上抗日。

9月15日,朱德率八路军总部东渡黄河北上抗日,在曲沃县侯马镇召开抗日军民誓师大会。

9月25日,八路军一一五师取得平型关大捷。

10月,曲沃县牺盟会(隶属于山西牺牲救国同盟会,由中共实际控制的抗日救国组织)在杨谈一带组建曲沃抗日游击队。

11月,中共曲沃县委员会成立,刘裕民(中共党员,公开身份为曲沃县牺盟会特派员)任书记。

11月8日,太原失守,太原会战结束,日军向南推进。

曲沃危在旦夕,抗日的烽火在曲沃这块古老的土地上熊熊燃起。

在曲沃的大街小巷,开始流传一些这样的民谣:

一打铁，二打钢，三打毛镰四打枪。打成镰刀好割麦，打成钢枪灭东洋。叮叮当，叮叮当，四万万同胞齐发奋，打走日本王八羔！

11月中旬，刘裕民（1914—1970，山西省太原人，1934年加入中国共产党，新中国成立后曾任原建筑工程部部长、党委书记、国家建委副主任）开始在各区（民国时，实行区制，曲沃共分五个区。一区区公所设城内，二区设北董，三区设侯马，四区设高显，五区设曲村）派遣牺盟特派员，把牺盟组织成员发展到村一级，在全县范围内开展了轰轰烈烈的抗日救国宣传工作。

曲沃城关集市是曲沃县最大的常年集市，每月逢9三次集，每次集市都是人来人往，布、棉、油、盐、菜、果、线、靴、炭、柴、粮、畜等生产生活用品交易繁多。县城黄帝庙（今曲沃县中心广场一带）前，是城关集市人群最为集中的地方。每次逢集，刘裕民都会利用县牺盟会的名义，在黄帝庙前召开群众大会，向赶集的群众揭露日军暴行，宣传《抗日救国十大纲领》和国共合作共同抗日的道理。

11月下旬的一天，寒风刺骨。

黄帝庙前，一个用条凳和木板搭建的简易讲台上，年轻的刘裕民身着灰色棉布袍，一条长长的毛围巾松散地盘在脖子上，他一边用双手有力地做着手势，一边饱含悲愤地大声讲着：

"同胞们，老乡们，日本鬼子进入关内，大肆屠杀我们的同胞兄弟，在阳高县城，连续3天杀我百姓1000多人，有一个名叫郝天福的老乡，一家13口人，被日本人逼得全家跳井。在天镇、朔县、宁武，先后屠城十几天，枪杀、活埋、火烧我同胞10000多人。

"这些丧尽天良的畜生，每到一处，奸淫我们的同胞姐妹，竟然连80岁的婆婆和未成年的幼女，都不放过。”

“畜生，真是一帮畜生”，台下的群众情绪十分激动，纷纷议论，“打他个龟孙子”。

大富狠狠地往地上唾了一口，骂了起来。

小黑也在一边附和着说：“这帮畜生，早该收拾了！”

刘裕民见大家有些躁动，大声喊道：“老乡们，现在是我们共同抗日的时候，大家不分党派、不分男女、不分职业，只要是不愿做亡国奴的，有钱出钱、有粮出粮、有力出力，一起把日本鬼子赶出去！”

黄帝庙前的民众越聚越多，大家无心赶集，数千人纷纷涌到台前，或怒骂“日本鬼子”或高呼“还我河山”。

一些血气方刚的年轻人，把台子边的一张木桌子围得严严实实，几个学生模样的男女青年被围在里面，拿着纸张在一边解说一边填写着什么。

大富被民众的热情鼓舞着，他拽着小黑从人群中挤到台子边，对站在那里的刘裕民说：“你肯定是大城市来的先生，读过大书的，见过大世面，俺俩是唱皮影的，大钱挣不下几个，倒是有一把子力气。先生，打日本鬼子，把俺俩都算上。”

刘裕民用嘴里的热气哈了哈双手，高兴地说：“老乡，唱皮影的好啊，《岳飞传》我小时候就听过，真过瘾！唱几天皮影，给大家鼓鼓劲，也是给咱全民抗战出力”！

一个阴云低沉的中午，县城里东门外苟谋子饭铺，一间小小的房间里，炉火烧得正旺。

大富、小黑、胎里红、陈小、六疤子等五大皮影戏班的班首，第一次围坐在一起。

大富端起一大盅酒，面色肃然地说：“各位兄弟，自古同行是冤家，今个大家能给俺面子，俺敬大家一杯！现在世道不好，外贼入侵。咱唱皮影的命贱如土，但是，唱了半辈子皮影了，做人的大节咱懂。在打日本鬼子这个节骨眼上，咱不能做羞辱先人的事情。”

陈小挺了挺胸，用有些沙哑的嗓音说：“壮志饥餐胡虏肉，笑谈渴饮鬼子血。”

小黑黑溜溜的眼球一转，扫视了大家一眼，说：“富哥，俺听你的，唱几天《岳飞传》，先杀几个番贼，解解恨！”

六疤子端起酒盅一饮而尽，道：“俺先唱上他三台戏，有招兵的俺就投兵去了！”

胎里红用手把桌了一拍，有些含怒在胸地吼道：“上两大坛子老酒，喝好了，唱戏！谁给咱皮影子丢人现眼，老子这一辈子就和他过不去！”

炉中的炭火燃得劈啪作响，五个皮影班社的班首把酒当做鬼子的血喝得畅快无比。他们一起约定，五大皮影班社义演3天《岳飞传》，收入全部交给牺盟会买枪打鬼子。

县城的黄帝庙、北董的龙王庙、侯马的关帝庙、高显的财神庙、曲村的大悲院，五大皮影戏班同时搭台义演《岳飞传》。一到夜晚，少壮、妇孺皆奔走呼告“看杀番贼去”，民众的抗日情绪空前高涨，全县有逾千名青壮从戎报国（据相关资料记载，县牺盟会在曲沃、闻喜、新绛等地为八路军一二〇师、一一五师招兵5000人。曲沃当地还有400多名青年参加了山西青年抗敌决死三纵队）。

曲沃凤城（曲沃县城西约1公里，今属侯马市）山西青年抗敌决死三纵队军营内，六疤子一身戎装正和一队新兵在学唱着歌曲：

起来，同胞们！起来和鬼子们拼！拿起一切武器，镰刀、斧头、剪刀、锄头，鸟枪、铁尺、土炮，来保卫我们的父母、姐妹兄弟、生命财产、田园土地，武装保卫山西！

那曲调铿锵有力，充满着一种力量。那力量像一股裹挟着巨大热流的狂潮，在六疤子(从军后不久阵亡于对日作战中)的血管中涌动着、奔突着、燃烧着……

怒斥倭寇

民国27年农历二月初一(1938年3月2日)，日军侵占曲沃县城。

日军在曲沃城内烧杀抢掠，无恶不作。

曲沃民众纷纷外逃，流离失所，无家可归。县城各家各户门户紧闭，商铺全部关门停业，曲沃经济一片凋敝，社会陷入战争的极度恐慌期。

曲沃数十个碗碗腔皮影戏班，大多数就地此解散或西渡黄河逃避战乱，只有极少数的碗碗腔艺人留在当地，勉强度日。

碗碗腔艺人王拐子，一家8口人全被日军用刺刀挑死，房屋也被日军一把火烧了个精光，只有他一人因到新绛县搭班唱戏得以幸免。

曲沃沦陷后，王拐子一直躲在城外的关帝庙没敢进城。等到局势稍微稳定一些，王拐子才悄悄回家看了一次。就是那一次，王拐子平生第一次在众人面前号啕大哭，把眼中的泪哭尽了。

王拐子没有了家，也没有了亲人。他一个人又孤零零地回到了城外的关帝庙，终日在庙前捧着一口破碗，唱曲卖艺，乞讨为生。

一日，县维持会的一帮人来清乡，看见王拐子抱着月琴坐在关帝庙前的柏树下弹唱，便招呼了一声就将王拐子围了起来。

县维持会一个头目模样的人，随手拾起一块瓦片扔进了王拐子面前的那口破碗里，口里咋咋呼呼地叫道：“唉，唱戏的，给老子唱一个《尼姑思春》。”

王拐子没有理会，依旧抱琴唱着：“耳边厢忽听人啰唣，像是此山有强盗，急忙就向林中跑，等贼人过去（呀哎）再逃脱，唉——呀——啊——。”

那个小头目一个耳光抡在王拐子的脸上，恶恶地骂道：“你个老东西，活腻了，敢骂老子！不给老子唱，一枪毙了你！”

王拐子把身子一挺站了起来，用眼角淡淡地扫了那个小头目一眼，从牙缝里挤出了几个字：“俺不给狗唱戏！”

王拐子的话刚说完，身上便挨了一顿拳脚。那个小头目拿起王拐子的破碗，照着王拐子的头就是一碗。一碗就把王拐子砸得头破血流，晕死在地上。

那天的夜色浓稠得像一盆墨汁，看不见天，更看不见星光和月色，只能听见王拐子在咿咿呀呀地唱着碗碗腔，那声音柔美悠扬，在死寂的夜里传得很远。

第二天，曲沃县城里有人传言说，城外的关帝庙里死了一个唱皮影戏的人。但是，在那个年代，死个中国人，何况是个穷苦的老百姓，早就不是什么新鲜事了！

3月25日，日军在安泉村屠杀村民25人，烧毁房屋5间。

4月14日，从塔儿山（曲沃县境北之崇山，山势险峻，为太行山支脉，因山顶建有七级浮图，矗立霄汉，故又名塔儿山。县人有“三天不见塔儿山，吃不香甜睡不安”之说）南下的日军，惨杀杨谈村民108人。

4月23日，日军惨杀北董村民16人。

6月6日，日军惨杀安定村民104人，抢走牲口100余头，烧毁房屋100余间。

6月9日，日军进入北柴村，烧毁房屋530间。

日军的暴行，激怒了曲沃军民，他们不甘做亡国奴，纷纷奋起自卫。

曲沃抗日游击支队（曲沃牺盟分会领导的抗日武装，刘裕民曾任总队长）先后在杨谈、西浒、西海、羊舌、营里等村击毙日军30多人，缴获战马5匹、枪支20支。

山西青年抗敌决死三纵队八总队（由中共实际领导的抗日武装）在秦岗、史村一带，阻击日军，激战3天3夜，毙伤日军600余人，击落飞机一架。

周庄村民车程吉打死过路日军1名。

郇王村民曹子胜、李文才，将1名日军打落马下，投入井内。

焦庄村民焦玉英、焦铜山、张礼、焦振声等人，将1名日军用绳子勒死。

躲在曲沃县紫金山（绛山最高峰，位于县城南8公里处，因山产金、铜，山色发赤，故名）一带的大富，听县城的亲戚捎话言说了打鬼子的事，激动得一夜都没有睡好。第二天，天刚亮，大富就披着衣服敲开了徒弟们住的窑洞，要徒弟们听他现编的几句唱词：

迷雾沉沉星辰暗，冷风凄凄夜露寒。
鬼子天良皆丧尽，烧杀奸淫占个全。
杨谈血染黄土桥，安定冤魂飘满天。
今有壮士申正义，手把刀枪到阵前。
刀砍鬼子八百五，枪挑王八上了千。
英雄正须配好马，直教胡虏滚了蛋。

大富边弹边唱，声音低沉厚实，好似有一种悲伤，又好似有一种顽强，全都融进了唱腔之中。

曲沃紫金山之三县顶

忽然间，唱出了心中的郁闷，大富的心情好了许多。在闲闷之余，便叫徒弟们把皮影操弄起来，躲在山沟里，美美地唱上一两段碗碗腔。

谁知好景不长。没几天，就有人捎过来话儿，说是县公署（民国27年5月28日，县维持会撤销，成立日伪县公署）的郭知事（郭笃生，原曲沃县小李村人，日伪统治时期曲沃县知事）让大富带着德祥班到县衙门支应公差。

大富心里清楚，这官差不好支应，一旦摊上了，要么臭名千古，要么性命不保。大富连夜把德祥班的人召集在一块儿，给大家交代说，自打师傅九月红那一辈起，德祥班的规矩就是，唱皮影的有“三不穷”：人穷志不穷，不跪求权贵；人穷嘴不穷，靠本事吃饭；人穷名不穷，不能失礼节。还是德祥班的老话儿，咱唱皮影的命贱人不屃！眼下，德祥班摊上事了，想走的连夜往西走过黄河，想留的心里要有个底。大富这么一说，大伙儿反而平静了，你一言我一语地说开了。

“有事大家一起扛，谁也不能做孬种！”

“德祥班不能散伙，班子散了人气就聚不起来了。”

“人活一口气，咱唱戏的图啥，不就是要个好名声吗？”

“咱先和他姓郭的耗着、拖着！”

大富让人给县公署回了话儿，说是人手凑不齐，等凑齐了就去。一而再，再而三，郭笃生不干了，派了六七个县警连推带拉把德祥班一干人等押到了曲沃公署。

当天夜里，德祥班就被送到了泰山庙（今曲沃中学西侧）日军军营，为日军唱戏。

台子很快就搭好了，“亮子”洁白似雪，一碗灯油旺旺地燃着。大富坐在“亮子”后面，面色沉静肃穆。

台子前，30多个日军正围着几张大桌子大吃二喝。一个光着膀子、牵着狼狗的士兵叽里呱啦地向一个头戴军帽、身穿黑色绸衫的男子说着什么，只见那个黑绸衫低头哈腰地应承着。

不一会儿，就见那个黑绸衫跑到影戏台边，把脑袋伸进帷布给大富交代说：“太君要看花姑娘戏，好好伺候，出了岔子，小心脑袋！”

黑绸衫的脑袋刚从帷布中拔出来，大富就往地上狠狠地唾了一口，骂道：“呸！狗汉奸！”

大富回过头说：“伙计们，抄家伙！咱就给鬼子找个茬子！”

大富大吼一声，签手！

签手跟着吼了一声，唉！

大富再吼一声，上菜！(给大家传递信号的暗语)

就听得碗碗、梆子、锣鼓一通乱响，“亮子”上一个妙龄少女悠闲地迈着莲步。

大富开口便唱：

有张三泪如梭，开言叫声鬼子锉，你要看我面貌生得恶，伢我这心底可颇烦多，不杀好人不放火，不吃洋烟不赌博，各行生意都不爱，一心专爱找茬乐！

日军在台下听不懂词儿，只是对着那“亮子”上的美人儿乐得张牙舞爪。站在旁边的黑绸衫却有些着急，拿出一块手帕一边擦汗一边往戏台上走。

黑绸衫撅起腚把脑袋伸进帷布，急得唾沫星子乱溅，说：“你真找茬子啊！再乱唱，毙——毙——毙了你”！

大富没有理会，模仿着鬼子的音调唱道：

“听说你是找茬乐，你与咱的么找几个，找得好了还罢了，一会呀么给你把头磕！”

黑绸衫更急了，一把掀开帷布钻了进去，拔出手枪顶着大富的脑壳。

大富依旧稳稳地把着唱腔，唱道：

“唉！小鬼锉呀，有张三心欢喜，小鬼招了我的骗。韩信张良并苏秦，同是安邦定国臣，孙膑不回燕国去，羞愧难见故乡人，一连唱了七八个，骂得小鬼子笑呵呵！小鬼子，天杀的，老子今个全泼上，此地权当长坂坡，赵云一枪穿心过！”

还不待黑绸衫回过神来，大富抄起月琴就劈在黑绸衫的脸上，双手迅疾而麻利地用牛筋(月琴弦)勒住黑绸衫的脖子，一直把黑绸衫勒得双眼暴出气息全无。

此时，台上台下早已乱作一锅粥，德祥班一干人等拿起梆子、抄起板凳，一起向台下的日军奔去……

枪声砰砰，洁白的"亮子"上顿时溅满了鲜血，但很快就被那一碗旺旺的灯油引燃，烈火趁势烧了起来，把泰山庙的上空映得一片通明。

陈小取义

民国34年（1945年）春天，住在桥山黄帝庙的陈小还没有从被窝中爬出来，就隐隐听到屋外传来一两声打雷的声音。

陈小急切地跑到屋外的窑顶上，仰起头望着从东南方向涌过来的云团，侧耳聆听果然有雷声隐隐传来。

桥山黄帝庙遗址

"惊蛰一声雷，粮食积满囤。"陈小心里想，这好年景恐怕真要来了啊。昨天，他从交通站（中共曲沃县委在各区设立的情报站）取任务时，就听到一些消息说，日本鬼子快到劲了，蹦跶不了几天了。等到日本鬼子滚蛋了，咱也能滋滋润润唱几年太平戏。

陈小忘不了刘裕民给他讲的那些道理，也明白自己一旦参加了中共曲沃县委的地下组织，就意味着担负起一份抗日救国的责任，意味着面临着生与死的考验。

陈小从窑洞里找了一个褡裢，往里面装了几个用包袱裹好的皮影人，摸起一把月琴，就往城里赶去。

一路上，虽然雷声不断，但是绵绵春雨只打湿了地面上的浮尘。陈小走得很带劲，从桥山到县城几十里的路，也不过走了大半晌。

下坞村东古城墙

进城的时候，城门口的鬼子没有过多盘问陈小就放行了。进了城，陈小先到乾育昶药店抓了几味草药，然后才七拐八拐钻进了古东门外的协力成杂货铺（地下交通点）。

在杂货铺内，陈小很快将情报塞入事先掏空的皮影挑棍（皮影艺人指挥皮影人活动的木质或竹质长棍）里，用松脂封好口子，检查一下没有纰漏后，就赶紧离开了。

从协力成杂货铺出来，陈小一刻也不敢耽误，很快就赶到了下坞村地界。

不巧的是，刚到下坞村南门，迎面遇到了曲沃爱乡团（曲沃县地方反动武装，后在解放曲沃战斗中覆灭）的一伙兵痞。为首的兵痞看见陈小面色白皙，又身背褡裢步履匆匆，不像是村里种地打活的农民，便喝令陈小站住，仔细搜查盘问。

看着那个为首的兵痞满脸狐疑，陈小灵机一动，抱着月琴就唱了一段碗碗腔小调：

奴家住在桥山湾，唱东跑西为糊口。

高堂老母八十五，卧病在床等药补。
打早买药到药铺，一口没吃天过午。
见到老总一个劲儿撖，只因腹中如敲鼓。

这一唱把那几个兵痞逗得哈哈大笑，非要陈小再唱一个艳曲，否则按照通共分子论处。

陈小觉得这几个兵痞正好中了自己的招数，便就坡下驴，故意咂吧咂吧嘴唇，扭扭捏捏地唱道：

哎呀，小哥哥咿呀小哥哥，情话绵绵柔似水，春心盈盈逐浪高。急匆匆，忙搂抱，情切切，唇相交，丁香窸窸，玉津洶洶；啜不尽的甘露，咂不厌的香梢。羞红的脸儿双眼闭牢，由着你（咿呀啊）小哥哥狠劲嘬个饱。

谁知，这一唱惹下了是非，几个兵痞非要拉陈小到爱乡团当兵，说是爱乡团正好要办一个皮影戏剧团，吃香的喝辣的，还有饷金拿，活得滋润着哩！

看着一时脱不开身，陈小故作仗义地说：“老总不嫌弃俺这唱戏的，可是也要让我把药送回家吧，百善孝为先。俺先把这孝道尽了，回头俺找老总去。”

几个兵痞不干，说：“你小子耍滑头呢，你跑了咋办，我们派个人跟着你回去，哥几个就在下坞烟坊等你。”

陈小忙说：“老总辛苦，老远的路跑到啥时候了！不如让俺唱过戏的下坞郑家作个保人，俺明天一早就进城找各位老总去。”

为首的兵痞哈哈一笑，说：“你小子脑袋瓜子好使，就这样定了！你要敢不来，老子带人把你家给灭喽！”

幸好下坞的大财主郑洪綮愿意为陈小作保人，为陈小把情报送到曲沃县委赢得了时间。

其实，这一次和曲沃爱乡团兵痞的巧遇，也未必是一件坏事，因为，这为陈小顺利打入曲沃爱乡团创造了一个非常有利的条件。

民国34年(1945年)8月14日，日本宣布无条件投降。

8月15日，曲沃爱乡团(阎锡山政府任命的县长侯嘉藩兼任团长)接管县城。

为抢夺抗战的胜利成果，侯嘉藩(1902—1949，汾西县人，民国30年任曲沃县长，后任山西省五专署专员，曲沃解放后被县民主政府处决)马上下令对县城严管，抢先收缴日伪物质，控制银号、钱庄、当铺等金融机构，并对中共曲沃县委和曲沃县民主政府进行反攻倒算，大肆捕杀中共党员和革命群众。

为防范中共力量组织攻城，侯嘉藩命令曲沃爱乡团将县城西南香关一带的200余间民房全部拆毁，并将百姓所有粮食、衣物抢劫一空，致使数十户贫苦百姓无家可归，沦为乞丐。

为犒劳爱乡团对自己的“忠诚”，侯嘉藩对手下官兵不断加官许愿。在此期间，陈小所在的爱乡团皮影剧团，除马夫、伙夫原职未动以外，其余一干皮影艺人全部被封为所谓的连、营级军官。

由于这些皮影艺人都是穷苦出身的老百姓，不是侯嘉藩的“死党”。侯嘉藩在对待皮影艺人上，表面上虽然也给“封”了一些虚衔，但是根本抵不上二两干饭用。既不给一枪一弹、一兵一卒，还得白天干苦力，晚上唱皮影。一个月干下来，不但肚子混不饱，而且发的军饷也和那些扛枪带兵的发的不一样。扛枪带兵的每月银元八块，唱戏的每月法币800元(国民政府推行的币种，抗战胜利后法币如同废纸，800元法币只能买一个烧饼)。

对此，皮影剧团的艺人十分不满。他们故意在唱皮影时磨洋工。不是在前首演唱时故意“打顶板”，就是在操纵影人时有意出洋相。三回五回下来，看影戏的兵痞不愿意了，拿起酒瓶子就往台子上扔。艺人们早就灌了一肚子闷气，正没地方撒，抡起板凳就打了起来。一方说，你个臭皮影子，就是给老子找乐的；一方说，老子烧饼都混不下一个，给你娃子唱丧也没劲气。

陈小瞅准机会，私下里把艺人们聚集到一起，先是讲艺人们吃的苦、受的气，再拉呱穷人为啥总受穷几辈子都受欺负。慢慢地，艺人们把陈小当成了主心骨，心里的冤啊愁啊，都愿意给陈小唠叨唠叨。

10 月下旬的一天，陈小把艺人们招呼到一个犄角旮旯里，悄悄地说：“俺听说那边的人打过来了，晋东南的许多老财窜到咱县来了，县城这两天正乱着哩！”

“看来要变天啦，侯嘉藩也快完蛋了！”

“这帮人，看他还敢不敢欺负咱！”

“俺看不要等了，咱们赶紧儿往那边走！”

“俺看也是趁早的好，再捎带上几杆枪，咱也打他！”

艺人们的团结，给陈小增加了不少信心。

“咱们虽然都是穷苦人，但是做事的规矩都明白。”陈小非常冷静地说：“还有几天就是立冬，咱们立冬的下半夜出城。”

立冬，下半夜，风月俱无，夜黑如漆。

爱乡团兵营里，一片死寂，营门口的哨兵早就躲进屋里睡大觉去了，只留下一条狼狗在警觉地低声吠着。

陈小和艺人们分成三组，一组望风，一组偷枪，一组对付营门口的哨兵和狼狗。

大家把唱皮影的家伙什儿都放下没拿，每个人的动作都很麻利。

营门口的狗因为贪吃下了药的馍馍很快就悄无声息了，大家掂着偷出来的七八条枪，悄悄地向上西门摸去。

把守上西门的是一伙兵油子，经常酗酒作乐。立冬，曲沃有吃饺子和黄酒的习俗，这一伙兵油子，从五福园买来好酒好肉，一直吃喝到大半夜，才醉醺醺地睡了。平时，城门口放了两个岗哨，这半夜三更的，连个人影也没有。

陈小吩咐大家脱掉鞋子，光着脚板摸到城门洞下。不曾想，城门厚重坚实，光是门栓就上了三根，两扇城门还用两条粗大的铁索相连，连接处上了一把大铁锁。

大家一时打不开大门，既不能前进，又无后路可退，便有些着急。慌乱间，不知是谁，用枪托子朝着大铁锁砸了一下。

就这么“咣啷”一响，惊醒了藏在阴处的暗哨。

随着一声“口令”的询问，一颗子弹破空而来，打在城门洞的砖墙上，火星四射。

清脆的枪声，在暗夜里传得很远，随即全城便乱作一团。

陈小和艺人们摸惯了吹拉弹唱的物什儿，从来不知道这枪该怎么使唤，这个时候，手里掂着的七八条枪毫无用武之地。

陈小和一班皮影戏艺人，被押送到县署西边的监狱(俗称西大狱)里。

在监狱里，陈小把责任全部包揽到自己身上，说是在爱乡团受欺负，不把唱戏的当人看，所以才带枪逃跑，和别的艺人没有任何关系。

老奸巨猾的侯嘉藩根本不相信陈小的供词，他觉得这个节骨眼上，发生士兵带枪脱逃的事情，背后一定有文章，便喝令县警队严加拷问，把背后的中共地下组织挖出来。

在西大狱的刑讯室内，陈小被打得皮开肉绽，全身上下没有一块好肉，双腿也被县警用木杠子给压残废了。

县警见陈小昏死过去，就用一瓢带着冰碴子的冷水当头一泼，把陈小泼醒。但是，无论怎样打，陈小都是铁嘴钢牙，既不喊冤更不讨饶。连刑讯的县警都说，别看这小子长得瘦弱不堪，皮肤白皙得像个姑娘家，可骨头像钢打铁铸的，硬梆梆的。

侯嘉藩见从陈小口里掏不出来一个字，就下令把陈小扔入死囚号里。

在死囚号里，陈小一面向其他难友宣传革命的道理，一面编唱曲儿怒骂侯嘉藩，没有月琴可弹，他就以筷子击碗作节，边击边唱：

曲沃县长侯嘉藩，心若蛇蝎狠如狼。
见了鬼子像亲爹，早把祖宗忘一旁。
毁民房屋抢民粮，欺男霸女恶名扬。
今个如有刀枪在，送他娃子见阎王。

民国35年（1946年）春天，陈小被侯嘉藩秘密杀害。

临汾支前

常仁杰（1905—1977，曲沃县县册村人，碗碗腔著名琴师）揉了揉眼睛，他不敢相信立在面前的人竟然是失散多年的小黑。

当时，小黑身穿一件到处露着棉絮的布短袍，用灰布条打成的绑腿上插着一双筷子，花白的头发乱蓬蓬地涌了一头，捧着一口粗瓷大碗，正站在县城古东门口讨饭呢。

小黑也惊喜地发现，当年和他一起搭班唱戏的“碗碗”（常仁杰的艺名）正站在他的跟前注视着他。

两人几乎同时伸手拉住对方的胳膊，泪水奔涌而出。

常仁杰把小黑拉到城里一家饸饹面（又名荤汤饸饹面，曲沃风味小吃，明末即在县内普及）馆，要了两大碗面，拿了三个烧饼，老哥俩边吃边聊。

常仁杰说："老哥哥啊，八年了，咋过来的啊！"

"兄弟，别提了，差点就把命丢了！先是想到河西避一避，还没有顾上过河，就被二战区（代指阎锡山的部队）给抓了丁。"小黑有些哽咽地说："白天当伙夫，晚上唱皮影，弄不好不是被打就是被骂，不把咱当人看。"

常仁杰跟着长叹一声，说："恓惶人啊！"

小黑说："跟着二战区东跑西窜，在屯留被八路军打散了，俺才捡了一条命，一路要饭回到曲沃。"

常仁杰说："老哥哥，能活下来就是命大！"

小黑说："听说咱曲沃的二战区跑啦，现在是八路军的天下？"

常仁杰说："人家现在叫解放军了，把咱曲沃给解放（1947年4月15日，曲沃县城解放）了！"

小黑似懂非懂地点点头，说："那，以后，就能平平和和地唱碗碗腔了？"

常仁杰肯定地说："老哥哥，这天下变了，民主政府正在组织唱大戏呢。"

小黑摩挲半天，从口袋里拿出一件东西来，高兴地说："你看，幸亏俺把碗碗（碗碗腔的主要击打乐器，碗碗腔因此得名）揣回来了！这碗碗可是传了好几辈子人了！"

两人把碗碗支在城门口的砖垛上，你敲几下他敲几下，叮叮当当的声音，立即向周围扩散，充满着愉悦和温暖。

民国37年(1948年)3月,春分。

住在东韩村南高塬上的小黑推开窗户,望见绛山冰岩(曲沃古十景之一,因泉出绛山之幽,流被石崖,冬凝成冰,经年不化而得名。古人多有吟咏,今景犹存)如白练若玉带一般悬在半山之中,煞是好看,不觉感叹沃国风景如画。但又不免想起往日山河沦陷,百姓受尽日军欺侮的情景,顿时义愤填膺,不由得张口唱道:

> 我杨家出生入死何足论,忠心耿耿保宋民。
> 转战辽虏数十春,杨家威名天下闻。
> 以血还血伸民恨,誓扫边患除祸根。

小黑唱得很投入,直到有人拊掌相和,小黑才发现常仁杰站在他的身后。

常仁杰告诉小黑,解放军要打临汾了,县上开了大会,要组织宣传队到前线搞宣传,还要成立担架队、招收民工支援前线打仗。听说窑院村的贾清河、张学义的蒲剧班社,要随着担架队到前线慰问。咱皮影戏虽然不是啥大戏,但是咱也有自己的优势,不用装扮行头,有一块地方就能唱一台戏,咱合计着也应该到前线去,好好唱上几台皮影戏。

小黑很兴奋地应承道:“好!好!俺先报个名。咱受够了这帮人的罪,不能拿枪和他干,咱就唱几台好戏给大家鼓鼓劲!”

常仁杰和小黑的想法得到了县民主政府文教科的表扬,经过宋钦县长(兼任曲沃支前委员会主任)的批准,常仁杰、小黑等碗碗腔皮影戏艺人跟随曲沃支前慰问团奔赴临汾前线。

当时由于临汾战役正处于关键时刻,慰问团考虑到安全因素,让蒲剧班社留在襄汾邓庄、安里一带慰问演出，而让行动方便的皮影班社进入靠近前沿的东赵村（临汾城南一村庄名）为解放军战士演出。

刚到前沿，常仁杰和小黑就把戏台搭在伙房边上，想利用晚上吃饭时间为战士们和支前的民工演出。可是，戏台还没有搭好就被一位执勤的战士拦住，并被告诫晚上要熄灭灯火，否则会被守城的阎军（阎锡山的部队）打冷枪。

为避免造成不必要的伤亡，常仁杰和小黑商量着把戏班子一分为二，白天演出，不搭戏台，两人各带一班，一班在伙房边演出，一班进入坑道演出。

常仁杰擅长拉板胡，能把板胡拉得出神入化，如莺啼鸟鸣般美妙。他不只是会拉碗碗腔的曲牌，能在“文武场里转一圈”，还能边拉边唱许多曲沃当地流传的民歌。每逢战士们聚集到一起吃饭的时候，常仁杰就在旁边的一截树桩子上打个座儿，给大家拉上几段明快的板胡曲牌。想让大家热闹一会儿，常仁杰还会声情并茂地唱上几段民歌小调：

初一到十五，十五月儿高，春风儿摆动杨呀杨柳梢。
年年到口外，月月不回来，捎书儿带信要把荷包带。
一绣一只船，绣在江河岸，把两个艄公绣呀绣两边。
十绣梁山将，宋江为大王，再绣个女将孙呀孙二娘。

小黑的唱功好，善奏月琴，能抱着月琴唱20多本戏，无论是唱小旦，还是唱须生，都各具特色。有时候，情不自禁地清唱几句，唱到动情处，也能把听戏人的眼泪催下来。

坑道里窄小，抱上月琴显得有些不便，他就站在坑道里清唱，幸亏他个子小站在坑道里也不碍事。一看到有的战士个子高大，必须猫着腰听戏时，他就故意编上几句调侃的词儿，用土话说道：

门楼低，个子高，门楼里面一树桃。
高个门外细目瞧，馋得想吃树上桃。
伸手去摘够不着，立着进去碰得脑(脑袋)。
弯弯曲曲汾河水，坡坡埝埝长绿蒿。
要想吃桃就屈着，英雄也得哈哈腰。

小黑用皮影戏里的腔调这么一念白，让满坑道的战士都听得畅快舒心，哈哈哈的笑声把阵地上硝烟弥漫的气氛都冲淡了。

5月18日，临汾解放。

在临汾前线部队举行入城仪式时，常仁杰和小黑就站在临汾鼓楼上，手里拿着火红的旗帜，使劲地、欢快地挥舞着。

鼓楼的上空，一群被惊起的燕子，正在奋力地向着远天飞翔……

第六章 DILIUZHANG

改天换地做主人

分房分地

民国38年(1949年)年初,县民主政府开展的第三期土地改革很快就进入高潮阶段。

在这股热潮中,东韩村农会把郑老八、韩熙乐等几户地主揪到戏台子上,开起了批斗会。

东韩村的贫雇农站在台子上,指着郑老八的鼻子尖数落着恶霸地主的种种罪恶,还有几个激愤的贫雇农在哭诉中狠狠地打了韩熙乐几个耳光。

批斗会开完后,东韩村农会宣布将地主的所有财产、土地充公,分给村里的贫雇农。

在分房分地的名单上,流落东韩村的皮影艺人小黑被列入贫雇农名单,分了郑老八家的两间砖瓦房和三间牛厦(地主家专门用于饲养耕牛的牛厩),分了韩熙乐家的二亩麦地,还和两户贫雇农合伙分了韩熙乐家的一头骡子和一套耕地的农具。

这一年的农历五月初五端午节,小黑特意在院子的大门上插了几束艾蒲,还贴了一张专门请先生画的门虎(晋南习俗,端午画虎贴于庭院门上以辟邪),喜滋滋地站在大门口和左邻右舍打着招呼:

“天福,端午呢,晌午咱老哥俩喝几盅?”

“喝啥呢,你就不怕郑老八骂咱穷鬼翻身?”

“怕啥? 有共产党给咱撑腰呢,咱这回不怕了!”

“过了端午,这地里的麦子就该收了。往年啊,给郑家、韩家扛活，没白日没黑夜地干，也混不下个肚子圆！”

“今年，咱给自己扛活，就是累死咱了，埋到自家的地里，也舒坦死了！”

“八路军打天下，穷苦人坐天下！俺今年把口粮留足，剩下的全交公粮！”

左邻右舍正说得上劲儿，有三五个腕系百索（五色线合成的饰品）、身佩香囊的孩童，手持柳枝，边走边闹，你一句我一句地唱着：

饿死、饿活，不给韩村家停活。
走南过河，往北上坡，
干的重活，吃的黑馍，
丢下轱辘把，给你个茅勺。

邻居中有好逗乐的，顺口就把孩子们唱的民谣改了词儿，朗声念道：

累死、累活，给咱个家扛活。
走南过河，往北上坡，
抢着干活，吃上白馍，
谁打的天下，谁给咱掌舵。

民国38年（1949年）6月，端午刚过，天气就热得像下了火。等到芒种时节，东韩地里的麦子几乎被收割一空，只留下满地的麦茬儿，在烈日的烘烤下静静地散发着混着泥土气息的麦香味儿。

东韩村南的打麦场上，光着膀子的男人使劲甩开鞭子，“呦呦”地驱赶着拉着石碾子的牲口，把铺在场子里的麦子碾压得平展展、光溜溜的。那些拉着石碾子的牲口，口鼻中喘着粗气，不时地放出一两个臭屁，屙下一泡草粪蛋蛋的黄屎来，惹得光膀子的男人一顿斥骂，然后又大呼小叫地把在场子边捡拾麦穗的女人招呼过来，把那一泡泡黄屎用木锨铲拾到粪筐中。

但是，整个打麦场上的男人和女人，都显得极为兴奋和喜悦，因为这一年，他们是第一次真正地在收获着自己地里的粮食。

在自家的打麦场上，小黑满脸淌汗，憨厚地笑着，内心盈满了像阳光一样的东西，温暖而充实。他俯下身子，从麦秸底下捏了一小撮麦粒，款款地捧在手掌心，用嘴轻轻吹去里面的浮尘。那一刻，小黑的眼光慈爱而柔和，他仔细端详那一颗颗麦粒，就像一位父亲在充满爱意地看着他心爱的孩子。他还从手掌心中拈出一两颗麦粒来，撮进嘴里，咯嘣咯嘣地嚼起来，像是在品尝世间最好的美味。

小黑把手掌心里的麦粒放进一个用黄纸剪成的小粮囤里，夹在竹竿上插在场内。小黑朝那黄纸儿做成的粮囤行跪拜礼，并极为虔诚地用油饼（一种油炸食物）祭献谷神（农耕文化中的谷神崇拜）。祭献之后，小黑依照老辈子传下来的规矩，把油饼一一分给场内的人食用，大家一起分享丰收的果实。

从打麦场回来，把扬净晒干的麦子倒进瓮里，小黑就开始张罗着把两间砖瓦房打扫得干干净净。

在砖瓦房的门厅里，小黑把原来悬挂的福禄寿神像换成了毛泽东的头像画。

小黑把县人民政府（民国38年5月，民主政府改称人民政府）发给他的房窑证、土地证端端正正地钉在墙上，美滋滋地盯着看了好久。他抬头仰望着毛泽东的头像，把满满一碗新打下的麦子，敬献在毛泽东头像前，满眼含泪地念叨着："毛主席啊，毛主席，俺小黑敬了几十年神，也没有置下一片瓦、一分田，现在有了您毛主席，让俺翻了身，斗倒了地主，分了房分了地，俺以后只跟您毛主席走，只敬您毛主席这一个神！”

艺人新生

（一）

从县文教科报名登记回来，小黑逢人便说，政府里的干部懂礼数，又是递烟又是倒水，把他们这些艺人们像亲戚一样招呼着，还给他们填了一份登记表，说是要开办个学校让全县的艺人在一块儿学习文化。

文化究竟是个什么东西？小黑搞不懂，小黑只知道，唱戏的艺人天生的命贱，要不是家里穷得叮咣响，自己也不会学这门子讨饭吃的营生。学了这门营生，就意味着在别人面前一辈子伸不直腰板，就是把戏唱得再好，也还是个唱戏的艺人，将来即便是死了，族人连祖坟都不让进。可是，小黑又觉得这文化是挺有用的东西，大概就和进私塾、念学堂一样，书读好了就能光宗耀祖，就像曲沃城里立了好多举人牌坊、进士牌坊一样，后辈子人一提起来总觉得多了几分精神。但转眼一想，有文化也未必是好事，这几年斗倒的地主老财哪个不会念几句“之乎者也”，不照样被分了田分了地？自己大字不识一个，就是一个穷唱戏的，反倒有房住有地种，还能学文化？看来这天真是变了，变得自己活了几十年越看越糊涂了。

小黑心里真是有些糊涂了，他弄不明白政府为啥让他们这些艺人学文化，但是他却暗地里认准了一个死理，政府的人说，是毛主席让艺人们学文化，这文化一定错不了。

1950年春天，曲沃县艺人文化补习班在县文庙（今曲沃宾馆所在地）正式开班。

但是，这次以扫盲为主的文化补习班，一开始并没有得到艺人们的认同。这些艺人们有蒲剧班社的小顺娃、龙印子、狗蛋、白满仓、苜蓿花，有皮影班社的小黑、碗碗、仈自茂、安六（原曲沃县西高村人，唱耍俱精）、保子、王六、安娃（冯安荣，把碗碗腔、蒲剧、眉户的唱腔揉为一体，三腔合一，委婉动听，雅俗共赏，人称“万人迷”），他们围坐在几张大桌子的旁边，满面倦色，丝毫没有平时演唱时的风采。

在艺人们面前的墙壁上挂着一块三尺见方的黑木板，上面用白粉笔写着几个“人”、“口”、“手”、“足”之类的字儿。一个白白净净的小先生，用手指着黑板上的字儿，不断重复地念诵着、比画着。

无论小先生怎么教，艺人们都是一脸的木讷，这些字儿远没有那些唱词儿念起来顺口、唱起来带劲。

有一个拿不住性子的蒲剧艺人，干脆把身板一挺，张口就来了一段儿唱词：

> 有薛倚在学中懒把书念，怀抱着圣贤书转回家园。众学友一个个说长道短，都道我无亲娘好不惨然。因此上回家去与母分辩，又只见老薛保站立在门前。听说是我母亲机房织绢，走向前施一礼儿问娘安。

这一唱，顿时惹得满堂哄笑，把那位小先生气得脸颊通红，摔门而出。

没有了小先生的教读，艺人们如同从竹笼中飞出的鸟雀儿，七嘴八舌地争论起来：

"认得字又能咋的,还不是个穷唱戏的,咱就是这贱命,学不来这文化!"

"命里只有八合米,走遍天涯不满升。唱戏的就是唱戏的,识了字也成不了官家。"

"唱了几十年戏,不认字也不见得就把饭吃到眼窝里去。"

"小时唱戏记不住那个词儿,现在老了,却是词儿记住了,还认不得那个字儿。"

小黑虽然觉得这些话儿也有些道理,可他心里还是期盼着能学会文化,只是他实在弄不明白这中间的事儿,脑子里依然一片混沌难开。

(二)

艺人们上课轰走小先生的事情,很快引起县文教科的重视。

县文教科专门派人到艺人文化补习班搞调查,了解艺人们对学习文化的态度到底是个什么状况。经过和艺人们谈心谈话,县文教科认为,艺人们不认可文化补习班的原因主要有两个,一是学了文化用处不大,二是听不懂学不会。假如一味用政治说教和灌输式的教学方式来教艺人们学文化,显然是行不通的。解决问题的办法就是把文化知识的教育和艺人们的生产生活、兴趣爱好联系起来,进行诱导式、渗透式教学。

经过大家推荐,县文教科从曲沃县建设蒲剧团借调了两位教师,一位是读过大学的柏毓秀,一位是太岳中学毕业的导演韩承晋。

柏毓秀博学多才、理论功底深厚,他告诉艺人们旧社会艺人低人一等并不是天生的"五行八字"不好,更不是天生的贱命,艺人读书识字的权利被地主老财们的那个阶级剥夺了。新社会,共产党

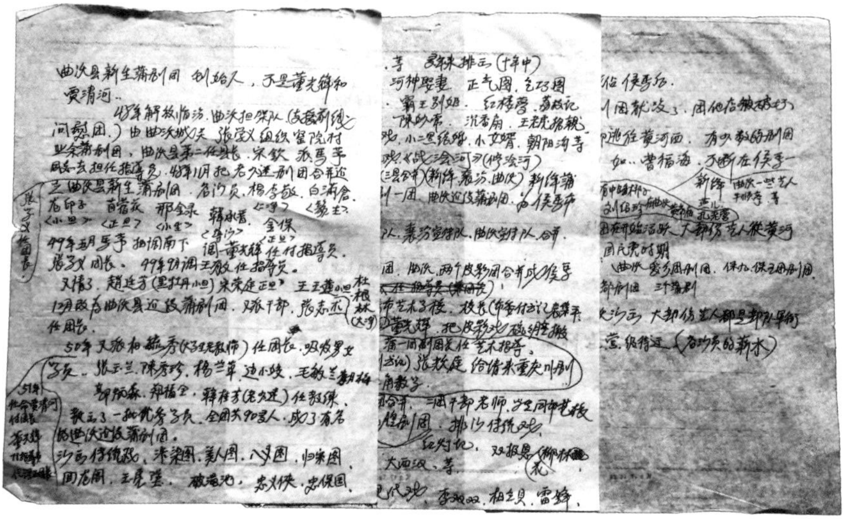

董光辉回忆录遗稿

用鲜血换来社会的公平和平等，让艺人翻身做了主人，把艺人们读书识字的权利夺了回来。不管年龄大小，接受新社会的文化教育，不当“睁眼瞎”是一件大好事。能读书识字，看懂戏文，就不再唱“照猫画虎”的糊涂戏，才能把戏唱得更动情更动人。

柏毓秀说的时候，总是要拉扯上旧社会艺人们遭的罪、受的苦，不少艺人在下面听着听着就泪流满面。他还讲了一个碗碗腔艺人在一户财东家唱《跑山》一段戏时，遭到羞辱的故事。《跑山》中有一段唱词儿文雅，表现力十分丰富，当唱到“梅鹿儿含花满山跑，猿猴玩耍古林梢”一句时，艺人把唱词唱成了“没路儿喊话满山跑，猿猴玩耍古林少”，惹得财东很不高兴，以为唱戏的在咒骂自己“没路儿”、“古林少”，直接把班主叫过去解释。班主不识字，学戏时也是凭师傅口口相传，这几句戏词唱了几十年，心中还是“五祖传六祖，越传越糊涂”。说不通戏词儿，还唱什么戏，财东就招呼人上去把戏班子给砸了，还把前首吊在门梁上一顿狠打。班主和前首因受到羞辱，在同行面前抬不起头，就此“金盆洗手”，发誓一辈子不再唱戏。

柏毓秀的话激起了小黑对旧社会的仇恨。小黑出身穷苦人家，10岁时给安鹄（今曲沃县安鹄村，位于绛山脚下，北距县城3公里，为春秋“沃国”邑名。据考，鹄为习射之的，晋国公侯围猎于此。《诗·唐风》：“扬之水，白石皓皓，素衣朱绣，从子于鹄。”《笺》：“鹄，曲沃邑也。”）一地主家放牛，和地主家签了一纸文书，约期三年，期终结账。不曾想地主家在文书中做了手脚，把“管吃管住”写成“吃住另计”，三年结账，不但领不下工钱，还倒欠下地主的伙食费。小黑的父亲一气之下卧病在床，贫穷如洗的家境如同雪上加霜，小黑被迫拜师学艺，以求谋得一条活路。

小黑一把抹去眼角的泪水，举起拳头说道：“地主老财把俺当‘睁眼瞎’，害得俺一家没吃没喝。俺要求认字！”

柏毓秀知道自己的动员有了效果，立即鼓励说：“好！这位艺人说得很好！你唤个啥名？我先教你认自己的名字。”

小黑想了一下说：“俺自己的名字贱。先生，你先教我认毛主席的名吧，他是大富大贵之人，给俺翻了身，俺想跟着沾些福气。”

于是，柏毓秀的第一堂课效果很好，艺人们认准了三个字：“毛主席”。

韩承晋（1916—1974，洪洞县李堡村人，晋南地区著名戏曲编剧、导演）是晋南蒲剧界的知名人士，文化素养良好，擅长编写剧本和戏曲导演，讲话风趣幽默。韩承晋教识字，先教和艺人们生活贴近的字、笔画数少的简单字，然后由简到难，用单个字组成一两句戏词重复读写记忆。

韩承晋（1916—1974）

艺人们唱了一辈子戏，唱的是个啥写不下来，写下来的见了也不认识。

韩承晋说：“这就好像两家人是亲戚，说起来很亲，其实见了面并不认识。我教大家识字，不过就是说和着让大家认一下亲戚。”

韩承晋这么一说，艺人们自然很有兴趣，都积极地要和唱了一辈子的戏词儿“见个面”。

就这样，在柏毓秀和韩承晋循序渐进的熏陶、引导下，不少艺人平生第一次认识并能够书写下自己的名字，加上把一些蒲剧和碗碗腔的唱词作为识字材料来使用，有些艺人很快就能认下来三五百个字，艺人们学文化的积极性得到极大提高。

从某种意义上讲，识字工作促进了民间艺人的文化觉醒，使得他们逐渐脱离混沌状态，重构出一种全新的对世界的表述方式，为以后他们在人民政府所提倡的民间文艺改革运动中发挥主人翁的作用提供了条件和可能。

而这一切，对于曲沃碗碗腔进一步融合地方文化和有效吸收蒲剧艺术养料来讲，无疑是具有重大历史意义的。

（三）

1950年8月，秋虫鸣得正欢的时候，县文教科派人到下裴村通知仈自茂（1906—1978，曲沃县下裴村人，从小学艺，戏路很宽，善奏月琴，时任一碗碗腔皮影班社班首），说是县上计划排演新皮影戏，希望他能和保子、安六（1906—1976，今侯马市大李村人，执签、唱腔俱佳）的戏班碰个头、商量一下，一起到县文庙开个会。

那天，天空湛蓝如洗，阳光暖暖地铺了一地。仈自茂接待县文教科的干部的时候，心里充满了以前从没有过的欣喜。他赶忙放下手中的玉米棒子，拧了一烟袋锅子旱烟就递给了那位干部。

那位干部穿着一身打着补丁的土布衣服，张口一笑便露出稀疏发黄的牙齿，他没有推让，一边问着玉米棒子的产量，一边接过烟袋锅子便美美地吸了一口，用地道的河南腔说："老乡，这烟，中！中"！

三天后，仈自茂、保子、安六相跟着赶到文庙，和县文教科的干部一起商量唱新皮影戏的事情。

县文教科的干部说，这次要唱的是新戏《白毛女》，唱戏的剧本已经托人从陕西那边捎了回来，蒲剧团的人正在看，新刻制的皮影人儿也买了一些，如果不够用，还可以购买一些或者自己刻一些也行，所有排演、演出的花费，全部由政府承担。看看大家还有什么意见？

仈自茂说，政府把咱艺人当人看，咱一准没有啥意见。自己唱了半辈子的戏，唱的、拉的都是师傅一代代传下来的老本子，要编新戏，就要请个上过新学堂的先生一起编。

保子附和着说，上过了文化补习班，政府教大家识了几个字，不能说是"睁眼瞎"了，可新唱词儿需要在一起打磨打磨。

安六见仈自茂、保子都发了言，自己也不甘示弱地说，只要蒲剧团能演，俺们就能唱！蒲剧团编好了本子，两家都能使唤，老兄弟们都是受苦的出身，正好在一起掺和掺和。

县文教科经过研究，把建设蒲剧团的韩承晋、老少迷（韩桂芳）、白满仓和碗碗腔皮影艺人仈自茂、保子、安六、碗碗（常仁杰）、宋文龙召集在一起，组成一个新剧编排组，相互学习、取长补短，共同编写剧本、编排新剧，时称"八仙过海"。

安六（1906—1976）

编排新剧的班子一经组成，很快就投入了工作。

韩承晋以说戏为主，把重点放在剧情和表演细节上；老少迷扮演喜儿，以攻小旦唱腔和表演动作为主；白满仓扮演杨白劳，以攻老生唱腔为主；蒲剧的编乐、配器由蒲剧团抽调业务骨干完成。

宋文龙主攻前首，仈自茂负责辅助韩承晋做好皮影剧本的编写并拉硬弦任下档，安六负责执签、做戏，常仁杰帮帐、司板胡担任上档，保子打后台、击碗碗担任后槽。

从“八仙”分工上看，在当时，他们几乎代表着曲沃一带戏剧艺术的最高水平。以碗碗腔皮影戏为例，宋文龙（1906—？山西省新绛县南王马村人）是晋南皮影戏艺人中富有盛名的“抱本”大师，能唱20多本大戏，唱腔造诣极高；仈自茂的戏路和音乐感悟力、安六的手上功夫、常仁杰的板胡艺术、保子的击乐手法，在晋南的碗碗腔艺人中很难有人能出其右。

对于韩承晋而言，把秦腔《白毛女》的本子改编成蒲剧，难度还不算大。因为蒲剧和秦腔在源流上有极近的血缘关系，在道白、唱腔、戏路上很相似，尤其是蒲剧艺人和秦腔艺人有着长期的互为师承、同台搭班演出的传统，为两个剧种之间的剧目移植和借鉴创造

宋文龙（1906—？）

常仁杰（1905—1977）

仈自茂（1906—1978）

了良好条件。但是，对于仈自茂而言，要把秦腔的本子改变成碗碗腔皮影戏，除唱词可资借鉴之外，余下的工作几乎是重起炉灶了。

韩承晋把大家召集在一起，开了一个“诸葛亮会”，形成了三点共识：一是蒲剧先行排演，碗碗腔艺人参与并观摩学习蒲剧的表演动作；二是碗碗腔皮影戏编排时，蒲剧艺人参与并观摩学习碗碗腔的演唱风格；三是在唱腔、曲牌、表演上相互学习、取长补短。

蒲剧《白毛女》的排演，让碗碗腔艺人找到一个“范本”，从这个“范本”上，碗碗腔艺人第一次打破了和“大戏”“老死不相往来”的传统，开始有意识地尝试吸收蒲剧中的艺术养料。当然，在这一次共同排练中，蒲剧艺人也从碗碗腔皮影戏中获益颇多。

（四）

第一场碗碗腔皮影戏《白毛女》是在县城孝母巷南口的四牌楼（明万历四十三年县人李齐沆所建，今为曲沃著名人文景观）前演的。

那是一个初冬的夜晚，阴云低沉，冷风嗖嗖。仈自茂、常仁杰、宋文龙等五位碗碗腔艺人搭建的皮影戏台周围，里三层外三层地围满了群众。挤不到台前的就站在台子两侧，连台子两侧也挤不进去的干脆就站在台子后，群众的想法很简单，碗碗腔“名角”同台，又是唱新剧，看不见“皮影人”，能凑合着听戏饱饱耳福也挺好。

仈自茂见群众的热情极高，对唱好这出新剧也有了许多信心。

他悄声对坐在前面的宋文龙说：“宋师，兜住底，慢慢把戏唱热，一准儿是好戏！”

宋文龙微微颔首答道：“得令！”

宋文龙嗓音柔美、唱功深厚，一开口就把台下的观众吸引住了。喜儿的娇柔可爱、杨白劳的忠厚老实、大春的淳朴善良、黄世仁的贪婪狠毒、穆仁智的阴险狡诈，无一不通过他的唱腔传达到观众的心中。

四牌楼景观

戏越唱越“热”，观众的情绪也跟着剧情的起伏而悲愤交集。

当宋文龙唱到杨白劳被迫喝了卤水一段时，喜儿的号啕哭诉引起台下观众的内心共鸣，不时有激愤的观众哭喊着要冲上台子去找黄世仁报仇。

宋文龙也是个受苦人出身，他在唱腔中融进了自己对旧社会和地主恶霸的仇恨。他唱道：

> 我有仇来我有冤，血海深仇说不完。
> 那年年底三十晚，大风大雪鬼门关。
> 他们逼债到我家，硬逼我爹爹把债还。
> 一时间还不起阎王债，他打死我爹爹好伤惨。
> 高山啊，砍不断，海水啊，舀不干。
> 却怎么天翻身来地打转，仇人今天在面前。

等到唱到剧情高潮，把观众的情绪调动到最高点时，宋文龙却一改原来的唱腔风格，直接用道白痛快淋漓地骂道：

黄世仁啊黄世仁，

你这害人的恶棍、吃人的畜生！

今个就要了你的狗命！

那骂声浸着血泪、含着仇恨，和台下观众振臂高呼的呐喊声交织在一起，振耳发聩，直上云霄。

唱完《白毛女》的后半夜里，下了一场大雪，那雪花铺天盖地，把四牌楼装扮得如同冰雕玉砌一般。

文庙的东厢房里，炭盆中柴火正烧得欢实，仈自茂、宋文龙、常仁杰等五位碗碗腔艺人围坐在一起，把酒而饮，他们的脸上盈满了兴奋和愉悦。

后来，仈自茂说，四牌楼有灵气！《白毛女》那场戏感动天地呢。其实，仈自茂并不知道，他说这话的时候，遥远的北京城里，正在酝酿着一场从未有过的戏曲改革运动，也正是这一次戏曲改革运动改变了全国戏曲艺人的命运，中国的戏曲艺术自此掀开了全新的篇章。

（五）

改变戏曲艺人命运和戏曲发展方向的会议，是1950年11月27日到12月11召开的全国戏曲工作会议。

据当时的新闻资料记载：时任政务院总理的周恩来出席了会议，他同与会代表一一握手，并向京剧艺人尚和玉、川剧名伶张德成、河北梆子艺人刘喜奎敬酒。大会闭幕式上，主持人郑重宣布：从此废除"旧艺人"、"旧戏曲"称谓，改称"戏曲工作者"和"戏曲"，全体代表顿时爆发雷鸣般的、时间长达十五分钟的掌声。从此中国的戏曲以及广大戏曲艺人，获得了新生！

1951年5月5日，政务院发布《关于戏曲改革工作的指示》（时称“五·五”指示），以政府文件的形式确定了“改戏、改人、改制”的戏曲改革基本方针，并明确规定“戏曲工作应统一由各地文教主管机关领导”。

“五·五”指示下发不久，曲沃县文教科就派干部到仈自茂、保子、安六的皮影戏班帮助整理、改编剧目，帮助艺人改造思想、改制戏班。

经过县文教科干部的帮助教育，仈自茂、保子、安六等皮影戏艺人意识到，以前班社信奉的“祖师爷”并不靠谱，唱了半辈子戏，是自己养活自己，自己吃的这碗饭根本不是“祖师爷”给的。他们纷纷把敬奉了几十年的、甚至传了好几代艺人的“祖师爷”牌位，撂进灶台里给烧了，他们说这叫做“送祖师爷上天”。

“祖师爷”化作一缕青烟飘走了，随之崩溃的还有在城乡之间红火热闹了数百年的“唱戏娱神”制度。仿佛就是在一夜之间，活跃于曲沃及其周边数个县市的数十家皮影戏班，一下子变得沉寂起来，原先盛行的“庆生”、“祝寿”、“还愿”、“酬神”等活动也逐渐销声匿迹。代之而起的是另一种全新的剧目——《白毛女》《三世仇》《血泪仇》等一批具有政治教化作用的现代戏。

一种旧制度的崩溃往往意味着一种新事物的诞生。“戏改”正是这种新事物诞生的“催化剂”，给碗碗腔皮影戏带来了前所未有的变化。原先唱皮影戏是给“神”唱、给地主老财唱，现在是给人民大众唱；原先唱皮影戏的艺人低人一等靠唱戏谋生，谁请戏谁就是衣食父母，现在唱皮影戏的艺人是国家的戏曲工作者，既有自己辛勤劳动挣的钱，又拿一份国家发给的经济补助；原来班社是出钱的财东或班首（师傅）支配的行业组织，现在班社是由县文教科直接管理的戏曲团体。

在这种变化中，碗碗腔艺人彻底告别了低贱的艺人身份、告别了旧的陋习和落后的封建的迷信的戏曲习俗，日渐成长为理解、接受社会主义话语体系并最终承担起为工农兵服务的政治使命和宣传任务的戏曲工作者。

小黑义捐

（一）

1951年夏至过后，蚱蝉初鸣。

一大早，常仁杰就身背一个蓝布小碎花包袱，从县册村（今曲沃县史村镇县册村）出发去东韩村看望小黑。常仁杰的包袱里裹着昨天刚烙好的油酥火烧（一种面食制品，亦称饼子）。在曲沃当地，小麦收打归仓后，有烙火烧，走亲戚，互问收成，以示庆贺的民俗，民间称之为“看收（钹）po”。

在路经县城的时候，常仁杰拐到城关杨记凉粉店，买了一碗猪油熥凉粉（曲沃名吃，主料为绿豆粉，有清热、解毒功效），蹲在店外的凉棚下捧起碗吃了起来。

杨记凉粉店对面，有三五个干部正在发放宣传单，在他们背后的白色墙壁上写着“抗美援朝、保家卫国”八个黑色大字。在离他们不远的地方，还有几名干部在组织群众教唱歌曲，其中一名年轻的小伙子站在一个砖墩上，双手一边比画，一边高声唱道：

雄赳赳，气昂昂，跨过鸭绿江。
保和平，卫祖国，就是保家乡。
中国好儿女，齐心团结紧。

抗美援朝打败美帝野心狼！

常仁杰边吃边听，他感觉到那是一种全新的音律，似乎在里面蕴藏着一股不可遏制的力量。

放下碗筷，常仁杰不自觉地跟着哼唱了几声，心中不免琢磨起这音律的美妙之处。

当常仁杰赶到小黑家里时，小黑正坐在门前的青石鼓上费力地喘着气。两扇贴着“门虎”的木门虚掩着，上面插着几束蔫蔫巴巴的艾蒿。

常仁杰叫了一声小黑，上下一番打量，才知道小黑的肺病犯了。

常仁杰和小黑私交极深，两人在艺术上互为师承，又患难与共，堪称生死之友、莫逆之交。看见小黑精神不济，常仁杰心中酸楚难耐，泪水夺眶而出。

小黑和常仁杰打了个招呼，欣喜之情顿时挂满脸颊。他轻轻推过常仁杰伸过来扶他的手，自己拄着一根枣木棍子硬撑着站起来，把常仁杰让到屋里。

小黑居住的屋子和两年前相比，没有什么大的变化，进门的墙上依旧贴着毛泽东主席的画像，只是画像的两侧添了一副对联。对联上用楷书工整地写着：翻身不忘共产党，幸福全靠毛主席。

常仁杰打开包袱，从里面取出一个火烧，递给坐在炕沿上的小黑。小黑接过火烧，放在鼻子上嗅了嗅，轻轻地咬了一口，立即被憋在胸腔里的气喷了出来，火烧屑儿四下飞溅。小黑俯下头，手指哆嗦着把溅到身上的面屑儿捡起来，塞进嘴里，气喘吁吁地说：“俺的命贱，享不了大福！刚跟着毛主席过上好日子，这老毛病就又犯了。”

常仁杰开导小黑说："老毛病养养就好了，跟上毛主席，以后的好日子长着呢！"

小黑微微摇了摇头，说："俺的病俺知道，怕是躲不过这一关了！"

常仁杰说："咱们这些人吃了多少苦，都撑过来了，这点小病小灾的不碍事。"

"老兄弟，就这一条穷苦命，随着老天爷吧。"小黑苦笑了一下，说："俺还有一个心愿未了……"

常仁杰知道小黑要交代身后之事，便打断他的话，说："早着呢，早着呢，老天爷不为难咱穷苦人。"

小黑从炕角摸出来一张油印的纸张，使劲说道："你看看，这上面写的，美帝国主义和毛主席闹意见哩。"

常仁杰拿过一看，是一张《曲沃小报》(中共曲沃县委创办)，上面印着一些抗美援朝的文字和宣传画。

常仁杰断断续续地读着，大致意思是说：美帝国主义侵略朝鲜，抗美援朝总会发出推行爱国公约、捐献飞机大炮、优待军烈属的号召。曲沃人民响应号召纷纷捐款支援志愿军抗美援朝。

小黑说："你听听，这美帝国主义就不让咱中国人安生，俺这病就是美帝国主义给害的。"

常仁杰说："小黑哥呀，等你把病养好了，咱哥几个义演几台戏，把钱全捐给志愿军。"

"唱戏，怕是唱不动了！俺是想清楚了，这美帝国主义侵略朝鲜，就是不想让咱好过。"小黑点点头又摆了摆手，停顿了一下，攒足了气力说："保家卫国，这家是咱的家，这国是咱的国，家和国就是一个鼻孔里出气，这美帝国主义不让咱出气，就是想憋死咱们呢！"

常仁杰说:“那肯定没门。咱也捐钱买飞机大炮狠揍美帝国主义一顿。”

小黑说:“钱,俺是没有攒下！家里的光景全是毛主席分给俺的,这房子,还有今年刚打下的两瓮麦子,俺全捐给毛主席买飞机大炮!”

常仁杰说:“你这是咋呢！以后你把嘴吊起来喝西北风去?”

小黑平静地说:“俺这日子怕是不多了。兄弟,俺孤家寡人一个,就托付你一件事,俺走了,你把俺埋在师傅旁边,家里的光景全捐给毛主席!”

常仁杰的眼睛有些湿润,他知道,在小黑的心里只有毛主席,只要能为毛主席做点事情,就是要他的命他也舍得!

(二)

1951 年 7 月,常仁杰、仈自茂、安六等戏曲工作者纷纷组班义演,把演出收入全部捐献给抗美援朝总会。

就在义演活动即将宣告结束的时候,小黑坐在院门口的青石鼓上撒手人寰。

邻居们说,小黑死前没有任何征兆,他晒着白花花的阳光,平静地睡过去了。小黑死的时候,邻居们发现,小黑的项上挂着一个用红线串着的纸牌。纸牌被小黑紧紧攥在手里,上面用铅笔歪歪扭扭地写着三个字:“毛主席”。

给小黑送葬的那一天,小黑的院子里那棵老槐树,花开似锦,香气扑鼻。

常仁杰坐在那棵老槐树下,手持板胡,拉了一段碗碗腔曲牌《哭颜回》。那弦乐之音缠绵悱恻、浸人肺腑,把满场子人的情绪全都“拉”入这凄婉悲伤的旋律之中,让人唏嘘、让人感慨、让人为之动容……

大战浍河

（一）

1957年，中共曲沃县委总结第一个五年计划执行情况时，认为农业产量不稳不高的根本原因是干旱，全县水地面积仅占耕地面积的12.7%。

这一年的早春，十年九旱的曲沃，迎来了一位新县委书记——张耀庭（1917—2001，山西省临汾市小程村人，原名炳宸，字耀庭，因右腿残疾，化名曾残）。

谁也不曾想到，就是这位时任晋南地委书记处书记兼任曲沃县委第一书记的张耀庭，面对苏联专家的揶揄，拍案而起，掷地有声地说道："从现在起，我们就不能再让浍河水流来流去不干活了。两年后，欢迎你再过来，看看这些'二流子'水，是不是听我们共产党的调遣！"

就是这位1935年参加革命工作，1941年在日军扫荡中摔坏腰椎，顶着日军刺刀毫无惧色的老革命、老党员，在面临开发浍河的巨大困难时，疾声而言："愚公能移山，我就敢治水！自力更生，艰苦奋斗，15万曲沃人民就是最可靠的力量！"

当年9月，山西省委在太原并州饭店召开专员、县长会议，会议上一份工程项目表中，列入了曲沃的项目——开发浍河。

11月下旬，曲沃县年轻的农工部干事景元祥（1932年生，山西省侯马市小李村人。曾任曲沃县人民政府副县长、曲沃县政协主席）带着张耀庭和全县人民的重托，怀揣着开发浍河的报告，再次赴省城太原寻求支持。

山西省农业厅厅长范履端的办公室里，山西省副省长刘开基面色严肃地告诉景元祥："开发浍河，我赞成！但中型水库的审批权在水电部。你转告张耀庭同志，你们要上，你们上。目前，我不能作任何文字答复。"

刘开基副省长的一句话，让张耀庭心里有了底。张耀庭明白，开发浍河从项目表上"走下来"了，即将在他的任上变成现实。

12月7日，中共曲沃县委通过《关于开发浍河的决议》，组成浍河工地党委会和浍河水库工程兴工委员会。

12月10日，曲沃县人大二次会议一致通过《关于开发浍河的决议》。

当天，曲沃县大礼堂(今曲沃县文化娱乐中心前)门前，云集着来自全县12个乡镇和1个筹备处(侯马市筹备处)的17000名民工。

主席台上，右腿严重残疾、弓着腰身的张耀庭，甩掉手中的拐杖，手撑桌沿，一头乱蓬蓬的头发在寒风中迎风作响，他向站在主席台下面的上万名民工，大声地作着动员。讲到动情之处，张耀庭干脆扔掉手稿，几近呐喊地讲道：

"事实证明，群众就是我们战胜一切困难的力量源泉。只要我们紧紧依靠群众，任何困难都阻挡不住我们前进。为了美好的生活，为了子孙万代的幸福，让我们挽起臂膀，向浍河胜利挺进——"

张耀庭代表县委向全县人民发出的气吞山河的号召，通过现场的高音喇叭和有线广播，在第一时间便传遍了曲沃大地。

那个寒冷的冬天，曲沃人民怀着翻身做主人的自豪，怀着对共产党的满腔忠诚，怀着战天斗地的炽热情怀，在长达150多公里的浍河干支渠工程线上，拉开了开发浍河的序幕！

1958年新春，浍河干支渠全部开通。

滔滔浍河水乖乖地听从共产党和人民群众的调遣，干渠东起库区，经卫村、常村、望绛、东关，一路欢腾流经曲沃县城北，折而西北，向西张寨、太秦、南庄一带流去，全长33.3公里。

曲沃县城万人空巷，县人扶老携幼涌向城北争睹浍水。

（二）

1958年4月12日，浍河水库大坝工程动工。

浍河大坝工程，坝高31米，坝顶长800米，坝底长540米，底宽186米，顶宽7米。大坝建成需用500多万个劳动日，挖填土方392万立方米，需用财力上千万元。

全县仅有全半劳力3万，全年财政收入不过区区520万元。

人从哪里来？钱从哪里来？张耀庭又不是《西游记》里的孙猴子，拔出一把毫毛就能变出人和钱来。但是，上马的工程决不能半途而废。一场更严峻的考验等着张耀庭。

空前的压力面前，张耀庭依然不改共产党人的本色。他以诗明志，抓起一管羊毫大笔，蘸饱墨汁，在一张草黄色的薄纸上，奋然写道：

浍河是只虎，
敢把虎来骑。
骑就骑到底，
虎死再休息。

这首平白如话的打油诗，既比不上唐诗的意境，也比不上宋词的瑰丽，假如有人编选诗集，张耀庭的《骑虎诗》也注定难入编者的法眼。但是，就是这么一首小诗，在当时的曲沃却不啻是震撼天地的战斗宣言、气壮山河的豪迈誓词、鼓舞人心的冲锋号角，成为15万曲沃人民团结一致、不畏牺牲、共克时艰的精神支撑。

曲沃县委果断决定：三万劳力上浍河，五年工程一年完。

为壮三万民工英雄气，仈自茂、常仁杰、安六、保子等皮影戏艺人主动向县委文教局请战，要求组团上浍河工地慰问演出。

考虑到仈自茂、常仁杰等艺人已经年过半百，浍河工程指挥部没有安排他们参加劳动，只是让他们白天收集演唱资料、排演新剧目，晚上到浍河两岸的民工住宿区演出。

这些翻身做了主人的艺人们，在浍河工地感受到的是一种全新的劳动生活场面：

白天，三万人马一起上阵，红旗飘扬，人声鼎沸；晚上，数千帐篷绵延十里，灯火依稀，鼾声如雷。

这里没有贵贱之分。从普通党员群众到领导干部，所有的人都是一位普通的劳动者。春寒料峭，河水刺骨。曲沃县委书记、浍河工程总指挥袁极平和民工一起甩掉衣服，赤脚踩泥，挥锨清淤。

这里处处充满愚公精神。一个长600多米、宽180米、深11米的坝基坑，没有一件现代化工具，硬是凭着民工们手抠泥、身背筐挖出来的。

这里巾帼不让须眉。九姐妹组成的女子“飞车队”，从数十米高得土崖上一跃而下，拉车人手撑辕杆，双脚腾空，车后站一人以俯仰身姿来调整重心，车载千斤，急速如飞，一日往返数十次达240华里（此故事于1959年被创作为《九姐妹大战浍河》连环画，由人民美术出版社出版）。

这里不乏壮士凯歌。浍河突发洪水，电闪雷鸣，浪高丈余，浍河河谷顿成泽国，24名敢死队员不畏生死勇跃入河心抢险。

仈自茂每天都被新的故事感动着，他急切地和常仁杰、安六商量后，决定请韩承晋导演和他们一起编排一出新剧。仈自茂说，自己演了一辈子戏，现在总算是明白了，真正的戏原来就在群众中间，唱群众的戏，为群众唱戏，才是叫好的戏。

新剧很快就编排好了，剧目被县文教局确定为《大战浍河》。

直到今天，我们在问及一些关于修建浍河的往事时，曲沃碗碗腔剧团的一位老演员仍然记得当年的唱词：

天寒地冻风如刀，三万民工志气高。
光脚光腿立深淖，挥舞铁锨把泥淘。
河水刺骨人晕倒，书记心如烈火烧。
下令赶快把酒调，提起酒桶泥里跳。
手拿马瓢桶中舀，敬给民工酒一瓢。
浍河就算是老虎，也敢骑虎跑一跑。
把虎骑成小羊羔，浍河乖乖把地浇。

1959年9月30日，浍河水库工程胜利竣工。整个工程实际投工604万个，总投资1943.8万元，至1988年底全部水库库容8968.1万立方米，有效灌溉面积16.19万亩。浍河工程成为曲沃有史以来最大的水利工程。

然而，就在大坝工程合拢之时，张耀庭积劳成疾，大口鲜血喷吐于大坝之上，被紧急送往医院治疗。

如今，当年参与开发浍河的英雄们，大多数已经年逾古稀或者成为故人，他们的事迹也逐渐随着时间的推移成为历史。所幸，张旭东（曾任曲沃县委宣传部副部长、文联主席、县委通讯组组长）先生在《遥想当年战浍河》一文中，用如椽之笔，再现了英雄们史诗般的风采，让我们至今仍能领略到曲沃人民开发浍河的英雄气概。也正如张旭东先生在文末所言：

这座巍巍的金字塔式的大坝，雄踞于浍河河谷之中，浪之汹涌，摧它不垮，风之呼号，撼它不动，散发出一种博大深沉的旷远感，无论天荒地老，永远昭示后人！

诚如斯言。

浍河魂雕塑

鸳鸯会(年画)

出版:山西画报出版社　　编剧:张继善
演出:曲沃县碗碗腔剧团　摄影:尚　刚　吴天章

阳春三月,员外之女赵丽平和丫环到野外踏青,她看到鸟儿成双,彩蝶成对,便触景生情,想起未过门的女婿李公子,不禁心花怒放,沉浸在幸福的遐想之中。

山西平阳府六品府尹李世杰因弹劾奸相严嵩,反被严嵩所害,打入天牢,并将家产全部查抄。府尹之子李明刚逃出家门,到洪洞岳丈家中投亲。

赵小姐听说李公子家遭劫难,心急如焚,终日茶饭不思,坐卧不宁,在后花园暗自伤神,凄然泪下。

赵员外见公子身处逆境,遂起悔婚之意,取出十两碎银递给公子,让他另投别处,并说女儿已有婆家。公子气愤之极,将银子摔在地上,拂袖而去。

鸳鸯会(年画)

丫环将此事告知小姐，赵小姐悄悄追到大门口，向公子表明心迹，发誓风雨同舟。并约公子当晚三更在后花园墙下相会。

小姐将一包银两和衣物送给公子，劝他忍辱负重，隐居苦读，以待云开雾散，再展宏图。公子感激涕零，二人难舍难分。这场面被小姐家寄居的表哥窥见，告知员外。

员外闻听大怒，带领家丁赶来，将公子当场捉拿，扭送官府，诬他翻墙入院行窃，意欲落井下石，以除后患。

赵员外为了借刀杀人，用重金贿赂县官，洪洞知县本乃贪赃图利之辈，与员外曾有私交，二人一拍即合。

鸳鸯会（年画）

衙役如狼似虎，相公有口难辩，员外振振有词，狗官步步紧逼，重刑之下，李公子屈打成招，含冤画押。

公子在大堂受刑之时，小姐已被员外锁在花园，她急得两眼冒火，命丫环在前带路，欲破门而出，闯堂为公子鸣冤。怎奈墙高门牢，只得对天长叹。

公子被判流放，上路之日，小姐赶来相送，公子不知事情真相，以为小姐和员外串通一气，设计害他，将小姐踢翻在地。小姐有苦难言，五脏俱裂。

日出月落，春去秋来，公子在边关苦服劳役，虽身陷囹圄，却壮志不灭，只盼柳暗花明。

鸳鸯会(年画)

小姐日夜思念公子，怨恨爹爹，决心同家庭决裂。在丫环的帮助下，终于逃出家门，女扮男装，千里迢迢寻找公子。

小姐一路跋山涉水，餐风饮雨，历尽千辛万苦，闯过道道难关，舍生忘死奔波一个多月，终于打听到公子下落。

斗转星移，雨过天晴，海瑞经过明察暗访，挫败奸雄，为平阳府尹雪冤。此时李世杰已故，为息民怨，皇帝降旨赦李公子无罪，继任父职。

小姐和公子在边关相见，悲喜交加，这对患难鸳鸯几经生离死别，转祸为福，衣锦还乡，在民间传为佳话。

第七章

DIQIZHANG

为伊消得人憔悴

成立艺校

(一)

1959年腊月里的一天,傍晚时分,阴沉了几日的老天终于降下了一场铺天盖地的大雪。

侯马市委(1958年11月,曲沃、新绛、汾城及乡宁县关王庙乡合并成立侯马市,隶属于晋南专区)大院一间普普通通的办公室里,市委第一书记张耀庭正坐在台灯下仔细批阅着文件。等到市委的小通讯员再次进来通知他吃晚饭时,他才意识到肚子的确有些饿了。他手扶拐杖站起身来,对小通讯员歉意地说:“哦,是吃饭的时候了,我再不吃饭,你和我的肚子都要闹革命了!”

屋外雪花飞扬,张耀庭没有坚持亲自到食堂打饭的意见,只好让执拗的小通讯员把饭打来送到办公室里。

饭菜很简单,无非是一碗白菜炖豆腐和两个硬面馒头。张耀庭手捧一口粗瓷大碗,搬个凳子往靠近炉火的地方一坐,便佝偻着腰大口大口地吃起来。炉子是晋南一带用砖块垒砌的那种土灶,既可以取暖,还可以烧水做饭。炉火上烧着一铁壶水,正突突地冒着热气。

这位1935年就参加党的地下组织工作的革命者,早就习惯了艰苦的生活环境。在抗日战争期间,他随地委机关转战太岳山区,于暗夜中跌入山沟,摔伤了腿和腰,后被日军抓捕,在逃脱时避入一墓穴躲藏7天7夜,因延误治疗,落下终生残疾。自此以后,一遇

作者在采访侯马市委原宣传部部长马安国

到雨雪天气，张耀庭的伤腿病腰就酸胀得难受。

饭菜很快被吃得一干二净。张耀庭把粗瓷大碗往上一放，提起炉火上的铁壶倒了满满一碗开水。然后，他用手撑住炉子的砖壁，缓缓地把腰身贴到炉子上，好让腿和腰能更接近炉火的温暖。用这种土办法来缓解病痛，是他在新中国成立前就总结出来的，有时候比吃西药贴狗皮膏药还顶用。

他斜靠在炉子上，顺手从旁边的一摞报纸上摸了一张《侯马报》，借着微弱的灯光，阅读着上面的文字。

在报纸版面的一个小角落里，刊登了一则侯马市皮影剧团（系原曲沃县、新绛县、襄汾县的安六、保子、仈自茂、宋文龙等老艺人的皮影班社合并组建而成）到曲沃公社（1958年，侯马市建市时，撤销乡镇建制，成立14个公社。曲沃公社即原曲沃县城关镇）演出的消息。

张耀庭一边轻声读着，一边回想着华北局宣传部部长黄志刚到侯马调研时的情景。

那是刚开春的时候，汾河里的冰凌还没有完全化开，风吹到脸上还觉不到一丝暖意。侯马市委特意为到侯马进行工作调研的黄志刚部长安排了一场皮影戏演出。

皮影戏的演出由保子（原名师作栋，曲沃县下坞村人，时任侯马市皮影剧团团长）抱本、安六挑线、仈自茂帮帐、宋文龙打后台，这些老艺人全是名噪晋南的皮影戏大师。演出的是碗碗腔皮影戏拿手戏《女对面》。

《女对面》是碗碗腔传统剧目《蝴蝶媒》中之一折，描述蒋青崖与柳碧烟由于蝴蝶相引面订终身后，碧烟不欲卖画，被婶母出卖，几经辗转，碧烟又被蝴蝶所引，到了蒋青崖的表妹花柔玉家，碧烟叙述身世前后的一段故事。

保子的雌音儿别有一番风味，他悲中含戚含怨地唱道：

曲沃碗碗腔传统剧《如意店》布景设计

《如意店》演出场景之一

奴姓柳——啊——嗯——名碧烟,命犯孤寡住西湖断魂桥,不种桑麻——咿——呀——啊——家贫穷——嗯——全赖奴隔帘卖画。遇秀才蒋青崖前世缘法,初见面——咹——就爱他风流俊雅,曾许下作侍妾永订蒹葭。

官宦家——嗯——妻与妾虽分上下,一园中又何妨两树开花。自觉得身微贱门户不大,故与他学蒸梨做小妆丫。

他赠奴——嗯——宝扇坠美玉无瑕,奴将着养成的蝴蝶回答。

姑娘——你——嗯——嗯——在深闺受不下婶母拷打,随一个老养娘奔走天涯。过钱塘行险路担惊受怕,风起后遇猛虎舞爪张牙,将一个老养娘被虎吃下,弱怯怯女孩儿活活吓杀。猛抬头见蝴蝶前来迎迓,难得他恋故主不忘奴家。这是我的吔——哎——咹——真实话呀——哈——啊,啊哈——哈——哎嗨——哎,哎——呀——嗨——哎——哎碗碗腔独特的唱腔艺术触动了黄志刚，他饶有兴趣地告诉张耀庭："唱得好！唱得好！唱腔很有特点，就是单靠皮影人来演，有局限性，演员的喜、怒、哀、乐还不能全面地展示给观众！"

黄志刚建议道："你们可以考虑对皮影戏进行改革，在保留唱腔风格的基础上，让真人代替皮影人演戏，把皮影戏从小舞台搬上大舞台，让古老的艺术焕发时代的气息，更好地服务人民群众。"

张耀庭轻声地咳了一声，他努力地坐正身子，伸手端起放在地上的那一碗开水，三五口就喝了下去。他一边用拳头捶打着伤腿的痛楚处，一边自言自语说："鼓足干劲，力争上游……一切病痛、困难都是纸老虎！"

其实，张耀庭喃喃自语时，是在反复思考一个问题：如何把碗碗腔皮影戏改革成真人演的碗碗腔戏？

在考虑基本成熟之后，张耀庭摇通了市委值班室的电话，要值班员马上通知市委常务书记袁极平、市委宣传部部长景文灿到市委开会。

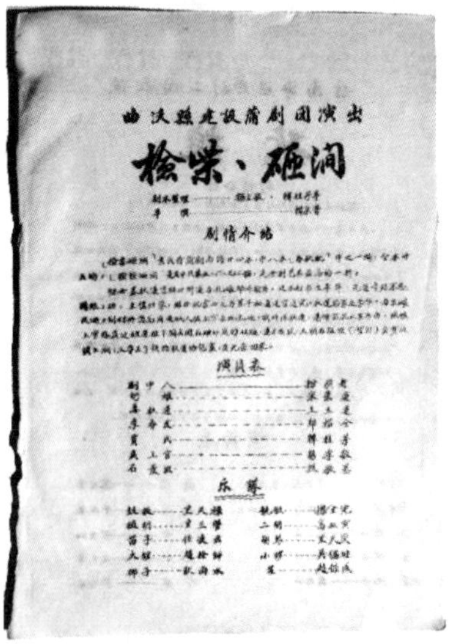
曲沃县建设蒲剧团演出
檢柴、砸涧
剧情介绍
演员表
乐队

董光辉回忆录遗稿

张耀庭的办公室狭小而简陋，一桌一床，三人围炉而坐几乎占了整个屋子，但是，这丝毫不影响大家的情绪。

袁极平摘掉头上的帽子，把手伸到炉火上，边烤火边吟咏着："绿蚁新醅酒，红泥小火炉。晚来天欲雪，能饮一杯无？"

景文灿拿过一个草绿色的军挎包，从里面掏出几块红薯放到炉台上，模仿着袁极平的声调调侃说：“日暮苍山远，天寒白屋贫。三人围炉坐，正好烤红薯！”

张耀庭见状，朗声大笑，说：“叫声同志哥，冒雪来开会，家寒难待客，喝水吃地瓜！”

三人相视而笑，继而开会至深夜方散。

当晚，大雪一夜未息，积雪盈尺。

（二）

董光辉回忆录遗稿

翌日清晨，阴云还没有完全消退，寒风裹挟着雪片往人的脖子里直钻。

在通往侯马市蒲剧二团（原曲沃建设蒲剧团）的街道上，董光辉踏着积雪咯吱咯吱地走着，他身材魁梧，走起路来步幅很大，两脚带风，老远就能听见他踏雪而过的声音。

蒲剧二团在晋南蒲剧界名气很大，团里名角荟萃，像杨李敬、白满仓、宋荣庭、王玉莲、韩桂芳（老少迷）等一批著名蒲剧演员在晋南一带曾名噪一时。

晚上，市委领导要对蒲剧二团赴晋南专区会演的剧目进行验收，但是管布景设计的师傅忽然病了，团里决定让业务团长董光辉负责布景。临时安排给董光辉带来不小的压力，虽然自己自幼爱好绘画，也有着过人的艺术天分，可是到专区会演事关全市的荣誉，稍有差错，自己哪能担起这份责任。

董光辉把围在脖子上的青灰色毛围巾紧了紧，用手弹了弹身上的雪片儿，心里盘算着会演的每个细节。

董光辉赶到团里的时候，蒲剧二团的院子里已经扫出了一块空地，一些年轻的演员已经在练嗓子、打把势了。董光辉顿时觉得心里暖暖的，他的热情似乎被点燃了一般，一边疾步而行，一边迅速解下围巾，奔到排练厅的布景架前就动手忙了起来。

忙活了不到半晌工夫，剧团的秘书过来通知董光辉，要他马上到市委宣传部开会。

开会？董光辉琢磨着，一定是安排会演的事情，这边不是正忙着吗？开什么会啊？这不耽误工夫吗？

董光辉极不情愿地放下手中的活计，披上一件粗布棉大衣，把毛围巾往脖子里胡乱围了一下，就急匆匆地向市委大院赶去。

市委宣传部的小会议室里，一张大桌子的两侧坐满了人，屋子里充满了呛人的旱烟味儿。

看见董光辉推门进来，景文灿向他颔首示意，让他坐在靠近自己的一张板凳上。

会议没有因为董光辉的进来而中止，大家依然在你一言我一语地争论着：

“蒲剧团搞了这么多年,也没有搞出啥名堂来,又要把皮影戏搬上大舞台,这事情困难不小!”

“蒲剧是大戏,不缺人!这猛一下子把皮影戏改成真人演,哪里有人啊?”

“总不能把搞了多年的蒲剧拆了,让白满仓改唱皮影子吧!”

“碗碗腔是不错,在晋南有群众基础,可是让演员代替皮影人,怎么改?怎么唱?前无古人啊!”

“是啊,这一改,三五个人的皮影戏,就需要三五十号人,唱的、编的、拉的、敲的,都是技术活儿,俺看还要办出个学堂哩。”

看看大家困难摆了不少,抵触情绪不小,景文灿把眼光投向坐在旁边一言不发的董光辉,似乎想从这个年轻人身上找个突破口。

坐在景文灿对面的市文化局局长宁通喜察觉到了景文灿的意思,他当即点名说:“小董,你年轻,不要光听他们的意见,你大胆地说说你的看法。我们是开会研究问题,你不要管说的对还是错,只管把看法说充分就行。”

董光辉当时只有29岁,可是他已经是有着12年革命工作经历的老同志了。他毕业于太岳中学,1947年从戎报国,先后在晋绥补训团宣传队、曲沃县民主政府文教科工作,为人直爽,说起话来从不遮遮掩掩。

董光辉听到宁通喜点名让他发言,便站起身来,大声说:“不是说要成立侯马市艺术学校吗?这个我赞成!把皮影剧团的宋文龙调过来教唱腔,从蒲剧一团、二团抽调几个文武老师教基本功,再找几个音乐、舞美老师,不就成了”。

董光辉的快言快语引来大家的一阵哄笑,他有些疑惑地看着景文灿,想知道自己说错了什么。

景文灿没有表态,只是让董光辉接着说下去。

董光辉稍微迟疑了一下，继续说道："文化教员、行政干部可以考虑从宣传文化部门抽调。曲沃文化馆有空房子，艺校就放在文化馆院里。学员嘛，让张耀庭书记在全市教育工作会议上提个要求，让教育部门把完小（完全小学的简称）、初中里有戏剧素质的学生推荐出来。艺校再把里面的"吕布"、"貂蝉"招收进来，艺校就可以开张啦"。

景文灿和宁通喜相互对视了一眼，那眼里满含着对董光辉的赞许。

看到大家听得很认真，董光辉心里彻底没有了顾忌，一口气说道："招生由文化局挂帅，成立招生委员会，把全市分成曲沃、新绛、汾城三个片招考，总考设在曲沃文庙（祭祀中国杰出思想家、儒家学说创始人孔子的庙学合一的古代建筑群，内有各式建筑68楹，殿堂楼阁规模宏大为县内之冠。现已拆毁）。旧社会科班学戏，三个月登台，我看把碗碗腔皮影戏搬上大舞台，三个月就成！"

宁通喜问："还有吗？"

董光辉说："说完了。"

宁通喜一脸笑容，说："你小子，把文化局的活儿都安排了啊！"

顿时，整个会议室里满堂欢笑。

景文灿打住大家的笑声，有些激动地说："成了，成了，方案成了。很好，安排得很完整。董光辉，你小子是个人才啊。这个事，你就给咱干，三个月把碗碗腔搬上大舞台！"

董光辉没有想到，自己一通毫无准备的即兴发言，竟然成了自己给自己立下的"军令状"，这位刚才还在为布景设计而忙碌的年轻人，心头的压力可想而知。但是，董光辉没有退缩，他也没有办法退缩，因为他的话就像许下的一个诺言，而诺言是只能践行不能反悔的。

（三）

1960年1月，侯马市委下发通知，决定下拨4万元经费，成立侯马市艺术学校，校长由市委常务书记袁极平兼任，原侯马市蒲剧二团业务团长董光辉调任侯马市艺术学校任副校长。宋文龙、安六任碗碗腔唱腔教师，韩桂芳（蒲剧男旦，艺名“老少迷”）、贾月亭（蒲剧男旦，原蒲剧一团演员）任旦角教师，王进发（原蒲剧二团演员）、王新喜（原蒲剧一团演员）任武功教师，王光义任生角教师，薛书田（原蒲剧一团编剧）任剧本整理，卫春生（原蒲剧一团演员）任音乐教师，王彩凤任文化教员，高科任会计。

1960年2月，侯马市艺术学校开始招生，招生范围扩及曲沃、新绛、侯马、襄陵、汾城等晋南一带。

1960年3月12日，侯马市艺术学校正式开班。

俺要唱戏

1960年春分刚过不久，曲沃文庙泮池（又称“泮宫”，位于大成殿正前方的半月形水池，意即“泮宫之池”，是古代官学的标志。上覆泮桥，科举考试时，学生过桥去拜孔子，称为“入泮”）边上的柳树就开始吐翠绽绿了。

董光辉正在办公室里，和宋文龙、韩桂芳商量着安排学员上课的事情。

忽然，从门外跑进来一位面容俊俏、身材苗条的小姑娘，两只脚刚迈进门槛儿，就大声向董光辉说：“老师，俺要唱戏！俺要唱戏！”

小姑娘身穿红条绒黑花花袄，头扎两个小辫子，说起话来清脆利索。

董光辉愣了一下，心中不禁疑惑，这是谁家的小姑娘啊，眉清目秀，皮肤白皙，打扮得花枝招展的，听口音好像不是本地人，倒像是从大城市里来的。

董光辉便随口应道：“哦？想唱戏，好啊！你多大了？”

小姑娘说：“13啦。”

董光辉说：“那你叫啥？”

小姑娘笑盈盈地说：“张玉琴。”

韩桂芳连忙接住话茬说：“张玉琴，哦，我想起来了！你爹是张金胜，招考的那天，是我面试的你。”

“是，俺爹是解放军。”张玉琴扑闪着水灵灵的大眼睛回答道。

“张金胜，就是从青岛海军转业回来的那个老干部，据说1937年参加红军，是一个老革命”，韩桂芳把头转向董光辉，边用手比画边说，“行政14级，在咱这儿，待遇比市长还高”！

董光辉点点头，说：“噢，知道了！不是说老革命不让闺女唱

作者刘平在采访张玉琴(右)

戏，把闺女送到河南亲戚家了吗？”

张玉琴赶紧插话说：“让，俺爹让俺唱哩！俺刚从焦作回来，就跑过来啦！”

董光辉看看张玉琴紧张的样子，便笑眯眯地说：“闺女，那你家大人怎么没有过来，怕是你偷偷跑来的吧？”

张玉琴顿时满脸通红，眼眶里的泪水几乎溢了出来，依旧悄声说道：“俺就是要唱戏！”

董光辉会意地看看韩桂芳和宋文龙，哈哈一笑，大声说：“好！你这个学生，我们艺校正式收下了，明天就来报到。”

张玉琴满脸欢欣，激动地说：“真的？俺明天就来？”

看着张玉琴一蹦一跳跑去的身影，董光辉说：“这闺女，有唱戏的天分啊，干部家庭条件好，不知能吃得了苦吗？”

宋文龙附和着说：“是棵好苗子，只要下苦练，一准是个名角！”

董光辉抬眼向窗外望去，一双紫燕呢喃着从柳枝边穿过，不由得吟咏道：“不知细叶谁裁出，二月春风似剪刀！”

韩桂芳故意摆了个旦角的姿势，抿嘴一笑，细音细嗓地说：“董校长，好雅致啊！”

张玉琴到艺校报到后，很快就痴迷上了戏曲艺术，这让董光辉的担心像一块悬着的石头终于安然地落了地。

每天4点多钟，整个县城还沉寂在黑夜里，就是那报晓的晨鸡也还栖息在梦里。

这个时候，张玉琴已经起了床，第一个跑到文庙后头空场子上，开始了喊嗓子练功。

连一贯早起的贾月亭老师都在董光辉面前唠叨说：“这个小妮子，好苦哩！她这一嗓子，喊得艺校全听她的号令呢。”

董光辉嘿嘿一笑，没有作答，心里却不禁暗自高兴。

渐渐地，董光辉发现，张玉琴不仅是早上起得最早，而且每一堂课练起基本功来，都比别的学员舍得下苦。

有一次，韩桂芳老师教“花梆子步”，要求步伐轻盈、足不外露，“小碎步”行进。台步是戏曲行的基本功，尤其是“花梆子步”以轻盈妩媚见长，行走时如微风拂柳，表演起来十分漂亮，充满美感。

对于初学者来说，这个动作难度很大，一时半会儿不可能掌握技巧，要想走好“花梆子步”，只能凭苦练。

一晌练下来，腰酸体疼，小腿发软，到了晚上休息时，大家才发现脚腕肿胀，痛楚万分。这些学员，大多数是十一二岁的娃娃，在家里哪里受过这样的苦？有些就忍不住了，哭哭啼啼要回家。

韩桂芳、贾月亭、王彩凤等几位老师，就跑过来像哄孩子一样做思想工作，可是，转眼一清点人数，却不见了张玉琴和石凤仙。

韩桂芳急忙去找，才知道，张玉琴和石凤仙两个人偷偷跑到大成殿前练起了“花梆子步”。

韩桂芳看张玉琴和石凤仙如此苦练，就和贾月亭一起，给她们做示范、讲要领。

韩桂芳说：“花梆子步是花旦的基本功，跑起来身体稳而不僵，腰部要擎住劲，脚腕要立住劲！”

贾月亭说：“台上一分钟，台下十年功。你在台下练得辛苦，将来上了舞台才会光彩照人。”

那时候的张玉琴和石凤仙还没有感受过上台表演的气氛，更不知道啥是光彩照人，她们心里只有一个念头——唱戏，只要老师能教咱唱戏，吃点苦不算啥！

作者史建荣在采访刘顺安

谁最硬气

一大早，天还没有完全放亮，武功教师王进发端了一大搪瓷缸子大叶茶蹲在大成殿门口的石阶上，督促着学员们晨起练功。

在大成殿两侧的廊房前，数十个娃娃一字排开，一律头下脚上，双手撑地，双脚抵墙，拿着“大顶”（曲沃俗称“骑墙根”）。

王进发绷着黢黑的脸，眼珠儿自左到右一转，把正在练功的娃娃们挨个儿扫视了一遍，然后，从白色对襟袄里摸出一支香烟，“噗嗤”一声用火柴点燃了。等着火柴将熄，他方噙着烟嘴深深地啜上一口，让那口烟在胸腔中打上几个旋儿，才从口中缓缓地吐出。

刘顺安双手撑地拿着“大顶”，心里却默默念着数字，他已经试过好多次了，当他数到2426的时候，王进发师傅刚好吸完第三支香烟、喝完一大缸子茶水，这个时候，恰好就是王进发站起身来，招呼他们下架休息的时候。

那时的刘顺安，刚刚13岁，正是好玩的年纪。他一边在心里默念着数字，一边眨巴着大眼睛瞅着大成殿上的对联：

气备四时与天地日月鬼神合其德

教垂万世继尧舜禹汤文武作之师

不一会儿，他的心思就随着在雕梁斗拱、飞甍翘檐间筑窝的燕子飞到九霄云外去了。

正在刘顺安遐思万千的时候，王进发忽然站起身子来，朝着刘顺安的屁股就是一脚，大声提醒道："双臂撑直，双脚并拢，精神专注，意贯头顶(百会穴)！"

王进发这一脚袭来，并不是很重，但是刘顺安丝毫没有防备，气息一泄，人便塌下架来。

不等王进发再次发话，机灵的刘顺安已经翻身而起，拿好了"大顶"。

王进发的脸色铁青，用手戳戳刘顺安的小腿肚子，训斥道："刘顺安，练功走神，加罚100个虎跳！"

听到师傅说要加罚自己100个虎跳，刘顺安鼻子一酸，委屈的泪水夺眶而出，流满了额头，浸湿了头发。

拿完"大顶"，数十个学员一哄而散，三三两两地分头到灶房打饭去了。曲沃文庙大成殿前的两棵柏树下，只留下刘顺安、张保保、王安才、任永和、侯宝成几个人。

刘顺安身材瘦小，但是性格耿直，干起事来有一股子犟劲。他手心相对使劲搓了几下，向小伙伴们说："给我数着数，100个虎跳，一个也不能少!”

站在旁边的侯宝成把手伸出来,也使劲搓了搓,应和着说:“来,咱们一起练,100个,谁少一个是狗熊!”

看着刘顺安和侯宝成拉开了架势,张保保不甘示弱地说:“好!咱几个就比一比,看看谁最硬气!”

几个小伙伴依次从大成殿的柏树下开始跳起,向前经过泮池桥、假山,一直跳到正门前的“文武百官到此下马”石碑前,再原路返回跳到柏树下。

这几个刚学戏不久的“小虎娃”,体能还没有完全激发出来,跳跃的姿势刚刚学会,还谈不上什么技巧。100个虎跳,对于这几个10多岁的孩子来说,是个不小的运动量。

也不过是跳了二十几个,刘顺安的手掌已经被硌得生疼。平时练功的时候,虎跳是在毯子上练的,目的是保护手掌和身躯不被摔伤。可是,今天王进发师傅是有意罚他,让他吃苦头教训他的,想要毯子?门都没有!在大成殿前的青石板上虎跳,地面虽然死硬死硬的,但是比较平整,手掌着地时还好受些。一旦跳到泮池桥上,路面是鹅卵石铺成的,凹凸不平,手掌着地时受力不匀不说,还不时有些沙石碎粒硌手。

刘顺安和他的小伙伴们倔强地忍受着钻心的剧痛,依旧保持着标准的发力、起跳、侧翻、落地等一系列动作,一丝不苟地重复着一个接着一个的虎跳。

100个虎跳完成了,这几个“小虎娃”个个累得汗流浃背、气喘吁吁,每一个人的手掌心都被磨出了大大的血泡。

刘顺安瘫坐在柏树下的青石板上,叉开五指把手掌心亮给小伙伴们,说:“看,7个血泡,我最硬气!”

虎头虎脑的侯保成也把手摊开,嘴里吸吸溜溜地数着手掌心的血泡，说："5个——我5个！"

五双打满血泡的"小虎爪"聚在一起，一数，总共有32个血泡。

煞费苦心

（一）

宋文龙抱了一把月琴坐在教室里，等学员们到齐了，方才开口唱了一段《白玉钿》中的唱词：

（白）叫叫一声梦中郎梦中郎，你是读书之人，必知礼法，如何陷入缧绁之中，看在其间，想必是——

（唱）奸人害了你了，
你读书必然知法纲，却怎么也做公冶长，
奴为你染病春罗帐，奴为你也曾投长江，
今宵有缘重相望，恨只恨多隔一纸窗，
咱二人薄纸一般样，各人怀中抱屈枉，
奴好比齐妇喊冤三年旱，
郎比就邹衍下狱六月霜。

宋文龙唱得委婉绵延，是典型的碗碗腔唱腔。可是，宋文龙发现，站在自己面前的学员好像听不进耳朵里，表情木讷。要是搁在从前，要是哪个徒弟敢这个样子学皮影戏，自己早就一顿板子打上去了。

宋文龙想，是自己唱得不如从前了，还是学员听不明白？便有意提高了嗓门，把唱词又重复了一遍。

宋文龙重复一句，学员便跟着学唱一句，不过还是老样子。

几天下来，一小段儿唱词，宋文龙反复地教唱，竟然还是老样子，学员们唱得有气无力，毫无精神。

宋文龙心里万般懊恼，但是一点儿办法也没有。

董光辉知道了，到学员中间一了解，有几个女学员哭哭啼啼地说：

“我们来艺校是学戏的，不是唱皮影的！”

“俺爹说，一个女娃娃唱皮影子，让人家看不起。”

“唱皮影子，有啥出息？”

董光辉解释说：“不是唱皮影戏，是把皮影戏搬上大舞台，将来你们上台代替皮影人演戏。”

“搬上舞台，还是皮影戏啊。反正我不学皮影戏！”一个女学员撅着嘴嘟囔着。

“噢，那可不一样”，董光辉安慰道，“皮影戏是皮影人演的，你们学成了是戴着凤冠穿着霞帔上大舞台表演的”！

和董光辉一起了解情况的音乐老师卫春生（1935—1999，侯马市南王村人，曲沃碗碗腔知名琴师、作曲师，师从常仁杰，善奏板胡）连忙帮腔说：“就是和你们看过的大戏是一模一样的，村里闹红火、逢大集时唱戏，那多热闹啊”！

看着几个女学员懵懂的样子，卫春生接着说：“你们没有听大人们说过王秀兰吗？那是唱大戏的一枝花”。

董光辉点点头说：“咱艺校就是要把你们也培养成和王秀兰一样的名花、名角！”

“千扭万扭，不如王秀兰在台上一走！”卫春生一边说一边模仿蒲剧花旦走了一段圆场，把董光辉和几个女学员逗得哈哈大笑。

张玉琴（右二）、王梅（左三）等碗碗腔演员和著名戏曲表演艺术家李瑞芳（右三）合影

（二）

学员不愿意学皮影戏唱腔的想法，逐渐波及和动摇着戏校教师的信心。

有些教师干脆告诉董光辉，改戏不是件容易的事，剧本、唱腔、音乐、表演、布景都要重新设计，改不好还要落骂名，不如就教学员唱蒲剧，教师、演员啥都是现成的，培养一个往蒲剧团安排一个，岂不是又省心又受欢迎。

一向很有主意的董光辉坐不住了，他迫切地想寻找一个坚定的支持者。他顾不上天色将晚，蹬上自行车就朝侯马市委大院驶去。

在侯马市委大院门口，董光辉见到了侯马市委宣传部部长马安国和市文化局局长宁通喜。

看着董光辉着急的样子，马安国把手一挥，爽快地说：“通喜，去我办公室，咱们一起和小董聊聊。”

马安国的办公室虽然狭小，但收拾得非常干净，正对门的墙上挂着一幅书法作品，上面写着：“数风流人物，还看今朝。”字体刚劲有力，颇有几分毛体字的风范。

三人甫一落座，董光辉便说：“马部长、宁局长，这一帮娃娃兵还真不好带，遇到难处了。”

马安国没有打断董光辉的话，只是轻微地点了一下头，示意董光辉接着说下去。

一直等到董光辉汇报完了，马安国才开口说：“这还真是个问题，要在旧社会，学戏的娃娃是没有说话的自由的。”

宁通喜说：“是啊，旧社会，师傅教徒弟，全凭棍棒。我听宋文龙说过，以前他学艺时，就见过师傅把一个徒弟的腿给打折了。”

马安国说：“现在是新社会，首先，思想政治工作要做充分，要让娃娃们知道为谁唱戏，唱什么戏。”

董光辉说：“好，我回去就安排文化教师给娃娃们上几堂政治课。”

宁通喜说：“人家西安已经把皮影戏搬上舞台了，我们可以过去学习交流嘛。”

马安国说：“这个意见好，我看可以尽快安排。让娃娃们和老师们过去学习一下，看看人家咋搞的，心中有底了，学起来就安心了有劲头了！”

董光辉说：“我看过一篇关于把碗碗腔搬上舞台的材料，是陕西省戏曲剧院三团吴德写的，很不错，我也希望能过去学习一下人家的经验，看看人家是咋搞的。”

宁通喜啜了一口清茶，说：“我早就知道，你心里有想法。咱文化局大力支持，多选几个娃娃到西安去，把搞唱腔、音乐、武功的教师也派出去，好好地给咱学习一下”。

话头儿聚到了一起，三人越谈越越精神，谁也没有感觉到天色早已大黑。

（三）

1960年4月下旬，董光辉带着张玉琴、孙金娥、刘顺安、石凤仙、张保保、侯宝成、王安才、任永和等组成的学员队，一行十数人登上了西行的大车，奔赴陕西西安进行学习交流。

在西安的学习日程安排得很满。白天，学员跟三团（陕西省戏曲剧院三团）训练基本功，董光辉向三团领导请教把碗碗腔搬上舞台的具体方案和细节，卫春生、宋文龙和三团演员、乐队互相交流学习唱腔和音乐设计。晚上，大家则聚在一起观摩学习三团演出的秦腔《孙安动本》、碗碗腔《观音庙》等剧目。

那时候，碗碗腔传统剧目《金琬钗》已经被成功搬上舞台，其女主演李瑞芳曾在电影《梁秋燕》中饰演梁秋燕，有“看了梁秋燕，三天不吃饭”之誉。

碗碗腔因《金琬钗》而闻名天下，李瑞芳因《金琬钗》而名满华夏。

董光辉想，既然来了一定要看一场李瑞芳的戏，看看人家名角是怎样把碗碗腔演火的。

经过协调，三团领导同意安排李瑞芳给大家唱一小段《借水》（《金琬钗》中的一折戏）和艺校教师做个交流。

那一天的天气很好，三团排练厅内的气氛更好。

李瑞芳轻启朱唇，唱道：

桃源不通阳台路，天遣仙郎到此游。

奴爱他眉清目秀,奴听他言语温柔。

临行一步三回首,丹青难描那风流。

无计与他成婚媾!

那声音清丽婉转,优雅绵长,让人有如饮甘泉之水。尤其是,张瑞芳在表演时,秀眉灵眸万般情愫,举手投足姿态万千,着实让董光辉、卫春生、宋文龙大开眼界。

唱了大半辈子皮影戏的宋文龙,大为感慨地说:“唱腔的根基还是同州皮影的,和俺唱的是一路儿,可是听起来要比俺唱得好百倍都不止,俺不管咋个样换嗓子,也唱不成旦角这个味儿,真好!”

“我也觉得,这音乐的根基是碗碗腔的,在板路上倒是融合了一些秦腔和其他剧种的风格,让碗碗腔音乐变得更加丰富饱满。”卫春生说。

张瑞芳莞尔一笑,谦虚地说:“我也是才学唱碗碗腔,哪里比得上你们老艺人唱得好啊。碗碗腔搬上舞台,主要归功于党的正确领导和优越的社会主义制度。”

“是啊,取长补短,兼容并蓄,才能够百花齐放。我们回去后,一定把你们的宝贵经验变成我们戏改的养料,让碗碗腔这朵新生的戏曲之花,在我们曲沃开花结果!”董光辉像致辞一般总结说。

在西安学习交流的日子并不是很长,也就仅仅十几天的光景。但是,这十几天对小学员们而言,收获颇丰,他们逐渐改变了对皮影戏改真人表演的偏见,个个对未来的表演充满了信心和憧憬。

董光辉看在眼里,喜在心里,他的脑海里已经在构思酝酿着一个全新的计划。

（四）

从西安回来后，已经是1960年4月底了。董光辉翻开日历本一算，满打满算不到一个半月，就到了张耀庭书记给定的“上演”日期。“三个月登台演出”是董光辉不假思索随口说出来的，不曾想竟然成了自己给侯马市委立下的“军令状”。

这期间，张耀庭、袁极平、景文灿、马安国、宁通喜等领导先后多次到侯马市艺术学校慰问调研。张耀庭书记还当面问过董光辉，三个月有没有问题，实在拿不下来，也可以往后推迟一半个月，既要完成好任务，还不要操之过急。宣传部部长马爱国也和董光辉谈过话，说这些孩子还小，正在长身体，不要因为急着上台唱戏，把孩子的身体搞垮了，以后的艺术之路、为人民群众服务之路还很长，要把困难考虑得充分一些，言外之意是探问“三个月登台演出”的可能性。

董光辉清楚领导给他“台阶下”的意思，也知道摆在面前的困难，可是董光辉更清楚自己是军人出身，自己下的“军令状”岂能反悔？

董光辉把日历本上的6月12日折了起来，在露出的白角上用钢笔画了一朵小小的梅花，在梅花旁写了一个“开”字。

在艺校的全体师生大会上，董光辉代表袁极平校长宣布了“把碗碗腔《花园赠钗》搬上大舞台”的日程安排，把艺校教师分为剧本整理、唱腔表演、音乐设计、舞台美术、后勤保障五个组，艺校学员按照专业进组学习边演边学，确保“三个月登台演出”时间不变、任务不变。

《花园赠钗》是碗碗腔皮影戏《赵兰英进京》（又名《红莲灯》、《红灯记》）中的一折戏。

全本剧情大意是：

> 明朝正德年间，书生孙继成赴京赶考。继成之弟孙继高自幼聘定户部尚书赵明之女赵兰英为妻。因孙家家贫，孙继高被接入赵府读书。后来，赵明嫌贫爱富，与其妻（赵兰英继母）设计杀害丫环秋香，嫁祸与孙继高，将孙继高屈打成招打入死牢，并逼迫孙继高写下于赵家的退婚文书。
>
> 赵府家人刘孟雄侠肝义胆，连夜赶到孙家报信，孙母闻讯悲痛气绝。为葬孙母，孙继成之妻忍痛令子爱哥卖身葬亲。正当爱哥怀抱标草跪在街头之时，巧遇赵兰英与丫环孟月。兰英以10两纹银赠予爱哥葬亲，并约定七月十五，孙家门口悬一红莲灯为记，兰英将依记吊孝。赵兰英到孙家吊孝之后，便进京一边告御状一边寻找孙继成。正德帝听闻此事后，封赵兰英为节孝夫人，并下旨令已高中状元的孙继成严查赵明悔婚害婿一案。孙继高冤案得以平反昭雪，终与赵兰英结为百年之好。

《花园赠钗》剧情讲诉的是孙继高在赵家读书期间，与赵兰英花园相会，赵兰英赠以金钗之事。

由于原剧故事情节繁杂，短时间内戏剧冲突无法展开，不利于突出人物形象。担任剧本整理工作的薛书田老师便向董光辉建议，把《花园赠钗》剧情去芜留菁，把30分钟的戏改为20分钟，演员只上3个，一个小旦、一个小生、一个花旦。

剧本整理工作得到董光辉和其他教师的赞同，很快便拿出了终稿。

剧本有了，但是，演员怎么演，唱腔怎么改，器乐怎么配，大家都是“大姑娘上轿——头一回”，谁也没有什么经验。

正当大家犯难的时候，董光辉发言了，他从身边的小背包里拿出来一个皱皱巴巴的练习本，用手在本本上拍拍，说：

“不打紧，咱有到西安取回的经书，一条一条都记在本本上了。这一段时间，我琢磨来琢磨去，感觉有这么几条意见，大家讨论讨论。”

董光辉一共讲了三条，整理起来，大概是：

第一条，以前碗碗腔艺人重唱功，以唱代演，用重复繁杂的唱、念来交代剧情、传达人物的思想感情，用来弥补皮影子演戏的缺陷。现在，让演员代替皮影人来演，唱还是要唱好，但是，演的成分要加重，要让演员通过一颦一笑、一举一动把人物演活，让观众能够跟着演员的表演进入剧情。西安的李瑞芳，人家把桃小春就演活了，不光是唱功好，表演的功夫更是出神入化。碗碗腔没有舞台演出的基础，人家西安向秦腔学、向同州梆子学，咱们可以向蒲剧学嘛，蒲剧在晋南有深厚的群众基础，咱们的老师也是从蒲剧团过来的，学习起来很方便，甚至有些表演动作不用改，直接借鉴过来就很美。

第二条，碗碗腔皮影戏有着数百年的发展史，唱腔艺术成熟，板路丰富，有慢板、紧板、紧慢板、飞板、扬句子、闪板、西厢调、跌腔、昆腔、花花腔等多种板路。但是，由于艺人的师承不同，加上地域文化的影响，碗碗腔艺人的唱腔不尽相同、各有千秋。碗碗腔到曲沃侯马一带已近百年，在唱腔上对蒲剧、眉户、曲沃秧歌有所融合，和西安那边的碗碗腔风格已经不一样了。在创腔方面，不能机械学习西安的唱法，要保持纯正的曲沃碗碗腔风格，有选择地吸收其他剧种的长处糅合运用。

第三条，碗碗腔的乐器分三类，弦乐器、打击乐器和吹奏乐器，这里面月琴和碗碗是咱的特色，无论怎么改，月琴主奏、碗碗引导节奏的方式不能改。缺点是，上大舞台，月琴的音量有些小，要想办法在增加音量上多想办法。同时，要大胆创新，挖掘整理一些传统音乐曲牌为咱所用，可以吸收消化蒲剧、眉户的曲牌，也可以学学黄梅戏、越剧的曲牌，目的是让碗碗腔听着更加优美。在西安，咱知道人家已经把西洋乐器中的双簧管加到碗碗腔里来使用，效果很好啊。咱也尝试看看大提琴、小提琴能不能也加进来。

董光辉的意见得到大家的一致认同，觉得可以先按着这个思路编排。只是在表演动作如何体现皮影人特点时，引发了一些争议。

有些教师认为，用真人代替皮影人演戏，要保持皮影戏的表演风格，把皮影人的动作一模一样地搬上舞台。

有些教师认为，皮影的动作机械生硬，让演员完全模拟皮影人演出，演员就成了僵死的“大皮影”，把碗碗腔搬上大舞台就失去了意义。

面对两种争议，董光辉不好定夺，他比较折中地说，皮影人的动作自古并无定式，有些动作纯属于艺人即兴发挥，总结好的动作模式，时间上来不及了，而蒲剧的表演动作有程式规范，老师上手就能教，学员马上就能学，时间上有保证。他的意见是以蒲剧现成的动作为基础，合理吸收一些皮影人的代表性动作，孰是孰非，只能在实践中去摸索和检验。

（五）

时间不等人。大家没有再做无休止的争辩，而是立即争分夺秒地投入到各自的工作中去。

1960年5月底，《花园赠钗》彩排在即。

为保险起见，董光辉把选拔出来的演员按照优劣分成三个梯队，依次排练验收。

谁也不曾料到，第一梯队的演员，刚进入排练现场，就找不到感觉，不是唱不到点上，就是把唱词忘得一干二净。这些孩子学戏也不过一个多月，毫无舞台演出经验，临场紧张是很平常的现象。贾月亭就赶紧上前指导，谁知越指导演员越是紧张得不知所措。教师们并不知道，情绪紧张会引发从众效应。演青衣的演员一紧张把词给忘了，演小生的演员也会跟着紧张得连台步都不知道如何走了。

韩桂芳赶紧让第二梯队的演员上场，他们青衣唱功不错，但是不入戏，表演刻板僵硬。韩桂芳说，这是“天生的好嗓子，却不是演戏的料”，一时半会儿练不出来。

一日无果，大家都很扫兴。

夜里，董光辉把教师们召集在一起，开了一个会，让大家集思广益。

董光辉问韩桂芳说：“韩老师，你以前在科班学习，遇到过这样的情况吗？”

韩桂芳说：“很少，以前学戏，学不成就打，师傅从来不和徒弟讲啥道理，全靠自己悟。悟性好，学得快一些，少挨几顿打！”

宋文龙说：“现在可不成，说教几句，娃娃就呆了！”

董光辉问贾月亭：“明天的青衣是谁？”

贾月亭说：“张玉琴。”

董光辉又问：“你们看张玉琴怎么样？”

韩桂芳笑着说：“这娃好戏，也用功，就是在家惯的不受人话，一不对又是哭又是笑。”

韩桂芳的话儿似乎引起了大家的共鸣，开会的气氛顿时活跃起来。

贾月亭说："这不是啥毛病，我小时候的同学孙广胜，也是这样又哭又笑，照样成了蒲剧三大名旦之一。"

韩桂芳笑着说："王存才的路数，冯三狗的乱弹，孙广胜的走，蒲剧三绝。"

宋文龙也跟着说："宁误打夏收秋，不误广胜藏舟。"

董光辉笑笑说："看来大家对张玉琴有信心，那就没马让小牛顶，试试张玉琴。"

第二天，第三梯队的演员上场。演小旦的演员正是张玉琴。

戏刚刚排到一半，坐在排练场的董光辉就笑逐颜开。他发现，这一会儿发呆的不再是演员，而是坐在旁边指导的教师们。

张玉琴把韩桂芳、贾月亭给她排的戏演活了，不仅唱腔柔美、身段灵活，而且一双眼睛似含秋水之韵，把一位端庄秀丽少女的内心世界表现得淋漓尽致。

张玉琴演出宣传海报

韩桂芳满脸含笑，说："演得好，风姿绰约，有我老少迷的风采"！

贾月亭很满意地说："这孩子有戏、入戏、出戏，在人物处理上很大胆，比我们想象的更好。"

宋文龙、卫春生等人，也站在一旁交口夸赞。

董光辉心中大悦，当即

和韩桂芳、贾月亭等人拍板定人：张玉琴饰演赵兰英（青衣）、刘顺安饰演孙继高（小生）、石凤仙饰演丫环（花旦）。

当日上午，董光辉亲自给张玉琴、刘顺安、石凤仙化妆，试妆彩排。

试妆彩排的效果非常好，全校师生群情激奋。

董光辉更是高兴，“三个月登台演出”不再是让他头疼不已的问题，他特意安排灶房的厨师，中午炖一锅红烧肉炖土豆，好好犒劳一下全校师生。

（六）

很快，董光辉就把《花园赠钗》试妆彩排的照片冲洗出来，送到了市委书记张耀庭、市长刘煜（1960年4月底，袁极平离职，刘煜接任）、宣传部部长马安国等领导的案头。

市委对艺校的工作很满意，安排马安国专程到侯马市艺术学校转达意见。

董光辉见马安国来了，知道市委很重视碗碗腔上舞台工作，便把艺校教师和几个优秀学员召集在一起，给马安国作了个专题汇报。

董光辉的汇报很简单，他说，把碗碗腔搬上舞台是一项光荣而艰巨的政治任务，目前取得的一点成绩，主要归功于市委的正确领导和全校师生的共同努力。他还列举了薛书田、韩桂芳、贾月亭、卫春生、宋文龙等老师，废寝忘食、夜以继日地修改剧本、改革唱腔、设计音乐的事情，并向马安国建议为教师们报功。

马安国爽快地说：“好，我一定记着给教师们报功！几个月来，大家很辛苦，张耀庭书记专门委托我来慰问大家。我还要告诉大家一个好消息，市委决定在下个月举办全市文艺大会演，正式把碗碗腔搬上人民大舞台!”

马安国的话儿还未说完,艺校师生的掌声已经响成了一片。

马安国显然被现场的气氛感动了,他有些激动地说:“我不讲别人,就说说光辉同志,整天忙前忙后,人称‘满天飞’,可见他的忙碌、奔波和劳累。以前,我和光辉同志就认识,小伙子长得人高马大的,到艺校工作后,人整个儿瘦了一圈,我建议大家给光辉同志鼓鼓掌!”

掌声再次响成了一片。

听完汇报,马安国又观看了学员的基本功训练和剧目排练,临走之前,他到董光辉的办公室要了一张白棉纸,用毛笔给艺校写了一幅字:

衣带渐宽终不悔,为伊消得人憔悴

后面署了一行小字:

题赠艺校师生和光辉同志共勉

礼堂会演

(一)

1960年6月13日,侯马市全市文艺大会演活动开幕。

会演在侯马市艺术学校的对面——人民大礼堂(1957年竣工,豪式屋架,总建筑面积1536m²,是新中国成立后曲沃境内第一座大型砖木结构建筑物,也是曲沃境内建筑物启用钢筋、水泥新建筑材料之始)举办。

参加会演的文艺团体包括侯马市蒲剧一团、蒲剧二团,侯马市艺术学校,侯马市文工团等10余个团体;参演剧目有蒲剧《骂宫》、《三对面》,现代戏《刘三姐》、《红姐》、《槐树庄》,碗碗腔《花园赠钗》等。

开幕当天中午,人民大礼堂门前红旗飘扬、鼓乐喧天、热闹非凡。

大礼堂门前的一大片空地上,围满了来自十里八村的群众。

在空地的中间,50多名英姿飒爽的男女少年,身着白色短襟袄、蓝色灯笼裤,正在练着戏剧表演的基本功。

这些少年,或走圈或跑边,或下腰或扳脚,或拿顶或鱼跃,或小翻或抢背,一招一式皆有板有眼。

围观的群众从未见过这样的场面,煞是惊奇,便相互打听这是哪里的孩子,咋这样俊俏秀气、器宇轩昂,那眼中透露出的羡慕,大有恨不得把自己的孩子也送过来跟着练练之感。

直到有人唠叨说,那不是俺村谁谁家的孩子,说是送到艺校了,现在一看真是变得出息了!

艺校?哦,大家这才明白了,便纷纷说艺校办得好,把娃教育得有模有样,站有站相,坐有坐相,还练得一身好功夫。

王进发听到群众的唠叨,内心像吃了蜜糖一样甜,他赶紧跑进场子里,指挥着孩子们接连翻了几组筋斗。

孩子们翻得很卖力,个个腾空而起、身姿矫健。

场外,围观的群众不时报以激烈的掌声和兴奋的喝彩声。

(二)

晚上的剧目会演,在大礼堂内举行。

会演由宣传部部长马安国主持,市委书记张耀庭、市长刘煜等市委领导亲临观演。

在会演的节目单上,《花园赠钗》排在第三场。

剧目开演前,董光辉老早就在后台指挥着艺校的师生做好演出准备。

舞台布景已经抬进了后台,那是一组高1.2米、长13米的牡丹花、三彩花图案,是布景班学员薛保保、黄黑蛋、李发安用剪纸图案拼接起来的,看起来色彩绚丽、层次感强,足以"以假乱真"。

张玉琴在《昭君出塞》中的剧照

担任乐队指挥的卫春生老师,用手中的碗碗连击了几个欢快的音符,俏皮地哼唱道:

赵兰英终日里琴书作伴,
闷悠悠离闺阁信步花园,
鱼戏水蝶飞舞百花争艳,
月季美牡丹香芬芳人间。

董光辉知道卫春生在利用自己的幽默调节气氛,以免出现因演员紧张而影响表演的事情。

其实,董光辉最担心的不是布景和乐队,而是三个初次登台的小演员。他再次跑到张玉琴、刘顺安、石凤仙跟前,悄声地和给三个演员化妆的郭柏华(1938年生,曲沃县城关镇人,师从蒲剧名角白满仓,主攻须生)交谈着,并不时地搭手帮忙。他没有和小演员多说话，他害怕临场前的吩咐会给他们带来额外的负担，只是把那份担心隐藏到自己的内心深处。

在郭柏华给刘顺安勒水纱(戏剧生、旦、净、丑各行角色梳裹发式的用品。用约四尺半长、半尺宽的黑纱制成，稀薄如纱，用时授水，故名)时，董光辉回头看了一眼张玉琴的装扮，觉得她的头发盘得不够精细，便把发辫解开，重新为张玉琴束了发盘了头。

张玉琴对着镜子左照照右瞅瞅，她感觉董光辉的手艺真是太巧了，就是把发辫一扭一转，盘起来的头发看起来又光亮又精神，把她装扮得像年画里的天仙一般美丽。

等到《花园赠钗》开场的时候，幕布开启，舞台灯光一打开，绚丽的布景五光十色，宛若一个盛开万朵鲜花的大花园，花园里蝶舞蜂飞，引得台下的观众一阵躁动。

舞台上的赵兰英端庄秀丽，和丫环孟月观花赏景、扑蝶游戏，与孙继高相约后，又含羞欲走、万般娇态。丫环孟月往来穿梭，一边笑戏含情脉脉的小姐赵兰英，一边逗乐温文尔雅的相公孙继高。

张玉琴唱得腔圆字正、余音绵延，表演得体大方，把赵兰英娇丽稳重却又芳心萌动、大胆奔放却又含蓄内敛的性格、心理刻画得惟妙惟肖；刘顺安面目清秀，唱腔高亢，饰演的孙继高彬彬有礼，一举手一投足尽显书生形象；石凤仙唱念俱佳，台步稳而不乱，把丫环孟月顽皮、活泼、善良的个性展现得活灵活现。

台下的观众更是为之着迷，他们早已听惯了碗碗腔，但是平生第一次看到碗碗腔不再是由草台子、皮影子演绎，第一次看到皮影戏故事里的人物变成了“大活人”，是那么亲切、那么新鲜、那么激动。他们从内心深处暴发出的那份热爱，好像一下子找到了寄托和归宿，他们不由自主地鼓掌、喝彩，以至于演员谢了三次幕还是掌声不断。

坐在台下观剧的张耀庭、刘煜、马安国等市委领导，也跟着观众一块儿激动不已。张耀庭特意让人到后台把董光辉唤过来，说：“你小子干得不错，这演员、音乐、布景都好，群众也很欢迎，看来咱们是改对了，只要方向对了，以后碗碗腔就不愁没饭吃！”

（三）

1960年6月，碗碗腔搬上舞台成了侯马市乃至整个晋南地区的头号新闻。

在侯马市文艺会演表彰大会上，侯马市艺术学校一举拿回教学奖、音乐奖、舞美奖三项大奖，张玉琴、刘顺安、石凤仙分获优秀演员一、二等奖。

那个唱小旦的小女孩张玉琴，也一下子成了家喻户晓的明星人物。

自此，碗碗腔再次以一种全新的艺术表演形式，掀开了它占据晋南戏剧大舞台的序幕。

第八章

DIBAZHANG

最是迷人湾子腔

排演本戏

（一）

折子戏《花园赠钗》的首场演出，成为侯马市艺术学校戏曲教学的成功范例。

董光辉和艺校的教师们“把碗碗腔搬上大舞台”的信心大增。

在一次例会上，董光辉向校长孙刚提议，把《花园赠钗》的本戏《红莲灯》剧本整理出来，排演一出两个钟头的本戏，让更多的学生上上大舞台。

董光辉的提议虽然得到孙刚的肯定，但是，教师们的意见却出现了分歧。

支持者说，师生正在热劲上，正好趁热打铁，让学生历练历练。

反对者说，我们是艺校，不是剧团，把教学的主业放在一边，主抓演戏，是舍本逐末的路子。

支持者说，教学和实践是相互的，实践本身就是最好的教学，毛主席都说在战争中学习战争。

反对者说，这理儿不歪，可是学生底子太薄，生、旦、净、末、丑，全行当上手，啥时候能上台？何况，这本戏不是一小段儿，导演、编剧、演员、音乐、服装、舞台、灯光一连串的事情，既耗人又耗钱，咱们连饭都吃不饱，拿什么唱戏？

双方各抒己见，争执不下。

“吃饭穿衣论家当。”孙刚和董光辉各自在心中掂量了一下，艺校光师生就有百余人，定量供给的粮食根本就不够吃，经费更是捉襟见肘，觉得还是保守些好。

排演本戏的事情，暂时搁置了下来。

艺校的学生们依旧按照往日的安排，于晨钟暮鼓中艰辛而执着地练功学唱。

当时，正值国家三年困难时期，全国经济形势十分严峻，粮食供应发生严重困难。

1960年7月，中共中央北戴河会议之后，侯马市委根据上级精神，逐步从学校、机关、工业、文体等部门精减职工、压缩非农人口。

1960年8月，侯马市文体部门开始机构改革、精减职工，侯马市蒲剧一团改为侯马市蒲剧团。侯马市蒲剧二团分流解散，马俊图、张跃英、贾清河、韩承晋、罗天明、王光义、郭柏华、王莲叶、芦莲花、范建安、张保保、张六顺、赵步贵、王梅、王德奎等数十位行政人员和演员被分流至侯马市艺术学校。

作者史建荣在采访张六顺（左）

同月，侯马市艺术学校在精减至27名学生（50余名学生被压缩回农村支援农业生产）后，和蒲剧二团分流人员合并成立侯马市碗碗腔剧团。剧团书记由马俊图担任，孙刚（不久即调离，由张跃英接任）任团长，董光辉和贾清河任副团长。

（二）

侯马市碗碗腔剧团成立后，业已搁置的排演本戏方案被董光辉再度提及。

理由是，演戏是剧团的正途。碗碗腔剧团要和蒲剧团一争高低，就必须排演本戏，否则拿啥和蒲剧团叫板呢？

董光辉的提议，得到马俊图、张跃英、贾清河的支持。至于经费紧张、粮食不足等困难，大家觉得全国人民面临的情况都一样，但是，排演本戏不能有等靠思想，要敢于知难而上，困难终究是要靠人来克服的。

排演的剧目被一致确定为《红莲灯》，剧本改编由薛书田负责，导演由韩承晋担任，音乐设计由卫春生负责，唱腔由宋文龙负责教唱，舞台动作由韩桂芳、贾月亭负责，基本功训练由王进发、罗天明负责。演员从剧团优秀学生中选拔，重点培养，年前登台演出。

不久，碗碗腔剧团就拟定了一份报告，请求侯马市委、市政府拨付排演经费。很快，张耀庭、刘煜就批示市财政局向碗碗腔剧团拨付专项资金数万元，用于《红莲灯》的排演。

（三）

白露刚过，天气已经稍有凉意。尤其是到了晚上，文庙空旷的大成殿里，就会显得更加阴郁森冷。

韩承晋把手里的本本往桌子上一放，站起来，向正在抱琴而唱的宋文龙说："宋老师，您先停一下，这天气真冷了啊，让大家喝口水，休息一下，回宿舍加件衣服吧！"

宋文龙放下手中的活计，笑着说："韩导演，俺这儿正唱得热乎呢！"

于是，大家在笑声中一哄而散，各自回宿舍取衣服去了。

等大家回来重新聚在一块时，韩承晋把披在身上的一块毛毯往紧里拉了拉，说："大家再辛苦几宿，咱们就把唱词和谱子录完了，改天，我请各位喝白面疙瘩汤！"

卫春生接过话茬儿说："中，这个中！要是能再加上一盘豆腐炖粉条，那就赶上过年的喜庆了！"

顿时，引得韩承晋、宋文龙、薛书田几人捧腹大笑。

这笑声过后，薛书田开口说道："韩导演，我这儿正饿得前心贴后心的，你咋又提吃的呢？"

"哦，那就多喝水，喝水也能充饥！"韩承晋说罢，端起缸子就喝

作者刘平在采访王梅（右）

了一大口水。

“哎，这老拿水灌，早把肚子里的油水涮干净了。”卫春生恹恹地说道。

看到一提吃的话题，大家的情绪就变得不佳了，韩承晋赶紧转移大家的注意力，对宋文龙说：“宋老师，轮到唱赵兰英到孙家祭母一段了吧？”

宋文龙没有答话，抄起月琴，便开口唱道：

我婆母亡故三日满，并无有亲朋到灵前，
世态炎凉情冷暖，贫寒人家谁可怜，
他婶娘可称女中贤，父女们行事不一般，
见灵位把人心痛烂，今世相逢难上难。
只因为百姓遭瘟疫，七月十五挂红灯，
红莲灯高挂大门上，等候我婶娘到门庭。

扬鞭催马往前行，只见两旁万盏灯，
这一旁张翁背张婆，那一旁王允赐杯花园中，
这一旁桃园三结义，那一旁董卓大闹凤仪亭，
这一旁弟兄聚义瓦岗寨，那一旁夜打登州救秦琼。
李亚仙刺目把夫劝，那一旁张生戏莺莺。
苏三女洪洞起了解，那一旁司马逼汉宫。
三气周瑜芦花荡，那一旁李逵大闹忠义堂。
姜秋莲荒郊把柴捡，只为她继母起不良，
画张彦监中身受苦，被继母陷害缧绁中。
观灯之间悲哀恸，他与我兰英一般同。

宋文龙很投入地唱着，偶尔也会停顿下来，等卫春生、韩承晋、薛书田把曲谱、唱词快速地记在纸上，再接着唱下一个段子。

卫春生记谱记得很认真，尤其是宋文龙唱到优雅缠绵之处，他就会作个特别的记号，以示区别于其他唱腔，以便在设计音乐时充分保留唱腔的原汁原味。

韩承晋和薛书田把唱词按照角色进行分工，每人分担不同角色的唱词，彼此交替记录。

常仁杰坐在宋文龙的边上，时或拉上几声板胡，时或凑上几句念白，时或给卫春生点拨一下。

在微弱的灯光投下的那片光明之中，韩承晋、薛书田、卫春生等人围坐在一起，倾听着、记录着宋文龙的唱词、唱腔，完全陶醉在碗碗腔的世界里，几乎忘记了昼夜和饥寒。

（四）

1960年9月26日，《红莲灯》剧本和曲谱整理完毕，油印本印发全团。

剧本共分十一个场次，依次为：唆夫逐婿、花园赠钗、杀婢诬婿、受贿逼供、怒撕婚约、卖身行孝、观灯祭母、遇盗投店、店房相遇、提解破案、复仇团圆。

演员和饰演的角色也很快确定了下来：张玉琴饰演赵兰英、刘顺安饰演孙继高、鲁国防饰演孙继昌、郭柏华饰演赵朋（赵兰英之父）、李月梅饰演王氏（赵兰英继母）、许长命饰演爱哥（孙继昌之子、孙继高之侄）、王莲叶饰演孙继昌妻、庄金凤饰演庞氏（孙继高之母）、贾永胜饰演赵能（赵府仆人，杀人凶手）、张保保饰演店主、任永和饰演无锡县令。加上赵府仆人梦熊、梦月、秋香，店婆，青龙山寇刘龙、刘虎，四衙役，四校尉，四龙套、四喽啰、二捕头等角色的

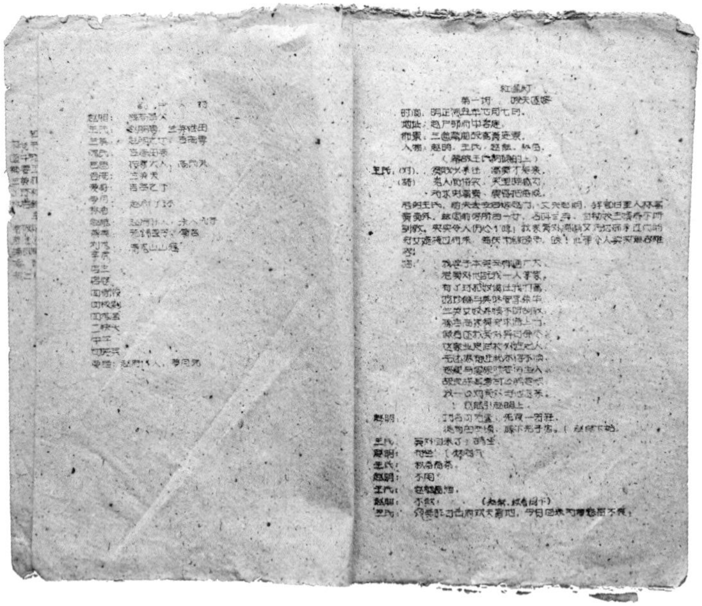

曲沃碗碗腔剧团保存的《红莲灯》剧本

饰演，参演演员达到30余人。

分戏后，韩承晋便安排大家分头抄词、唱词。那个时候，碗碗腔剧团里十分繁忙。

（五）

早上5点多钟，当小小的曲沃城还沉寂在黎明前的宁静之中时，文庙已经热闹起来。剧团里，那些十几岁的娃娃们早已从温暖的被窝中爬了出来，三三两两地倒尿、扫地、擦桌、洗漱，然后不约而同地汇集到文庙后面的场地上，咿咿呀呀地喊开了嗓子。经过剧团生活的磨炼，这些年龄不大的孩子已经没有了同龄孩子的娇气和稚气，他们好学而懂事，从不畏惧学戏的艰苦，像下腰、踢腿这些戏剧基本功，每一个孩子每天都要坚持练上数百上千次。腰练木了，腿踢肿了，只要是还能练，就拼着劲儿接着练。痛与苦，只能忍着，实在忍不下去了，就哭上两声，然后把痛与苦和着泪水一起吞下肚子，抹抹泪水再接着苦练。

上午9点，灶房的小铃铛儿一敲，大家又三三两两地拿上碗筷向文庙东南角的灶房奔去。伙食很简单，大米稀粥、咸菜、玉米发糕，饭菜里不是找不到油水，是饭菜里根本就不放油水。

早饭过后，大家再根据韩承晋导演的安排，分头去唱词、拉场、吊唱。没有排戏任务的学生，接着苦练基本功。这个时候，文庙里到处洋溢着浓厚的戏剧文化气息。大成殿依然是排练的重要场所，一些已经记住唱词的学生们，在这里进行拉场、吊唱。每到这个时候，韩承晋就会抱着一个大大的暖水瓶和董光辉、贾月亭、王进发、罗天明等人一起进入大成殿，组织指导师生们排戏。

这一天排演的是孙继高过堂受审、屈打成招的戏。刘顺安、任永和、贾永胜、侯宝成等学生早就在大殿里摆好了一桌一椅，等候着老师们的到来。

曲沃碗碗腔剧团部分演员合影。前排从左至右分别为芦莲花、范建安、卫春生、李月梅；后排从左至右分别为孙金娥、张保保、侯保成、王梅、李森林。

韩承晋把手中的暖水瓶放到靠近墙边的一个石础旁。刘顺安、任永和赶紧跑过去，提起暖水瓶，给几位老师的大瓷缸子里满满地沏上苦涩苦涩的大叶茶。

韩承晋一边翻看着剧本，一边点上一支自己拧制的香烟。这个时候，韩承晋往往一言不发，他让自己的思绪顷刻间进入戏剧的场景里。直到他端起茶缸子，轻轻吹去上面的浮沫，吸溜着啜上一口浓茶，他才肯开口说话：

“哎，同学们，咱们今天开始排第四场戏——受贿逼供！

这场戏嘛，揭露的是封建社会官场的黑暗，一个文弱书生被一个贪庸的封建官吏屈打成招、打入死牢。这场戏要注意刻画人物，一个是文弱的、冤屈的、被摧残的书生，一个是贪渎的、凶残的、虚伪的封建官吏，把人物吃准了，演起来才能有味道！”

这一场戏，任永和第一个出场，他饰演的是无锡县令蔡英。

任永和出场亮相后，有一段儿念白（戏曲中特有的艺术表现手法。以一种介于读与唱之间的音调，将语言戏剧化、音乐化。常配合表情、身段的表演，来传达人物的思想感情和性格特征）：

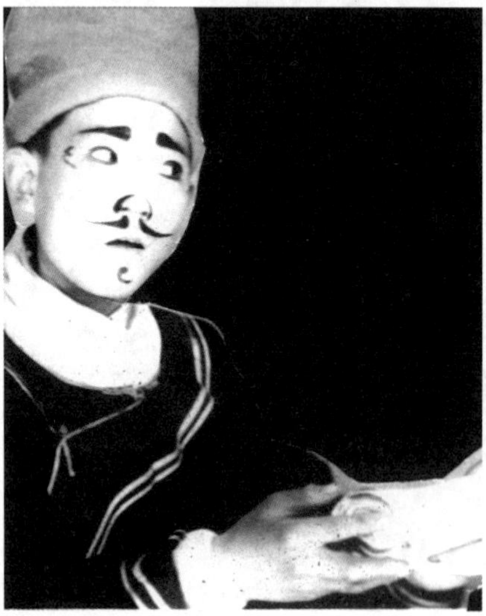

刘顺安在《三忘卖布》中的剧照

头戴纱帽翅儿圆，身穿官衣袖子宽。

衙门是公庭，近来大不同，

虽说秉公正，唯有钱可通。

下官蔡英，在常州无锡县居官安民。只因老员外有帖到来，言说继高因奸杀人，着我把他问成死罪，再逼他写下退婚文约，清晨坐于大堂，要审此事。正是：

居官不贪财，千里为何来？
虽有王法在，还要巧安排。

这一段儿念白，任永和早就背得滚瓜烂熟。可是不曾想，一上场子，就慌了神儿，只是像小和尚念经般，把词儿念了一通，莫不说表情的生动，就连这手脚一时也不听了使唤。

看到任永和发呆的样子，罗天明在旁边着了急，拿起一把扇子上去照着任永和的手上狠狠打了一下，口里骂道："你这娃，你是在演戏哩，不是在念经书！"

韩承晋知道罗天明是个急脾气，连忙把任永和招呼到身边，说："这个蔡英是个昏官，拿了别人的钱财，心里面正在洋洋得意，你要把他那个得意的样子、见钱眼开的样子演出来。娃啊，你想想，你要是在路上捡了一大锭金子，你是个啥样的喜欢、高兴劲儿？哎，你自己心里琢磨一遍你该怎么演。"

董光辉也在一边启发说："永和，你比如说，居官不为财，千里为何来？这里面就要体现一种内心的发问，要表现这个狗县官的贪心。后面的两句，虽有王法在，还要巧安排，要表现狗县官的奸诈之心、险恶用意。你不是学过《刘文学》吗，这个狗县官和课文里那个地主一样，都是坏人。你要把坏人的坏劲儿演出来才行！"

看见大家的语气缓了下来，罗天明给任永和丢了一个眼色，说："走，师傅带你练一会儿！"

任永和跟着罗天明到一旁练念白去了。韩承晋端起大瓷缸子饱饱地喝了一口茶，对着刘顺安点点头说："你来，把孙继高过堂这一节给演一下！"

刘顺安在《花园赠钗》里饰演过孙继高，积累了一点儿演出经验，心理上不太发惧。

捕快疾步上前，一把便将孙继高掀翻在地，一顿棍棒打将上去，大声斥骂道："快招！快招！"

孙继高匍匐在地上，边呼边唱：

道一声

大老爷坐公堂容我告禀，孙继高跪丹樨细述实情！

秋香给我把茶送，我逗戏丫头不依从。

她开口叫骂高声动，我心惊慌便行凶。

喂！羊毫手中执，乱箭刺心胸。

我将何人杀，为谁偿性命。

仰面把天叫！

天哪！天哪！你何不把眼睁！

我咬牙切齿骂赵朋！你怎样在朝为公卿？

当初情愿结秦晋，如今假意把书攻。

嫌贫爱富真禽兽，岂与世人得相同？

本待不写难违抗！又诚恐赃官滥用刑！

刘顺安一口气把词儿唱完，扑闪着大眼睛，望着韩承晋。

韩承晋没有说话，只是把下巴轻轻扬起，示意王进发先说，自己从口袋里摸出一张皱皱巴巴的写着"浍河"（香烟品牌，山西侯马市地方国营曲沃烟厂生产）字样的香烟盒，用手展开，在大腿上抚平，拔出一支自来水钢笔，在上面疾笔而书。

王进发是刘顺安的带功教师，对刘顺安的情况很熟悉，他咳咳干咳两声，清了清嗓子，一边用手比画着一边说道："顺安，咱是在演戏，不是扎稻草人！这个演戏的动作、表情要活泛一些，要装龙像龙，装虎像虎。你演孙继高，被人家衙役摁在地上，挨人家的棍子，你屁股就不疼？"

"疼了，要咋表现出来？"王进发边说边示意"捕快"把自己"掀翻在地"。

王进发借着"捕快"的劲儿，"扑通"一声扑倒在地，在遭到一番"痛打"之后，他挣扎着爬起身来，双眉紧蹙，一边用手轻抚大腿作疼痛状，一边悲戚地长吁一声"哎呀——"而后，将气息收归丹田后，方亮嗓唱词。

刘顺安用心记着王进发示范的每一个细节，他心有所悟地点点头。

王进发站起身来，用手指着刘顺安说："这台子上的戏，就是你生活里的戏。你在家里，你爹用棍打你，你不疼？这个疼法是一样的，演像了，演真了，观众才能进入到你的戏中！"

"王老师说得非常好！上台演戏，言行举止全是戏。这戏咋演好，要从生活里找。"董光辉站在旁边附和着说。

《赵兰英进京》剧照。从左至右分别为王梅、畅福梅、侯保成

韩承晋把自

来水钢笔拧好，插到上衣口袋里，脸上微微含笑，说："这三段唱词，顺安唱得字正腔圆，但是问题是，没有把戏的滋味唱出来。你看，这三段唱词，一是屈招，二是问天，三是痛骂。这里头有个表现人物思想的过程，要把孙继高屈打成招时，内心的无奈、愤懑和不满唱出来"。

韩承晋讲到兴致处，不由哼唱起碗碗腔的调子来，他告诉刘顺安说："孙继高和赵朋、蔡英是阶级仇恨，你的唱，要把孙继高对阶级敌人的刻骨之恨，表达出来！"

刘顺安按照几位老师的指点，又表演了一次之后已到了吃午饭的时候了。

午饭，依旧是清汤寡水，莫要说吃饱肚子，就是清水煮米的稀粥，每人也不过是半碗而已。韩承晋手捧饭碗，望着碗里面可以数清米粒的稀粥，苦笑着低声说："一天三场功，顿顿喝稀粥；白天腹如鼓（言指因饥饿肚子咕咕作响），晚上画地图（言指学生练功很累晚上常常尿炕）"。贾月亭听到后，会心一笑也回应说道："进了灶房门，清汤一大盆，盆里有个碗，碗里耀（照）个人。"

董光辉看到韩承晋和贾月亭在嘀嘀咕咕，心中便明白了几分，便走过去悄悄地说："牢骚太盛防肠断，风物长宜放眼量。碗里有米莫嫌少，但凡有饭就是福！"

韩承晋哈哈一笑，拿起筷子在碗边上叮叮地敲了几下，细声细嗓地唱道："请老爷暂忍心头烦，为妻把话说心间。你身卑犹在思国患，正气感人肺腑间。"

（六）

1960年，冬夜，朔风凛冽。

曲沃大礼堂门外挤满了熙熙攘攘的观众。大礼堂入口处的墙壁上，贴着一张特大号的《红莲灯》（试演）戏报，上面用油彩画着两个身着古装、模样俊俏的姑娘。戏报的下面，两名身穿棉大衣的检票员正在有条不紊地查验着观众手中的入场券。

检票员的脚下，撕碎了的入场券的纸屑儿，随着寒风飘满一地，在人们的的裤脚边上打着旋儿。有些纸屑儿还趁着风势从人群的缝隙中窜到空中，和着尘土漫天飘舞，在白炽灯的照耀下，像是从漆黑的寒空里飘下的片片雪花。

大礼堂的后台，管箱子的人（管理戏剧服装、盔头、道具的工作人员）早将官衣、裙子、帔、开氅、腰带、绢子、扇子、裤、袄、绦带、水衣子、各式靴鞋、冠、巾、帽、髯口等服装、盔头、道具一应物什安置妥当。张玉琴、刘顺安、鲁国防、郭柏华等演员已经开始包头化妆。

张玉琴面前的包头桌（专供旦角梳挽发式的工作桌）上，放满了篦子、梳子、榆树刨花、乱片板等工具，她已经利索地用勒头带将眉毛吊好，正在对着镜子贴片子。董光辉走过来，指点着张玉琴贴好大鬓，帮助她束发挽髻，扣网子，上簪子，系水纱，带头面，挂耳坠，给她包了一个传统的旦角发式。

戏台下场门侧幕条里，卫春生正忙活着吩咐剧团乐队的师傅们定弦试音。一阵咿呀咿呀的弦乐声过后，乐队的师傅们便神情肃穆地静坐着，安然地等候着开场唱戏。

戏台下的观众却显得有些喧闹，不时有人大呼小叫地和熟识的亲朋好友打个招呼，或者三五个人头凑在一起旁若无人地闲谝着。还有几个携家带口的妇女站在座椅前，一边使劲拖拽着急欲跑开的孩子，一边大声说着些尖利刻薄的话。

在一片肆无忌惮的喧闹声里，韩承晋披着一件破旧的棉大衣从人群中挤出来，坐在靠近台口的一把椅子上。他把手伸进棉大衣内摩挲出一支香烟来，放在鼻子上嗅了一会儿，然后才把烟噙在嘴里，用火柴点燃了，深深地抽上一口。周围的嘈杂对他而言似乎没有什么影响，他明亮的目光盯着舞台上的幕布，沉静地等着幕启的那一刻。

不久，礼堂大厅里的电灯忽然灭了。就在观众惊呼的那一刻，舞台上的汽灯忽地一下亮了，霎时间，台下一片寂静，连那些正在哭闹的小孩也止住了哭闹，因为大家都知道这戏就要开演了。

随着音乐声起，深红色的大幕开启，一位披金戴银的婆子（王氏）面色阴险地走上台来。几句念白将故事背景交代过后，婆子张口唱道：

我婆子本事高神通广大，老员外他托我一人掌家。
有丫鬟和奴仆任我打骂，吃珍馐与美味安享荣华。
兰英女娇养惯不听训教，孙继高家贫穷求借上门。
假若是我员外异日命尽，这家业定归于外姓之人。
无远虑有近忧不得不慎，恐瘦马复原膘要伤主人。
设良谋筹毒计心肠要狠，我一心劝员外与他退亲。

李月梅（饰演王氏）的念白吐字清晰、唱腔圆润，和碗碗腔的音乐伴奏融在一起，让人顿时有丝丝弦乐沁入心脾的感觉。

韩承晋静静地听着，不时颔首点头。

礼堂里除了偶尔有一两个大人领着小孩子从大厅一侧的太平门跑出去撒尿之外，观众全都沉浸在碗碗腔戏曲所营造的故事氛围里，随着剧情的发展和演员的表演或喜或忧或叹或赞。

当戏唱到第七场观灯祭母时，赵兰英（张玉琴饰演）更衣着孝服随高氏（孙继高之嫂）进入灵堂。

只见赵兰英玉手掩面作哽咽状，悲悲戚戚地唱道：

见灵位不由得泪凄惨，儿本是兰英拜椿萱。
常有心前来把母探，只因我爹娘家法严。
儿不能问寝又问膳，儿未曾行孝站堂前。
前思后想心愧烂，娘怒孩儿多不贤。
我今灵前来祭奠，进门来自觉得有苦难言。

张玉琴的唱腔优雅而绵长，尤其是在处理赵兰英拜祭婆母一段唱腔时，充分融入了剧中人物苦闷哀怨的心态，字字含悲，句句带情，再加上其在身段上的演出技巧，极易把观众带入一个愧疚万分、悲痛欲绝的表演情景之中，让观众为之哀叹落泪。

韩承晋显然被张玉琴的表演所打动，他迅疾地从上衣口袋中拔出一支钢笔，借着舞台上汽灯的余光，在一张香烟盒包装纸上极快而潦草地写下了一行文字：唱腔含悲表现充分，身段表演有皮影风范。

这一本戏足足唱了有两个半小时，一直到清场的时候，还有几个戏迷赖在大礼堂的门口不走，向剧团的人打听哪个是演赵兰英的演员、哪个是演孙继高的演员、哪个是演梦月的演员。

等到剧团的人卸了妆、打理好戏箱、收拾好道具，回到文庙时已经是大半夜了。看到演员们都很辛苦，董光辉便招呼灶房的师傅煮了一大锅汤水，每人发小半块“无粮饼”（一种用榆树皮、玉米芯、棉花壳制成的代替粮食的食品，口感粗糙难吃，因里面放有糖精，略有甜味。在20世纪60年代，因粮食极度短缺，能吃到“无粮饼”亦是很不错了），算是犒劳给大家打个牙祭。

那一夜，董光辉和韩承晋都兴奋得睡不着觉。他们把拼凑到一起的碎茶叶找了一把大茶壶煮了，每人抱着一个大瓷缸子，呼噜呼噜地喝了一整夜的茶水。

（七）

1961年1月，著名戏剧家田汉到侯马考察，在山西省考古研究所侯马工作站参观宋金时期仿木砖雕舞台模型和着色戏俑后，当即作诗曰：大金有优谏，歌台竟如画。不缘新建设，何以见风雅。之后，田汉在曲沃大礼堂饶有兴致地观看了侯马碗碗腔剧团演出的《红莲灯》，并对演员的演出和戏剧的编排提了意见和建议。

1961年12月5日晚上，回家乡调研的彭真同志，在山西省委书记处书记郑林、晋南地委书记处书记冯培文、侯马市委第一书记董启民、侯马市市长刘煜的陪同下，观看了他喜爱的家乡戏——“湾子腔”剧团（侯马市碗碗腔剧团）的演出。张玉琴、刘顺安等演员表演的《红莲灯》（又名《赵兰英进京》）得到彭真同志的好评。演出结束后，彭真同志接见了参加演出的演职人员，并和大家合影留念。

名伶传艺

（一）

张玉琴和孙金娥没有想到，她们一大早跑到文庙后面的空场子上练功时，师傅筱兰香（1921—1994，原名田郁文，小名六儿，蒲剧艺术大师，原籍山东曹州府田家营，幼年随父母逃荒乞讨来到晋南，11岁入蒲剧娃娃班学艺，师承著名蒲剧大师孙广盛，专攻男旦，表演细腻，尤擅“做”功，花梆子步堪称一绝，名冠晋、陕、甘、宁。有“宁看兰香一眼，不爱美女貂蝉”、“不看兰香表花，枉在世上走一匝”之美誉。时任侯马市碗碗腔剧团艺术总指导。晋南戏曲名家

蒲剧著名表演艺术家筱兰香(左)在向张玉琴传戏

程跟虎、田迎春、武俊英、张玉琴、孙金娥、贾菊兰等均出自其门下)竟然比她们来得更早。

在一块不大的空地上,筱兰香正在跑花梆子步。筱兰香个子瘦高、面色白净,人长得英俊潇洒,跑起花梆子步来身稳如山,碎步疾趋,若行云流水般飘逸。

看见张玉琴、孙金娥走了过来,筱兰香用略带沙哑的嗓音说:“来,你们过来,跟着练吧!”

师傅在前面示范,徒弟在后面模仿。几个圆场跑下来,张玉琴、孙金娥就练得满头大汗,跟不上师傅了。

筱兰香示意她们停下来,说:“台上一刻钟,台下十年功!你们的腿功还不行!”

筱兰香一边说一边拍打着小腿肚子,说:“主要是小腿的力量没有练出来,腿上没劲,根基就不稳,既不能疾走,更把持不住身形。”

张玉琴说：“嗯，田老师，那有啥诀窍吗？”

“哦，诀窍就是苦练，人家练10遍，你练100遍，功到自然成，”筱兰香笑呵呵地说，“不过有这么几句话，你俩可以用心记一记，在练功时细心体察体察！”

张玉琴和孙金娥一听田老师要给她们指点要领，赶忙擦擦头上的汗珠，仔细聆听。

“小腿带大腿，疾行如流水，身稳裙不动，两脚向前滚”，筱兰香一边示范动作一边讲解要领说：“关键是要做到稳而不死、快而不慌、飘而不虚”。

张玉琴和孙金娥把师傅的话牢牢记在心里，又跟着师傅跑了几个圆场，直到筱兰香微微一笑点头满意方才歇下来。

一天清早，雄鸡刚刚报晓，筱兰香就招呼张玉琴和孙金娥过来

喊了嗓子，练了腿功，跑了台步。张玉琴的步眼身法颇有功底，孙金娥的一招一式稳健扎实。筱兰香对两个弟子当面鼓励一番后，从口袋里掏出一条红色绣金四角手绢来，拿在手中即耍了个翻花儿。那条绣金手绢在他的手中柔柔地翻转着幻化着，如同魔术师变出的一团锦簇的绢花儿。

筱兰香说："手绢在旦角的手中，是传达喜、怒、哀、乐的工具。以前的女人家，手里总是拿着一块手绢，哭的时候要用，笑的时候要用，就是和人家吵闹还是要用。"

张玉琴听到师傅讲这么一个话题，有些不太不明白是啥意思，便看了一眼身边的孙金娥，她发现孙金娥和她一样懵懂。

"这一哭一笑一闹，同样是使用了手绢，但是这其中的表现却大不一样"，筱兰香接着说，"这哭是用手绢搽眼圈，笑是用手绢搽腮边，吵闹是用手绢当家伙什。"

筱兰香说着便用手绢儿示范了几个表现哭、笑、闹的动作。他告诉张玉琴和孙金娥，这戏里的动作其实就是在表现生活里的真实，你在生活里观察得细了，在戏里才会演得真，你演得真了，老百姓才会给你叫好。

张玉琴听着师傅这么一讲，心中顿悟，当即莞尔一笑。

筱兰香说："比如说，在戏中遇到表现喜庆的场面时，就可以运用托、抛、转、抖等多种技巧来耍绢。耍绢的目的不是卖弄技巧，而是要通过这种形式来向观众传达戏中人物激动、欢喜的心情。"

看着张玉琴和孙金娥专注的样子，筱兰香便一个动作一个动作地示范，让她们照着一招一式地练习。

如是一月有余，筱兰香看到两个孩子每天总是一大早就来到文庙后面，按照自己的指点老老实实地练功，心中自然欢喜起来，便有心把自己的拿手戏传给她们。

曲沃碗碗腔传统剧《白洋河》剧照。前左为张玉琴，前右为鲁国防。

（二）

1962年，侯马市碗碗腔剧团从翼城县演出回来，正是阳春三月，文庙后面的一棵桃树开满了粉红的花儿。

那个时候，剧团已经陆续排演出了《红莲灯》、《白洋河》、《双报恩》、《花柳林》、《大西汉》等数本大戏，先后到过翼城、襄汾、浮山、万荣、临猗、芮城、闻喜等晋南数县演出，受到所到之地群众的广泛欢迎，很多县市的群众以一睹碗碗腔风采为荣。

张玉琴和孙金娥从翼城一回来就去看望师傅筱兰香，她们高兴地向老师汇报在外演出的情况，并告诉筱兰香说:碗碗腔在翼城一共演了12个村子，唱了26场戏，每场戏看戏的人都是爆满，有好几个村子提前跑到后台抢戏箱子，争着请着要剧团到他们村里去演。还有一个60多岁的老太太从南梁村开始跟着剧团看戏，一直跟着跑了7个村，一场不落，从头看到尾，后来剧团的人一见老太太来看戏，连戏票都不要了。

筱兰香听得满心欢喜，他也没有想到碗碗腔在晋南有这么大的影响力。以前，碗碗腔皮影戏从同州黄河湾儿传过来，只不过是流传于乡间街巷的“湾子腔”小戏而已，和大戏蒲剧不可相提并论。但是，把碗碗腔搬上大戏舞台后，这“湾子腔”似乎一下子从“乡野村妇”变成了“窈窕淑女”，焕发出无比耀眼的魅力。

筱兰香想，碗碗腔之所以受到欢迎，有两个原因：一是 “湾子腔”委婉缠绵，适合表演才子佳人的剧情，群众喜欢看；二是碗碗腔皮影戏在晋南一带有良好的群众基础，好多群众对碗碗腔皮影戏的剧目耳熟能详；三是碗碗腔搬上舞台后，汲取众家之长，尤其是蒲剧的优秀表演艺术为碗碗腔的发展起了锦上添花的作用。

筱兰香对张玉琴和孙金娥在翼城的演出表示满意，他告诉两个孩子说:在剧团休整期间，他将教她们俩学唱《表花》。

《表花》是碗碗腔皮影剧本《火焰驹》(又名《卖水记》)之《李彦贵卖水》中的一节。剧情大意是：北宋时，兵部尚书李寿之子李彦贵与礼部尚书黄璋之女黄桂英订有婚约，李彦贵全家被奸臣所害，只身投奔黄璋，黄璋见李家失势，竟毁婚约，李彦贵流落街头卖水度日，黄桂英不齿其父所为，曾几度与之争辩。李彦贵不明真相，误认为桂英与其同流合污。黄府丫环梅英为成全李黄二人的婚事，约小姐花园赏花，乘机引彦贵入园，两人会面，倾诉衷肠，再结永好。在蒲剧《火焰驹》中《卖水》只是一出过场戏。20世纪30年代，筱兰香将在西安东关开炭场的尉引柳先生自弹自唱的“表花”唱词揉进《卖水》中的“表花”，并用眉户演唱。筱兰香饰演的丫环梅英，在剧中载歌载舞、唱舞结合，一经演出，立即引起轰动， 自此《表花》成为筱兰香的代表作。后被秦腔、眉户、京剧等剧种移植，成为名誉九州的花旦戏珍品。20世纪60年代初，京剧大家刘长瑜借师蒲剧学“表花”一事，曾被传为梨园佳话。

文庙后面的桃花艳艳地开了一树。桃花的淡淡香味儿四下弥漫,引来了不少蜂儿蝶儿。

"行步儿来在观花亭,这一年四季一十二个月,春夏秋冬花无穷。正月里来无有花儿采,唯只有迎春花正开,奴有心采上一朵鬓上戴,吆,猛想起月季花儿月月开。"张玉琴边唱边走到桃树下,调皮地手执锦扇和丝绢做了一个花亭观花的动作。

孙金娥见状,急忙趋步上前,站在张玉琴的身旁边演边唱:"三月里来是清明,人面桃花相映红,人面不知何处去,桃花已开笑春风"。

两个小姑娘站在满树桃花下,一时笑得花枝乱颤。

等到筱兰香过来的时候,她们正边歌边舞地唱道:

四月里来麦梢黄,刺梅荆开花在两厢,

曲沃碗碗腔剧团部分师生合影

紫藤花儿搭架在木枝上，蔷薇开花朵朵香。

五月里来午端阳，石榴花开红满堂，
奴有心采上一朵头上戴，
大姐姐二姐姐你们快快来。

六月里来是伏天，主仆们玩耍在鱼池边，
荷叶荷花浮水面，五色鱼儿水面上玩。

筱兰香见两个弟子练得很认真，就伫立在一旁，静静地观看着。

金菊花儿抹，云子花儿戴，紫鹃花儿裙子褶褶开，
绣球花儿裤子实可爱，白兰花儿袜子枣红花儿鞋。

涂卿芳（前排左二）和曲沃碗碗腔剧团师生合影

“哦，你俩刚才啊，演得还中！”待张玉琴口齿利落地把花名儿表完，筱兰香才走到桃树的跟前，和蔼地说：“要挑毛病嘛，就是演得还不够细致”。

张玉琴连忙应声道：“嗯，田老师，您再给俺俩指点指点吧！”

筱兰香呵呵一笑，接着说道：“唱戏人的眼里一定要有戏，来到花园观景表花，就好似看到万紫千红、百花争艳。眼里没戏，演起来就成假的啦”！

“嗯，这花儿真香啊！”筱兰香从桃树枝上轻轻拈下一朵桃花缓缓放在鼻子下，双目微闭，深深一嗅，细声细语地说道。

张玉琴和孙金娥方才大悟，戏中就有闻花香的动作，师傅刚才的拈花一嗅，其实就是在点拨自己，把生活的情景搬到戏中演，多么真实感人啊！

筱兰香手拈桃花，说：“这段戏里呀，有一句重复的唱词(奴有心采上一朵)，在表演的时候，要有所变化”。

“正月的迎春花，五月的石榴花，两种花儿种类、大小、高低、姿态各有不同。”筱兰香继续点拨道。

“迎春花儿长得又小又低，石榴树要高一些大一些！”张玉琴快声回答。

“演的时候，身段要随着花儿的不同进行变化。”孙金娥也争着说了一句。

“哦，对了，就是要这样。”筱兰香说着就示意张玉琴和孙金娥跟着自己把这两句唱词再走一遍。

筱兰香唱到“正月里……奴有心采一朵”时，便将身形放低，两足相错蹲在地上，待到拈花在手时，方抬高身姿做了一个往鬓前插花的动作；唱到“五月里来……奴有心采一朵”时，却是身形稍稍前倾，伸长手臂拈花在手，再做一个往头上戴花的动作。他的每一个动作都极其传神细腻、雅致大方而恰到好处，再配上扇子、手绢的运用，把一个活泼顽皮的丫环演得活灵活现。

张玉琴和孙金娥跟在师傅的后面，一招一式、一句一句地悉心模仿领会。

筱兰香示范之后，继续说："这一段戏，是做功极强的戏，对手、眼、身、法、步的要求很高。'表花'的词儿不少，要通过唱和舞的结合把这十好几种花表好，身段就要有十好几种的变化，有立有坐、有俯有仰、有翻有卧、有跑有跃、有退有追、有嬉有闹，一点一滴都是真功夫。娃啊，师傅告诉你俩，学戏是一辈子的事，现在不下苦力气，上台就要丢大丑。"

春风拂过，一树桃花香袭人。就是在这棵桃树下，筱兰香把《表花》、《花田错》、《桃花媒》、《白玉楼》等拿手戏悉数传授给了张玉琴、孙金娥、苗凤兰、王梅（时称碗碗腔剧团的八姐九妹）等人，为曲沃碗碗腔培养了一大批优秀演员。

（三）

1963年4月，侯马市碗碗腔剧团在山西省霍县辛置（现山西省霍州市辛置镇）一带演出。

练完晨功的郭柏华、刘顺安等人，一路欢歌笑语地跑回团部驻地。刚到门口，就听见北屋里面传出一阵很热闹的声音。

郭柏华掀开门帘，看见剧团的几个领导正陪着一个30岁左右的女同志说着话儿。

那个女同志穿着朴素，一头打着卷儿的短发，眼睛明亮有神，看见有人来，马上站起身子，朝董光辉望了一眼，用一口四川话清脆地说道："吆，这是咱们的演员吧！"

郭柏华被那个女同志的外地口音惊了一下，赶忙拉着刘顺安一起走进屋里，满脸疑惑地看着董光辉。

“来，给你们介绍一下”，董光辉呵呵地笑着说，“这是重庆川剧院的涂卿芳老师”。

郭柏华、刘顺安各自喊了一声涂老师，算是打了个招呼。

涂卿芳（1930年生，又名涂又丽，著名川剧表演艺术家，教授。1947年考入重庆又新大戏院“又新”科班，是著名川剧名家胡裕华、阳友鹤的嫡传弟子。1953年任西南川剧院演员兼辅导员、助教，1955年加入四川省川剧院，1958年随四川省川剧院一团并入重庆川剧院。先后从事川剧表演、教学工作40余年，当代著名川剧表演艺术家、中国戏剧梅花奖获得者、重庆川剧院院长沈铁梅即出自其门下。1963年，侯马市委通过侯马小里村人、时任中共重庆市委副书记的孙先余介绍，特邀涂卿芳到碗碗腔剧团执教讲学）点点头，伸手搬过身边的板凳示意他俩坐下。

屋子里的气氛顿时更加热闹，董光辉趁着大家聊得热乎的时候，吩咐郭柏华到外面喊上一嗓子，把演员们召集回来，和涂卿芳老师见个面。

不一会儿，屋子外面便站满了碗碗腔剧团的演员。

董光辉让大家各自找个座儿坐下，演员们便呼呼啦啦坐了一地，有坐凳子的、有坐马扎的、有坐石碾子的、有坐砖头的，还有找不到家伙什的干脆把脚上的布鞋脱下来一只垫在屁股底下的。

董光辉向大家介绍过涂卿芳之后，说：“涂老师是科班出身的戏剧专家。人家不远千里，风尘仆仆，从四川重庆来到咱碗碗腔剧团是抱着一颗革命同志的赤诚之心来的。为啥呢？就是要把川剧的艺术之花插到咱曲沃的土地上，开花结果！今天，咱就请涂老师先给咱上上一课！”

小小的院落里，掌声响成一片，充满了祥和与喜悦。

涂卿芳腼腆一笑，用清脆亮丽的嗓音说道：“好戏能把人唱醉，烂戏能把人唱睡。什么样的戏是好戏？反映生活的戏、打动群众的戏，就是好戏！啥子意思，就是说，戏不能脱离实际生活的真实背景。但是，戏剧是一门艺术，不能简单地模仿和照搬。比如，要在戏里演两口子吵架，要是不经过艺术的加工，不对实际生活进行提炼、概括，你演的戏还真不如人家到二狗子家里看吵架来劲！”

涂卿芳的话带着浓浓的川味，但是，她说“二狗子吵架”，大家都听懂了。大家心领神会，哈哈地笑着。

涂卿芳从事戏剧教育多年，讲课风趣自然，常常把生活中的事情搬到课堂上讲，她是想让学生明白一个道理：戏剧艺术源于生活又高于生活，离开生活谈艺术如同无源之水、无本之木。

涂卿芳看见大家的情绪被调动起来，就接着讲道：“不像不成艺，真像不算艺；悟得情和理，是戏又是艺。周总理说过‘演员演戏要主观上认真演，演武松像武松，演曹操像曹操，客观上要逼真，应当是又像又不像，二者辩证地统一起来’。”

客观？主观？辩证？统一？这些词儿一出口，大家懵了！这是啥吗？

看见大家一头雾水、心中茫然的样子，涂卿芳早就料到了三分。

涂卿芳没有着急地解释，因为这样的词儿一时半会是搞不明白的。

她笑眯眯地用手指轻轻一指，把侯保成、张保保叫上前来。

她让侯保成从屋外迈过门槛，进入屋里，把门闩好，再开门出来。

侯保成出来后，涂卿芳要求侯保成模仿刚才的样子，在空场子里给大家再重复一遍。

涂卿芳在向曲沃碗碗腔学员传授舞台表演艺术

侯保成依照要求而为。

涂卿芳问:“像不像?”

大家异口同声地答道:“像!”

涂卿芳又问:“在舞台上,能不能这样表演?”

大家哄堂大笑。

涂卿芳又让张保保按照戏剧表演的程式,给大家表演了舞台上进门、关门、闩门、开闩、开门的动作。

涂卿芳问:“像不像?”

大家有些欢快地答道:“像!”

涂卿芳又问:“你们在家里,谁是这样关门、开门的?”

大家再次哄堂大笑。

看到大家已经领会到了自己的意图,涂卿芳把嗓门拉高,语气肯定地说道:“这两个演员表演得很用心、很努力,这就是主观。他俩演得都很像,这就叫客观。但是,这两个像不一样,前一个是生活,后一个是艺术! 把生活加工后搬上舞台,又像又不像,就是我们的表演艺术!”

董光辉坐在旁边,听涂卿芳这么一讲,也顿时觉得这里面包含着很多有意思的东西,心中不觉感慨:看看人家涂老师,到底是科班出身,有学问啊!

小院里铺满了阳光,金灿灿的。

就在这满院的阳光里,涂卿芳给碗碗腔剧团的演员们上了建团以来第一节戏曲表演理论课。

这一节课,并不长,也不太深奥,但是,这一节课所讲的戏曲表演理论,对碗碗腔的演员们来讲,却是首开鸿蒙。从此,涂卿芳老师把碗碗腔带上了一个更加广阔的发展空间。

(四)

1963年5月1日,侯马市被撤销,恢复曲沃县建制。

同月,侯马市碗碗腔剧团改为曲沃县碗碗腔剧团(仍在文庙办公),当时剧团演职人员达80余人。

6月,新绛县蒲剧团派人到曲沃商请将筱兰香调回(筱兰香在曲沃工作属于组织安排,但工作手续一直在新绛县蒲剧团),曲沃碗碗腔剧团领导明确表示不同意。当月,新绛县蒲剧团向县委借了一辆吉普车,将筱兰香从曲沃悄悄接走。曲沃县碗碗腔剧团领导知道后,马上派出马信、袁水旺、鲁国防等七八位青年演员骑自行车抄近路去追,无奈为时过晚,一直追到侯马市高村附近也未见踪影。看着满头大汗垂头丧气归来的马信等人,董光辉轻轻叹了一口气,调侃着说:“古代有‘萧何月下追韩信’,咱今天演了一出

‘马信骑车追兰香’,这也是一段佳话啊”!

同月,涂卿芳在曲沃县碗碗腔剧团开班上课,向演员们系统传授戏曲表演知识、旦角基本功和身段指法技巧。在授课期间,涂卿芳示范讲解的《别洞观景》、《白蛇传》、《霸王别姬》等川剧传统剧目,受到演员们的高度赞誉。

1963年8月,涂卿芳开始执导将川剧经典剧目《绣襦记》改编为曲沃碗碗腔《五花马》。

《绣襦记》发轫于唐代小说《李娃传》,自流传以来,多被改编为各种戏曲剧本,千年以来盛传不衰。京剧、川剧、越剧、梨园戏、梆子戏均有不尽相同的剧目版本,常被冠以《李亚仙》、《白天院》、《郑元和风雪打瓦罐》、《曲江池》等剧名演出。其内容大多为:官家子郑元和,热恋长安名妓李亚仙,因金钱荡尽,被鸨母逐出,流落下层为歌郎。被其父郑北海发现,认为有辱家门,鞭笞至死,弃尸荒郊,后被叫花子李四救活。一日,元和行乞市上,被亚仙遇见带归,劝其苦读。但元和恋情,用心不专。亚仙剔目以激励,元和遂发奋读书,终于中试做官。父子、夫妻、翁媳尽释前嫌,合家团圆。1963年,涂卿芳将其改编为《五花马》。全国戏曲剧目以《五花马》为名演绎李亚仙、郑元和传奇故事的仅此一剧。自此,《五花马》成为曲沃碗碗腔的优秀经典剧目,在晋南一带常演不衰。

1963年立秋的时候,《五花马》排演已经进入了分场次彩排阶段。

涂卿芳身穿一件手工编织的红毛衣,神采奕奕地站在排练场的边上,注视着张玉琴、刘顺安的表演。

李亚仙(张玉琴饰演)略含嗔怪地唱道:

郑郎夫把功名不放心上,倒叫我亚仙暗着忙。

好男儿就应该有志向，须做架海紫金梁。
乘长风应破万里浪，效班超从戎定边疆。
古今多少好榜样，媲美前贤理应当。
但愿君怀大志风云气壮，休要得恋温柔儿女情长。

郑元和（刘顺安饰演）丝毫不听规劝，却道：

你何必要把古人讲，不说生也知其详。

（白）贤卿，你听更鼓已响，我不读书了！

李亚仙心含怨气，唱道：

今夜晚你全然不听妻劝，却为何读诗书心不在焉。
全不想当哥郎被人轻贱，全不想受鞭笞险丧黄泉。

郑元和反而愈加轻佻，说道：

哎呀！自与卿相见，从来未有发怒生嗔，今晚为何怒而如此。看、看、看，桃腮泛艳，杏眼含春。真乃是：娥眉凤眼半含嗔，流露相思百媚生。最是灯前那一瞬，不销魂处也销魂。

李亚仙被气得在一旁潸然泪下。
郑元和见状，嬉皮笑脸地说道：

哎呀呀！美呀！美极了！两行珠泪凝香腮，笑脸何如哭脸乖。别来识得相思苦，恰似梨花雨后开。

哦，像贤卿这双秋波，这书我再也读不下去了！

李亚仙悲愤已极，怒道：

天哪！天哪！想奴沦落风尘，受尽千般苦楚，只说终身有托，谁知他迷恋奴这双眼睛，不求上进。倒是奴这双眼睛把他害了！还不如——

郑元和见李亚仙拈针刺目，连忙跪在地上拉住亚仙，唱道：

见此情把人胆吓坏，颤惊惊跪入尘埃。
哭泣泣娘子莫见怪，苦读诗书作良材。

看着张玉琴和刘顺安把《五花马》之《刺目》演完，涂卿芳才笑吟吟地说：“你两个演得开窍了！”

涂卿芳的川式普通话说得婉转入耳，听起来是别有一番风味。

她把站在一边观戏的演员们集中起来，高声讲道：

“以前啊，我们川剧有一句行话，叫着演员演戏，要先寻窍！这个窍么，就是演员要充分理解角色的内心世界！”

“这个戏的核心问题啊，就是要抓住李亚仙的‘眼睛’来演戏，一目一传神。李亚仙劝夫读书，由喜而嗔，由嗔而怨，由怨而恨，由恨而怒，这个过程的心理变化，靠啥子来表现？就是要靠眼睛。

“做戏全凭眼，情景在心生。李亚仙心里喜欢郑元和，自然是‘情人眼里出西施’，表现在眼睛的情态上，就是眼帘微垂、含有羞

曲沃县碗碗腔剧团在霍县(现为霍州市)演出后留影

涩的‘笑眼’。”

涂卿芳打住话语,摆了一个少女笑眼相望的姿势,眉目之中秋波荡漾。

张玉琴模仿着涂卿芳的样子,含情脉脉地望了刘顺安一眼。刘顺安看见张玉琴笑眼相望,倒觉得有些不好意思了。

涂卿芳用眼睛环视了一下身边的几个演员,接着讲道:“玉琴刚才的笑眼表演得挺好,就是在表达心中的怨、恨、怒时,眼法的变化不大,没有把内心深处,对郑元和的‘恨铁不成钢’的劲儿表现出来!”

张玉琴羞涩地低头一笑,口里说道:“嗯、嗯,这真不好演啊!”

涂卿芳看了一眼张玉琴，掰着手指头说："在我们川剧里，光是表现眼睛情态的眼法，就有喜、怒、哀、惊、诧、惧、爱、恨、羞、媚、盼、望、娇、疑、猜、妒、醉、病、恶、痴、恋等数十种之多。下苦功夫，掌握了这些，演起戏来，才会一脸神气两眼灵！"

"李亚仙心中含怨时，眼噙泪珠，泪眼朦胧"，涂卿芳边说边示范，"要双目微眯，好似含泪欲滴。"

围在涂卿芳身边的女演员们，纷纷照着涂老师的样子去做，果然是个个双眼含悲、凄楚动人。

涂卿芳提示说："戏剧讲究矛盾和冲突，即便是这一小折子也是如此。当郑元和不听劝告，说出'像贤卿这双秋波，这书我再也读不下去了'这句话之后，戏剧的冲突就发展到了高潮，李亚仙便由恨转怒，决心刺目劝夫了。"

"亚仙刺目是在郑元和的层层铺垫下进行的，一个环节一个环节地把情节推向高潮"，涂卿芳联系戏剧理论接着讲道，"这个时候，李亚仙对天长叹、拈针刺目，就显得合情合理，观众也会跟着演员的表演大发感慨、悲愤落泪！"

看到演员们听得很认真，涂卿芳依然用亮丽的嗓门讲道："玉琴，刺目的动作还要更加细腻一些，要随上锣鼓点吆，有节奏、有分寸，来踪去迹，交代清楚。这个嘛，用我们川剧的行话来讲，就是场面节拍不虚响，演员手脚不虚动。"

正当涂卿芳讲得神采飞扬的时候，董光辉和韩承晋进来了，他们招呼大家休息休息。

等到大家歇下来，董光辉把手里提溜的一个军绿色挎包打开，捧出一大捧青枣来，兴奋地说："哎，同志们，这可是咱们剧团前院那棵枣树上结的，硕果累累啊！今天我和老韩给开园了，大家尝尝，甜着哩！"

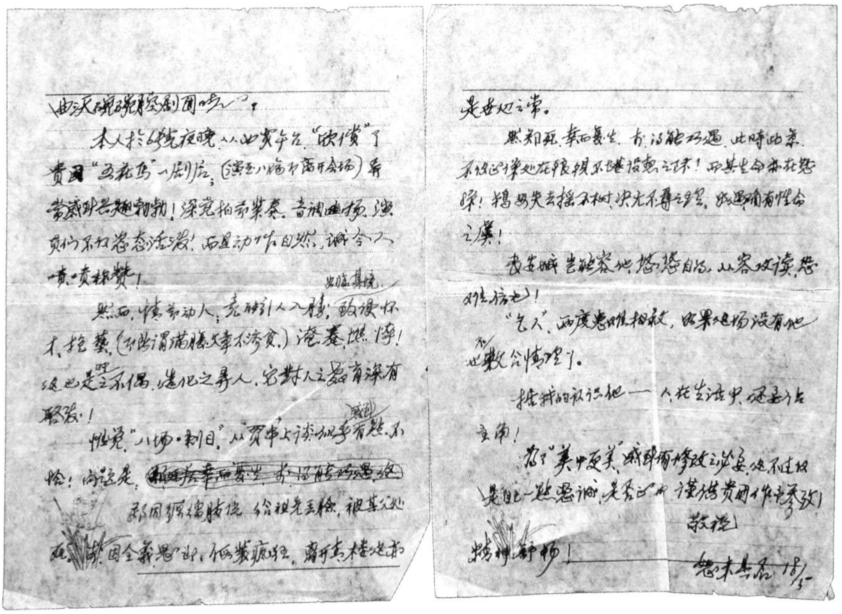

观众来信

涂卿芳高兴地接过张玉琴抓过来的几颗青枣，咬了一颗品尝，还真是甜到心里去了！

（五）

1963年9月中旬的一天早上，王永泉（1943年生，山西省翼城县人，知名编剧，中国曲艺家协会山西分会会员、中国戏剧家协会山西分会会员。1974年，由其编剧的小戏《看瓜》曾赴京参加华北区戏剧调演。时任翼城县二曲公社的广播线务员）刚起床，就听见公社大院里有人在说：

“今个夜里南梁唱戏呢。”

“哪道里戏？”

“曲沃碗碗腔！”

“唱啥戏？”

《五花马》剧照。张保保(左)扮演化子,侯保成(右)扮演郑元和

“听人家说是新排的戏,叫个啥《五花马》。”

“哦,去年在南梁唱过一回《红莲灯》,唱得美着哩!”

王永泉的爷爷以前在秧歌队里唱旦角,受爷爷的熏陶,王永泉是个戏迷,五六岁就跟着村里的秧歌队唱秧歌。听说南梁要唱戏,王永泉脸都没有顾上洗,趴在办公桌上就写开了稿子。

王永泉心里琢磨着这一天的安排:先把昨天没有写完的广播稿赶紧写完,让公社的通讯员捎到县广播站。然后,再到南洼村和斜口庙村检修一下喇叭。在日头落山的时候,赶到南梁村看戏。

从二曲到南梁其实也不算远,可是从二曲到南洼、斜口庙,再折返到南梁,翻山过沟一算计,少说也要五六十里山路。王永泉紧赶慢赶,等气喘吁吁地跑到牛家坡的时候,天已经大黑了。

到了南梁村口时,提着灯笼赶着看戏的人络绎不绝。王永泉顺着人流往翔山(翼城县境内的山名)方向一望,顿时吃了一惊,明明灭灭的星火如长龙一般绵延十五六里,看不见头也看不见尾。

南梁村舞台下万头攒动、人山人海，舞台旁边的墙头上、房顶上也站满了看戏的群众。

舞台上的戏正在咿咿呀呀地唱着，个子瘦小的王永泉无论怎样努力也把摩肩接踵的人墙挤不开，他连个演员的影儿也瞧不见，只能听到一片喧闹声中夹杂着那美妙的碗碗腔韵儿。

人流还在不断涌来，王永泉不禁担心起来，要是这样下去，怕是要把舞台院子的围墙撑倒了。

在舞台院子外面的巷口处，南梁大队派了七八个膀大腰圆的小伙子守在那里，劝诫阻止群众入内。有几个群众还和小伙子们发生了争执，吵闹起来甚至要动拳脚了。

一位戴着布帽子的中年人，挤了过来，大声呵斥着，中年人的呵斥没有把喧闹声镇住，他只好用更大的声音喊道："不要吵啦！我们已经和碗碗腔的说好啦！今个夜里连演两场！下一场，你们再进去看戏！南梁大队向你们保证，说话算数"！

等到第二场戏开演的时候，天气忽然阴了上来，风里还夹带着雨星儿。

王永泉把身上的衣服往紧里裹了裹，踮起脚尖望了望四周，依然是观者如云。

忽然，他看到有人打着手电筒挤了过来，边挤边喊：让一下、让一下，公安局的、公安局的！

王永泉愣了一下，等到那人挤到跟前一看，才知道是县广播站的同事接到通知连夜赶来录音的。

王永泉趁着这个机会，跟在后面一起往前挤，终于挤到能看清演员眉眼的地方了。他松了一口气，看着舞台上的"老鸨儿"正在数落一位貌美如花的"小姐"：

我说亚仙哪，这几日你头也不梳，粉也不搽，终日里哭哭啼啼，怎知妈妈被债主和官税快逼死了。咱这行户人家，就是前门迎新，后门送旧，生意才能兴隆。难道能将一个客人抱上一辈子不成！

那位“小姐”十分刚烈，音质高亢婉转，悲中带怒地唱道：

无情鸨儿把脸变，好似恶鬼把人餐。
皮鞭拷打鲜血溅，更与亚仙把恨添。
哭了声郑郎难相见，相逢除非一梦见。
气伤心青丝先打乱，蹬破绣鞋扯烂衣衫。
十指抠破桃花面，宁一死绝不从二男！

天气忽变，秋雨无常。有的观众将衣衫脱下来，两个人用手各拽一个衣角撑起来，躲在下面遮雨。后面的观众视线被遮住，便对着前面的人大呼小叫。

戏声、雨声、吵闹声交相混杂，但是，王永泉一时间看得如痴如醉，全然不觉秋雨已经淋湿了衣衫。

舞台上，“刘花子”（张保保饰演）正带着“郑元和”（刘顺安饰演）唱着莲花落：

郑元和：

雪花不住当空撒，往事宗宗乱如麻。
遥望青楼泪盈把，亚仙我受恩深处便为家。
乞儿口唱莲花落，低下头儿泪索索。
我生名叫郑元和，家住洛阳十字坡。
大比之年皇开科，别亲上京求紫罗，
五花马上驮包裹，

刘花子：

（帮腔）三朵花儿开，一朵美莲花。

郑元和：

后跟着来香小哥哥。

刘花子：

（帮腔）花开美莲花，三朵花儿开，腊梅花。

郑元和：

有一个秀才好倒运，他不求功名落娼门。
姐儿窈窕生得俊，胜似嫦娥赛昭君。
进院去入了迷魂阵，

刘花子：

（帮腔）三朵花儿开，一朵美莲花。

郑元和：

为姐儿费尽了他的心。

刘花子：

(帮腔)花开美莲花，三朵花儿开，腊梅花。

刘顺安、张保保把这段莲花落唱得婉转流畅，哭腔中流露出无限的惆怅，配上曲沃、翼城一带流传的秧歌曲牌，让观众无不为之伤怀落泪。抑制不住情绪的观众纷纷往台上扔馒头、枣儿、硬币、铜钱等物什(当地的习俗，遇到戏曲中打莲花落打得精彩的场面，观众以此来表示喝彩)。

秋雨如注。观者依然如云。

郑元和：

姐儿精灵乖心多，口蜜腹剑欺元和。
秀才年幼无斟酌，三千银两如水泼。
姐儿心痛实难过，要用板肠煎汤药。
五花马城外把头剁。

刘花子：

(帮腔)三朵花儿开，一朵美莲花。

郑元和：
又卖了来香小哥哥。

刘花子：

（帮腔）花开美莲花，三朵花儿开，腊梅花。

王永泉往人群里挤了挤，用手掌放在额前遮着雨水，心中一直在想着戏里的唱词和情节。

当李亚仙劝夫不成、拈针刺目时，王永泉的心被震颤了，脸上的泪水伴着雨水肆意而下。

大雨如瓢泼，地上的积水已没过脚踝。

舞台下，热情的观众完全沉浸于戏曲的情境之中，如痴如醉地欣赏着、哭泣着、快乐着、幸福着，竟然无人退场。

时隔不久，王永泉就听到广播站的喇叭里播放着《五花马》的录音。碗碗腔那咿咿呀呀的“湾子腔”很快就传遍了翼城县的乡村和街巷。

第九章

DIJIUZHANG

一枝独放『样板戏』

“样板戏”缘起

1963年12月，毛泽东在中宣部文艺处《文艺情况汇报》上批示：“各种艺术形式——戏剧、曲艺、音乐、美术、舞蹈、电影、诗和文学等等，问题不少，人数很多，社会主义改造在许多部门中，收效甚微。许多部门至今还是‘死人’统治着。不能低估电影、新诗、民歌、美术、小说的成绩，但其中的问题也不少。至于戏剧等部门，问题就更大了。社会经济基础已经改变了，为这个基础服务的上层建筑之一的艺术部门，至今还是大问题。”批示还尖锐地提出：“许多共产党人热心提倡封建主义和资本主义的艺术，却不热心提倡社会主义的艺术，岂非咄咄怪事。”这一批示使文艺界震动很大，形式骤然紧张。据中宣部编印的《文艺情况汇报》第116号记载，毛泽东将此段批语批示给了北京市委的彭真、刘仁二同志。（据《中国共产党党史》第二卷下）

在新的形势下，山西省明确提出“以阶级斗争为武器，为中国和世界革命斗争服务”的口号，于是历史戏、传统戏在山西的戏曲舞台上逐渐消失，工、农、兵形象完全取代了舞台上的“帝王将相”和“才子佳人”。

1964年开春，涂卿芳完成传艺工作，离开曲沃碗碗腔剧团返回四川重庆。

1964年3月，曲沃碗碗腔剧团开始排演现代小戏《李双双》和《两队长》。

1964年4月26日，春光明媚。彭真同志乘专机回到临汾后，再次驱车回乡调研。27日晚，彭真携夫人张洁清在山西省委书记陶鲁笳、晋南地委书记赵雨亭、晋南地委副书记冯培文、曲沃县委书记董启民的陪同下，在侯马运输公司礼堂观看了曲

沃碗碗腔的现代小戏《两队长》、古装戏《表花》。演出结束后，彭真接见了全体演员，并和张玉琴(《表花》中饰演丫环)、苗凤兰(《表花》中饰演小姐)、郭柏华(《两队长》中饰演男队长)、宋秀萍(《两队长》中饰演女队长)、刘顺安(《两队长》中饰演记工员)、王莲叶(《两队长》中饰演队长妻)、赵步贵(《两队长》中饰演社员)、王宝元(《两队长》中饰演少年)等人合影留念。

1964年6月7日，文化部在北京举办现代京剧会演，推出了《红灯记》、《芦荡火种》、《智取威虎山》等新创作的京剧现代戏剧目。

1964年7月到1965年4月，文艺界整风不断扩大，从此，党的“百花齐放、百家争鸣”的方针遭到破坏。康生、江青等人在这些错误的批判中推波助澜，起了恶劣的作用。(据《中国共产党党史》第二卷下)

1964年9月，曲沃碗碗腔剧团的现代小戏《两队长》，赴太原参加山西省戏曲现代戏观摩演出大会。李雪峰(时任中共中央华北局第一书记)在太原长风剧场观看了碗碗腔的演出后，给予高度评价，并将《两队长》确定为1965年华北区省委书记会议调演剧目。

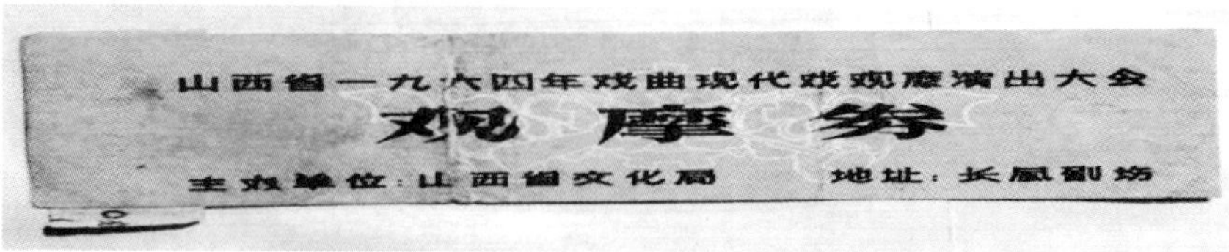

1965年11月10日，上海《文汇报》发表文章《评新编历史剧〈海瑞罢官〉》(《海瑞罢官》是明史专家、时任北京市副市长吴晗同志写的京剧剧本，1961年在北京首演)，成为“文化大革命”的导火线。

1966年11月，中央文革小组顾问康生在首都文艺界无产阶级文化大革命会议上宣布，京剧《红灯记》、《智取威虎山》等八部文艺作品为“革命样板戏”。至此，“样板戏”这一说法开始逐渐通行全国。

移植《红灯记》

1966年冬夜，朔风呼啸。

曲沃县碗碗腔剧团一间破旧的办公室里，灯火通明。董光辉带领大家进行政治学习。

政治学习结束后，董光辉把韩承晋和卫春生留下来，从公文包里拿出一本《红旗》杂志来，递给正在抽烟的韩承晋。

董光辉俯下身子把手放在土灶口上烤了烤，然后，才咳咳嗓子说：“老韩，这上头有阿甲写的京剧《红灯记》剧本，你和春生看看，咱能不能排成碗碗腔”？

韩承晋接过杂志看了一下封面，就递给了卫春生。韩承晋说：“这个剧本我看过，是去年《红旗》杂志第二期上登的，剧本写得很好，政治上也对路，我看可以排”！

卫春生翻看杂志，轻声念道：“提篮小卖拾煤渣，担水劈柴也靠她。里里外外一把手，穷人的孩子早当家。栽什么树苗结什么果，撒什么种子开什么花”。

董光辉点点头，对卫春生说：“春生，你看这音乐好吗？”

卫春生抬起头嗯了一声，说：“董团长，这词儿写得多好，我琢磨琢磨吧，咱能排！”

“好！这样吧，老韩，你对本子熟悉，今夜就加班，把里面的人物理一理，看咱团里谁合适演，就让谁演！”董光辉听韩承晋、卫春生说能排《红灯记》，当即就把这个事儿定了下来。

没几天，剧团就把演员定了下来。卫春生的音乐设计也拿出来了。董光辉把大家召集到一起，开了个会，宣布了一下演员名单：李玉和由张六顺饰演；李铁梅由苗凤兰饰演；李奶奶由孙金娥饰演；鸠山由郭柏华饰演。然后笑呵呵地看着韩承晋说：“老韩，你和春生辛苦一下，咱这戏要赶在春节前排好，正月里到各公社、各大队演出。”

韩承晋知道这出戏不好演，但是也找不到理由推辞，便和卫春生一起担下了移植京剧《红灯记》的任务。

当时，碗碗腔剧团已经排过几个现代小戏，演员对现代戏的理解已经有了一个基本的把握。要说是自编自演一个现代小戏，倒是困难不大。可是，移植人家成名的“样板戏”，又没有现场观摩学习过，这戏能不能演好，对于韩承晋来说是有压力的。

那个冬天，韩承晋和卫春生整天守在一起，指导编排、矫正唱腔、制作道具，日子过得充实而繁忙。

等到春节的时候，碗碗腔《红灯记》在曲沃县大礼堂首演成功。全县好多公社和大队都派人到剧团联系，邀请碗碗腔剧团去唱《红灯记》。有些公社书记还托县上的领导打招呼，请剧团先到他们那里去唱戏。

戏在曲沃唱，名气却传遍了晋南。翼城、绛县、临猗、万荣、襄汾等周边县纷纷派人到曲沃定戏，邀请碗碗腔剧团去演戏。

正月二十，已经在周边县连演60多场《红灯记》的碗碗腔剧团，赶赴襄汾县襄陵镇演戏。不料，天公不作美。正月二十三，突降大雪。原本计划回曲沃赶场演戏的碗碗腔剧团，被一场大雪困在襄陵。那时候，条件不好，剧团赶场演戏，戏箱、道具和生活用具等全靠用马车拉，演员主要靠两条腿跑。几十公里的路途，晴天还行，遇到雨天、大雪封路的天气，剧团就举步艰难，不能如约赶场了。

不曾想，天降大雪，观众却上了劲。《红灯记》在襄陵镇连演8天，观众依然如潮。天上飘着雪花，观众自己扫出一块儿空地，放上凳子、椅子等物什，一屁股坐上去，用被子把自己围严实了，就算安营扎寨等着看好戏了。

一张戏票1.5角，剧团每天的收入都在700元以上。小小的舞台下面总是挤满了鼓掌叫好的观众，甚至到了谢幕时，台下的观众还在使劲鼓掌，不让演员下台。

观众热情高涨，剧团只好加演了3天。一直演到天气完全放晴，剧团悄悄连夜开拔才作罢。

1968年1月3日，曲沃县成立无产阶级文化大革命领导小组，“文化大革命”波及全县各个领域。曲沃县碗碗腔剧团也成立革命委员会，张六顺(1944年生，山西省襄汾县南贾村人，师从著名蒲剧大师杨虎山的大弟子曹金生，主攻“二净”，功底扎实，演出惟妙惟肖，在晋南一带颇有盛名)任革委会主任，主要成员有刘明玉、孙金娥、王宝元、张玉琴、卫三管等人。曲沃碗碗腔剧团随之改名为曲沃红旗碗碗腔剧团。不久，董光辉、韩承晋等人被红卫兵以破四旧名义烧了许多珍贵谱本，许多老艺人被批斗。皮影戏箱被查抄焚烧，皮影戏在县内几近灭绝。

1968年7月，董启民、祁英、李志忠、师述德、张育德等原曲沃县委领导被曲沃县红卫兵“造反派”从侯马501(邮电部第七研究所，当时，曲沃县委在此办公)揪到曲沃大礼堂批斗。

看着自己熟识的领导干部遭到狠批狠斗，曲沃县红旗碗碗腔剧团的“红卫兵积极分子”郭柏华、赵步贵等人，心里不免多了几份愧疚。郭柏华自己掏钱买了三盒浍河牌香烟，从剧团灶上买了几份大饼夹三鲜菜，提了一茶壶热水，招呼赵步贵和自己一起给董启民等人送饭菜。

看管董启民、祁英等人的是剧团的红卫兵，他们悄悄地给郭柏华、赵步贵打开了宿舍的大门。看到郭柏华拿着饭菜走了进来，董启民、祁英等人有些疑惑不解，不知道这饭敢不敢吃。郭柏华往董启民手里塞了一个大饼，说：“别吭气，赶紧吃！俺自己掏钱买的，让那些人看见了，就吃不成了！”

董启民压低声音一边道谢一边说：“我看过你演的戏，你是郭柏华，谢谢你！还是咱剧团的人好！”临走时，郭柏华又往董启民、祁英每人的口袋里塞了一盒香烟。

1968年9月，由于“文化大革命”运动的影响，曲沃县红旗碗碗腔剧团16名同志被调离剧团。同年，剧团招收学员22名。王炳锁、武平生、李海录、付天保、刘保安等人被招入剧团工作。

1970年，毛泽东提出普及样板戏。组织群众演出样板戏的指示开始在全国传达。1971年初，《人民日报》、《文汇报》明确指出“地方移植革命样板戏是一场革命，要求在样板戏创作原则的指导下，对自身的剧种艺术进行革命化改造。”

1971年8月1日，曲沃县划出凤城、侯马、大李、高村、上马5个公社重建侯马市。曲沃县治迁回曲沃城关公社。曲沃县红旗碗碗腔剧团仍属曲沃县所辖。12月,中共曲沃县核心小组被撤销,恢复中国共产党曲沃县委员会。

此时的碗碗腔剧团,已经陷入无戏可唱、生活困难的境地。为给演员找一条谋生之道,剧团多方联系,演员最终被编入三线建设(毛泽东在20世纪60年代中期作出的战略决策,1964年开始,1968年大规模展开)文艺宣传队,到绛县安峪公社孙王大队(现山西省运城市绛县安峪镇孙王村)为民工演出。当时,剧团的演员每月可以挣到45元钱、45斤粮食,可以保障基本生活所需。

在孙王村,剧团演员首次观看了由现代京剧《红灯记》改编的电影(系1971年1月,八一电影制片厂推出由成荫执导拍摄的现代京剧彩色舞台艺术片)。看完《红灯记》,董光辉、韩承晋彻夜难眠,两个"修正主义分子"聚在一起,促膝谈心,谈京剧"样板戏"《红灯记》,谈自己编排的《红灯记》。对于董光辉、韩承晋来说,那个时

演员苗凤兰(左)和赵步贵(右)在现代戏《两种人》中的剧照

代，他们是不敢妄言政治的，更不敢妄言“样板戏”的是非。但是，他们经过两相比较，觉得规规矩矩、一招一式地按照“样板戏”的程式，重新移植《红灯记》，让演员尝试一下、体验一下、历练一下，对于演员在戏曲艺术上的成长是有极大好处的。

重排《红灯记》时，张六顺原来主演的李玉和角色也调整为由刘顺安来饰演。女主角铁梅由张玉琴饰演，孙金娥和郭柏华依然饰演沙奶奶和鸠山。

重排的《红灯记》一经演出，即在绛县三线建设工地引起轰动，不仅有大量的村民、民工前来观看，还吸引来五四一总部和各分厂的工作人员一睹为快。三线建设工地的民工大多来自临汾、运城等周边地区，碗碗腔“样板戏”《红灯记》的成功编排演出，再一次把曲沃碗碗腔的名声传播到晋南的广大地区。

演活“座山雕”

曲沃碗碗腔的传统剧目中，以“才子佳人”戏居多。演员也以擅长演出旦角、生角戏而闻名。由于净角戏份少，张六顺的演出天赋一直没有被挖掘出来，加上“文化大革命”的影响，张六顺在剧团基本处于“闲置”状态。

1972年正月，三线建设宣传队移驻翼城县东关村，曲沃县碗碗腔剧团随之迁往此地。

在曲沃碗碗腔移驻翼城期间，张六顺的舞台表演艺术获得了一次全面提升的机会。

那个时候，样板戏已经独领风骚，不仅占据着全国民众的精神空间，而且成为全国最具主导地位的文艺形态。《红灯记》的成功演出，增强了曲沃碗碗腔剧团移植新的样板戏的信心。剧团从毛泽东思想宣传队（负责包干样板戏学唱和普及工作）找来了《智取威虎山》的演出本，着手编排上演。

《智取威虎山》演出本，不同于一般的演出剧本，而是一种由文化部门统一印制的类似教科书的演出说明书。演出本中除了故事大纲、剧本唱词、文字说明以外，还有大量的人物造型照、舞台平面图、布景制作图、道具表、主要道具制作图、灯光布光图等等图表。小到戏服上补丁的大小、颜色、位置，细到舞台上每丛芦苇有几根、多长都有明确的规定，务求统一复制演出。在样板戏的演出中，剧情、人物与主题成为中心，所有演员必须根据精心设计的形象、唱腔、程序动作严格执行，不得越轨、走样。

剧团很快成立了专门的编排班子，严格按照演出本的要求，分工准备。主要演员也很快确定了下来，许敬仁饰演杨子荣、郭柏华饰演少剑波、鲁国防饰演李勇奇、苗凤兰饰演小常宝。但是，在政治挂帅、革命先行的特殊年代里，反面角色的饰演，演员多少有些抵触情绪，谁也不愿意饰演“座山雕”和栾平这些反面人物。因为，根据样板戏创作的“三突出、三陪衬”原则，在舞台场面调度上，敌人是以“远、小、暗”的方式来呈现，而英雄则是以“近、大、亮”的方式来展示，反面角色只能是英雄人物的陪衬。

虽然舞台上的表演因为角色不同而各有差异，但是艺术本身是不分角色大小的。在中国的戏剧表演史上，就有过好多这样的例子。京剧名丑茹富蕙在《空城计》中饰演探马，不过是一个跑龙套的小角色而已，茹富蕙却将探马三次禀报军情的动作表演得各有特点，绝无雷同，可谓是名噪一时。1937年，马连良的扶风社在天津公演。马连良请京剧名丑马富禄提携张君秋演戏。马富禄和张君秋合演《女起解》，自饰崇公道。戏一开场，崇公道“啊哈”一声便赢得满场的掌声与喝彩。

时任移植《智取威虎山》导演得丁德义，十分清楚，剧中的两个反面人物“座山雕”和“栾平”并不好演。这两个反面角色是衬托杨子荣、少剑波等英雄人物的，演得愈真实就愈能突出正面角色的“高、大、全”形象。在《智取威虎山》献图一场中，“座山雕”的戏份就有很大的表演难度。尤其是，“座山雕”在和杨子荣的一问一答中，要借助“椅子功”来表现人物的内心变化。这其中的“椅子功”借用了传统古装戏《通天犀》里的优秀表演艺术。演员没有扎实的表演功底，要想拿下这出戏是很困难的。至于栾平的角色，在戏中是个可笑、可悲的小人物，戏份也不多，

张六顺在《逼上梁山》中的剧照

要想把这个小丑角演得活灵活现,绝非易事。

丁德义从剧团演员中选来选去,最后确定让张六顺饰演座山雕、赵步贵饰演栾平。张六顺是“二净”出身,16岁就拜蒲剧名角曹金生为师,勤学苦练基本功,身段功架扎实,腰腿功过硬。曾经学唱过蒲剧《通天犀》,饰演过青面虎许世英,熟练掌握了“椅子功”的表演技巧,是饰演座山雕的不二人选。赵步贵(1946年生,襄汾县南贾村人,曲沃碗碗腔著名演员)是蒲剧名师白满仓的弟子,14岁开始学艺,以丑角表演见长,曾在传统古装戏《骂官》、《城门洞》中饰演过角色,很受群众欢迎,是饰演栾平的合适人选。

《智取威虎山》演出本编写得十分详细,在场景布置、表演程式、场次唱词等方面全盘照搬即可,导演、演员没有再度创作的权力,谁敢在规定程式上做改动,那是要负政治责任的。

在丁德义的导演下,剧目移植进展得很快,不久便在翼城县东关村演出了一场。演出结束后,三线宣传队的领队董怀生给剧团提了几条意见,总的意思是说,演员演出得还不够细腻,尤其是在程式化表演上还不够规范,他有个熟人在省里工作,可以介绍碗碗腔剧团到山西省晋剧院去学习取经。

经过三线指挥部同意,剧团的一干人等拿着曲沃县委开具的介绍信,乘车到山西晋剧院学习。

在太原工人文化宫(简称南宫,1958年建宫,是山西省最大的职工文化活动中心),山西省晋剧院《智取威虎山》剧组的导演、演员对曲沃碗碗腔的演员进行了精心的辅导培训。

在剧中饰演小炉匠栾平的赵步贵,在晋剧院演员的指导下进步极快,很快就把握住了栾平这个反面人物的特点,把栾平胆小、怕事、狡诈、猥琐的形象表演得惟妙惟肖,特别是在表演杨子荣提审栾平一节时,赵步贵利用丰富的眼神变化把栾平的内心世界刻画得入木三分。为把栾平瘸腿走路的形象表现得更为真实，赵步贵特意跑到太原市最为繁华的迎泽大街上体验生活。只要是见到瘸腿的人走过来，赵步贵就悄悄地跟在后面，模仿着走上一段路。不曾料到，赵步贵的举动还是被人家发现了，有几个中年人涌过来，把赵步贵围在中间，一边推搡一边训斥赵步贵年纪轻轻不学好。在恐慌之中，赵步贵连忙解释说自己是剧团的演员，在体验生活，不是恶意的。大家不信，让赵步贵拿出证明来。赵步贵说，这好办，我给各位演一段样板戏。赵步贵现学现卖，表演了几个丑角的动作。就在大家愣神的一瞬间，赵步贵拔腿就跑，方才避免了一顿拳脚之苦。

山西省晋剧院的导演、演员对曲沃碗碗腔的演员没有丝毫的保留，将自己排练、演出《智取威虎山》的经验、技巧倾囊相授，毫无保留。碗碗腔剧团的演员从手、眼、身、法、步的一招一式入手，得到了晋剧院演员的手把手的指点，好多演员的表演艺术由此更上

赵步贵在说戏

一层楼。

从太原回来后，曲沃碗碗腔剧团排演的革命样板戏《智取威虎山》参加了临汾地区的戏剧汇演。

在演到《献图》一场时，座山雕用黑话盘问杨子荣。在这一问一答中，张六顺先在椅子上做了几个颇见功夫的蹦跳动作，将座山雕的狂妄气焰表现得淋漓尽致。当杨子荣唱到“座山雕也要听候专员调遣”时，张六顺则以净角特有的尾音念道：“我听他的调遣？”同时，将蹲在椅子上的右腿快速跨过椅背，又迅速转身坐下，把座山雕自尊心被刺痛了后的恼怒生动地表演了出来。当杨子荣继续唱道“说话间掏出图一卷——”时，座山雕一听到“图”字突然站起，紧接着也念了一声“图”，随着杨子荣唱“一卷”两字时，座山雕腾地离开罗圈椅，亦步亦趋馋涎欲滴地跟在杨子荣身后走圆场。这个走圆场是穿高筒大皮靴走“矮子步”，比传统戏中的表演难度更高，需要更高的艺术技巧，借此表达出座山雕因联络图而朝思暮想的心情。张六顺将椅子功、走圆场的功夫运用得出神入化，并较好地借助手、眼等表演身段技巧，将座山雕的凶险、狡猾、狼狈演绎得活灵活现，将戏中的杨子荣机智、勇敢、顽强的高大形象衬托得更加完美。观众不断报以热烈的掌声。这掌声既是对无产阶级英雄杨子荣的赞美，也是对张六顺表演艺术的充分肯定。

自此之后，张六顺得到了一个“活座山雕”的美名。但是，在那个极为特殊的年代里，演座山雕的演员和演杨子荣的演员是不能够平起平坐的。每当谢幕时，饰演杨子荣、少剑波、李勇奇等英雄形象的演员可以站在台上接受观众的鲜花和掌声，而饰演座山雕、栾平、“八大金刚”等反面角色的演员，即便演技再好，也没有资格站到前台接受观众的赞美。

《看瓜》受牵连

1972年间周恩来开始指导文化、卫生、体育等工作。他强调，极“左”思潮、形式主义，只搞那个“突出政治”，不搞业务。针对文艺界万马齐喑的局面，他指出，极“左”思潮不肃清，艺术质量提不高，现在要提倡要在毛泽东思想指引下的“百花齐放”（据中国共产党党史第二卷）。全国各地方剧种一招一式照搬式地移植样板戏之外，开始允许地方戏剧团自己排演一些图解革命口号的现代戏。

当时，曲沃县红旗碗碗腔剧团已经从三线文艺宣传队回来。由于县文庙被改建成政府招待所，剧团驻地被迁到县大礼堂西侧（现曲沃县城桥梓巷碗碗腔剧团驻地）。招待所建设期间，曲沃著名古建筑群落文庙被毁，670余年树龄的桧柏被伐。

1973年暮春时节，曲沃碗碗腔剧团的大院里，走进来一位面目清秀的年轻人。

年轻人一走进院子，就向人打听韩承晋导演的住处。

听到外面有人在喊自己，韩承晋从房间里走了出来。年轻人一看见韩承晋，马上利索地把自行车支好，快步走过来，紧紧握住韩承晋的手说：“韩老师，你好，我向你请教来了！”

韩承晋一愣，继而“哦”了一声，说道：“王永泉，原来是你小子啊，什么风把你给吹来了！”

王永泉腼腆一笑，说：“韩老师，我是从翼城来的，肯定是东风把我给吹来的嘛！”

韩承晋呵呵地笑着，说：“怪不得一大早这麻雀叽喳叽喳地乱叫，是有贵客要来啦，快进屋里！”

这个王永泉就是冒着大雨看碗碗腔戏的那个年轻人，现在已

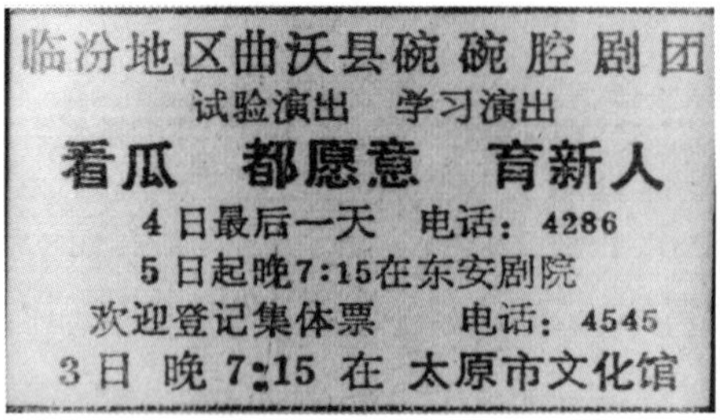

经从翼城县二曲公社广播站调到了县文化馆从事文艺创作。这位颇有几分才气的年轻人，写了一个名叫《一个西瓜》的小剧本，发表在翼城县文化馆编印的《文艺创作选编》上。临汾地区文化局副局长郑怀礼（1920—1988，字笑萍，山西省襄汾县汾城镇人，1936年参加革命，抗战初期汾城建党负责人之一。曾任原汾城县委组织部宣传委员、代理书记等职。中国戏剧家协会会员，山西省文联第四届委员会委员。1983年离休，离休前任临汾地区文联主席）看到后，觉得王永泉的剧本《一个西瓜》写得很好，便向曲沃碗碗腔剧团推荐了这个剧本，让王永泉和韩承晋联系，具体商量一下剧本的修改问题，尽快排练演出。

韩承晋把王永泉让进屋里坐下，泡了一大茶壶大叶茶，吩咐老伴上街买菜做饭，然后，自己拿起一个铜烟袋锅子，往里面拧了一撮牛毛丝烟，吧嗒吧嗒地抽了起来。

韩承晋看剧本的时候很专注。他旁若无人地阅读着剧本，不时地拿出铅笔在上面标注着一些字符，他的思想完全沉浸在剧本的世界里，一言不发，只是一锅子一锅子地抽着旱烟。

王永泉静静地坐在一旁，嗅着满屋子飘散的旱烟味儿，心里猜想着韩承晋可能会提出哪些意见。

等到正晌午的时候，韩承晋的老伴张罗了几个菜。王永泉没有想到菜里竟然还有一盘猪头肉，这在当时是宴客的高标准了。王永泉一时很感动，心里觉得有些不安了。自己是请韩老师帮忙的，人家竟然把自己当作贵客来招待，真有几分消受不起。

韩承晋看出了王永泉的心事，用手摸摸自己的光头，呵呵一笑说：“来，咱们边吃边聊。这日子嘛，要过得勤俭，这待客嘛，要务必风光”！

韩承晋还特意拿出来一瓶白酒，要和王永泉对饮。王永泉不会喝酒。韩承晋便自斟自饮，不一会儿就喝得红光满面，不由得话儿就多了起来。

韩承晋从剧本的主题、结构、人物设计谈到念白、唱词、平仄，一股脑儿地向王永泉讲自己的思路、想法和经验。王永泉听得很入神，也不时地谈自己的构思和想法。以前，两个人在地区开会时曾经见过面，但是从来没有像今天一样，交流得这么投机。

韩承晋说：“永泉，戏名咱就这样定了，就叫《看瓜》，这个名字简洁响亮，‘看’字更能突出主题、突出正面人物、突出矛盾冲突。这个本子，还是由你执笔修改，我给你敲敲边鼓！”

王永泉如此三番五次地在曲沃和翼城之间往返，《看瓜》剧本终于被推敲打磨到两个人都满意了，方才交给团里排演。

1973年夏天，郑怀礼打电话给王永泉，通知他到曲沃观看碗碗腔小戏《看瓜》。

王永泉接到电话，立即联系了翼城县文化馆馆长，两人冒着炎热骑着自行车一溜烟儿赶到曲沃。

曲沃县大礼堂里坐满了看戏的观众。郑怀礼和韩承晋、王永泉等人坐在观众席的第一排，不时地比画着、交谈着，时而发出会心的一笑。

碗碗腔剧团一共演出了三台现代小戏，《看瓜》被作为压轴戏放在最后一场来演。前两台戏，演出效果很好，观众看得如痴如醉。《看瓜》能不能取得好的反响，王永泉心里有些忐忑不安。

不料，戏一开场，舞台场景一亮，一株粗大挺拔的古槐之下，一处瓜庵，远处是一片成熟的西瓜地。舞台灯光布景运用得十分到位，立马就将观众拉入了戏剧创设的情景之中。

一位五十余岁的老大爷(剧中男主角洪大爷，郭柏华饰演)用草帽一边打扇揩汗一边唱道：

骄阳似火六月天，点点汗珠洒瓜田。

勤劳谱出丰收曲，社员个个喜开颜。

队委会研究定了点，今天西瓜就开园。

第一批先给收购站，为繁荣市场做贡献。

郭柏华的唱腔音质醇厚表现力很强，加上他那极具生活化的表演风格，一上台便赢得了观众的叫好声。

看到郑怀礼和韩承晋也跟着观众一起拊掌而乐，王永泉的心方才稍稍放稳了一些。

等戏演到快中场的时候，剧情的矛盾开始凸显。卫老四(剧中的男主角之一，张保保饰演)对洪大爷的不看情面、公事公办的态度十分不满，恨声恨气地从齿间挤出一句话：“你——你——你这老头就是难说话”！然后，闷闷不乐地唱道：

我实想弄些瓜抢先卖快，到集上肯定是赚钱买卖，这老头脾气犟性子古怪，凭自己有点权尽耍厉害，乘兴来扫兴归暂且忍耐，唉！镜中花水中月采它不来……

张保保把一个思想落后，总想着投机倒把发点小财的社员形象，演得惟妙惟肖，让观众笑得前仰后合，继而报以一阵热烈的掌声。

“文化大革命”以来，样板戏一枝独放，全国各地方剧团在移植“八大样板戏”时生怕出错，演出更是亦步亦趋，一招一式照着京剧套排。地方戏音乐和京剧，本来各有长短，完全套京剧的唱腔，样板戏就成了“硬板戏”，有些地方根本没法唱。尤其是像曲沃碗碗腔这样以委婉缠绵唱腔为特点的地方戏，生硬地照搬照套既让演员难受也让观众难受。《看瓜》这出戏无论是唱词还是音乐设计，都有向于碗碗腔传统唱演艺术回归的迹象，这不免让观众大饱耳福大呼过瘾。

王永泉撰写的回忆稿

戏演完后，时候已经不早了。天上一轮月儿，亮亮地照着大地。王永泉心中很是兴奋，不顾郑怀礼和韩承晋的挽留，执意要和苏奎元一起骑车回翼城。

不久，郑怀礼通知王永泉到曲沃跟团修改《看瓜》剧本，为参加山西省戏剧调演作准备。此后的一个月里，曲沃碗碗腔剧团为临汾地区文艺界领导、文化部观摩团作了专场演出，并邀请著名作家西戎、马烽、孙谦和戏剧评论家石丁观看演出，召开了专题研讨会。王永泉和韩承晋在充分吸收来自各方面的意见之后，对《看瓜》剧本作了精心修改，先后四易其稿。

1973年8月，曲沃县碗碗腔剧团携现代小戏《看瓜》赴省城太原参加全省戏剧调演大会。在太原市东安剧场，演员张六顺（饰演洪大爷）、张保保（饰演卫老四）、孙金娥（饰演洪大娘）、王梅（饰演生产队会计小英）等演员发挥出色，《看瓜》因而一炮走红，连演十余场，荣获山西省优秀剧目奖，被确定为赴京参加全国(华北区)戏剧调演剧目。《山西日报》、山西电视台均作了宣传报道，曲沃碗碗腔由此闻名三晋。

正当曲沃碗碗腔剧团全团上下为赴京参加全国戏剧调演大会而兴高采烈时，临汾地区文化局却突然决定，《看瓜》一剧改由临汾地区蒲剧团排演，代表山西省赴京演出。

1974年的1月23日，文化部举办的华北地区现代戏会演开锣，山西省选送的晋剧《三上桃峰》、眉户剧《一颗红心》、曲沃碗碗腔小戏《看瓜》等剧目参加了会演。

1974年2月28日，《人民日报》头版显著位置，发表了署名为初澜的文章，题为《评晋剧〈三上桃峰〉》。

很快，批判《三上桃峰》的范围被扩大，《一颗红心》、《看瓜》受到牵连，被一起批判为“死马病牛烂西瓜”，一批参与剧目创作的编剧、演员受到迫害，有的甚至含怨而死。

所幸，在这一场政治斗争的风云变幻之中，曲沃碗碗腔剧团导演、演员及原创编剧王永泉未受到迫害。

张六顺在《断路》一剧中的剧照

从此，《看瓜》一剧停演，再没有被搬上过舞台。

1973年冬天，曲沃县碗碗腔著名导演韩承晋因病去世。

1974年7月，曲沃县碗碗腔剧团

成立了毛泽东思想宣传队，招收了刘平、孙海云、解红旗、聂保郎、许建红、滕宏章等31名学员。这些人将被按照“具有多方面文艺特长的革命接班人”的标准来进行培养。

靳贵近照（1941— ）

《断路》获好评

1975年2月，《人民日报》发表《学好无产阶级专政的理论》的社论。

在这样的背景之下，曲沃县碗碗腔剧团开始筹划排演一台能够反映“同新产生的资产阶级分子作斗争”的戏。

在当年春节的一次文艺会演会上，曲村公社闻喜庄村演出的小戏《堵路》获得了优秀剧目奖。参与文艺会演组织工作的曲沃碗碗腔剧团党支部书记王郁文看过后，大加赞赏。会演结束后，马上和《堵路》剧本的作者靳贵（1941年生，曲沃县闻喜庄村人。曲沃碗碗腔著名编剧，国家二级编剧职称，1984—1986年担任曲沃碗碗腔党支部书记，创编过一批优秀剧本。时任闻喜庄七年制学校校长）取得了联系，着手编排现代小戏《堵路》。

1975年6月，曲沃碗碗腔小戏《堵路》参加临汾地区戏剧会演，荣获优秀剧目奖，并被确定为赴太原参加山西省戏剧会演的剧目。曲沃县委宣传部对此十分重视，决定选派宣传部副部长韩扶帮和文化馆馆长靳选弟到闻喜庄村帮助靳贵进一步修改剧本。

1975年7月，韩扶帮和县文化馆馆长靳选弟骑着自行车，带着铺盖卷儿，住进了闻喜庄村，和靳贵一起修改剧本。

在一个多月的时间里，韩扶帮、靳选弟、靳贵三人对《堵路》剧本进行了再度创作。他们将主题确定为“堵不住资本主义的路，就迈不开社会主义的步”。一个小小剧本，修改起来却不是件容易的事情。人物虽然不多，但是要刻画得形象生动、让人物丰满起来，却颇费功夫。他们就从故事的起、承、转、合入手，一句唱词一唱词地推敲，一个细节一个细节地打磨。修改后的剧本正式定名为《断路》，这“堵”与“断”一字之易，亦可知当年的编创者花费了多少心血。

《断路》剧本出来后，曲沃碗碗腔剧团组建了两个演出小组，A组主演是孙金娥（饰演张大娘，党支部委员，红小兵校外辅导员）和张六顺（饰演黄兴福，中农社员，有资本主义倾向）；B组主演是张玉琴（饰演张大娘，党支部委员，红小兵校外辅导员）和赵步贵（饰演黄兴福，中农社员，有资本主义倾向）。剧中的7个红小兵分别由王梅、刘平、滕宏章、孙海云、畅福梅、许文芳、付桂琴等人饰演。剧团还专门聘请临汾地区蒲剧团导演苏家栋、李安华和临汾地区眉户剧团团长崔凤鸣到团指导编排和音乐设计等工作。

1976年6月，曲沃县碗碗腔剧团赴太原参加山西省农业学大寨文艺调演。

正值夏至将至时节，天气炎热。太原长风剧场内座无虚席，舞台旁的字幕机上打出两个醒目的大字：断路。

舞台上，一位50余岁的妇女（剧中人物张大娘，孙金娥饰演）正领着一队红小兵挥动镢头断掉田间的一条小路。

这一边，黄兴福（张六顺饰演）头缠白头巾，用扁担挑着一担烟叶，急匆匆地走上舞台。

黄兴福担着扁担在舞台上颤悠悠地走着圆场，时而步履轻盈，时而错肩挑担，满脸欢快地唱道：

黄兴福，五十三。

小日子过得倒梆尖。
集体活儿我不短，
工分年年超三千。
抽空还把营生干，
院内种蒜又栽烟。
昨天二拐给我谈，
最近烟叶很新鲜。
他已找下好买主，
两家凑了一担烟。
每斤多卖三毛钱，
一担能赚十几元。
下了工，忙吃饭，
肩担烟叶跑得欢。
一路走，暗盘算，
心急只怕误时间。

张六顺的演出功底扎实，可谓是唱、做俱佳。他在舞台上将一个“小生产思想”严重，急欲倒卖烟叶发点小财的农民形象演绎得极为生动形象。

一时间，台下喝彩的掌声就响起一片。

等到黄兴福发现眼前小路被挖断，旁边竖着一个木牌，上面写着“此路不通”，黄

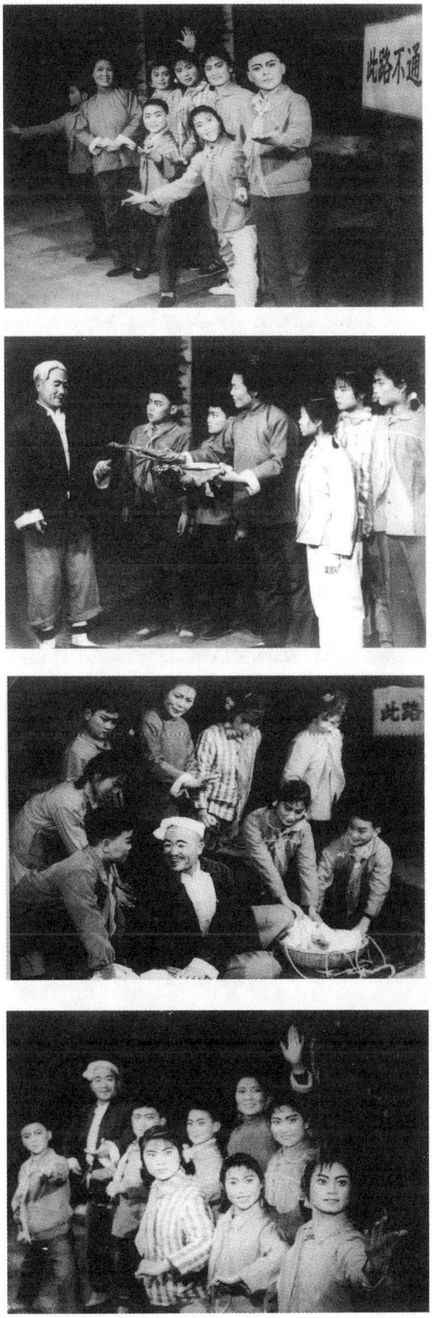

《断路》剧照

兴福抱怨着急欲走开时，却被一群红小兵堵住退路。无论黄兴福如何讨好、狡辩，红小兵就是将黄兴福围在中间团团转，让他走不得退不能。

这个时候，剧情发展向高潮阶段推进。张大娘出面与黄兴福作了尖锐的斗争，并对他进行了耐心教育，唱道：

革命形势在发展，大寨经验到处传。
资本主义批不到，社会主义步难迈。
思想邪路不挖断，前进当中车要翻。
要辨清是非擦亮眼，把资本主义思想连根剜。

剧情的推进不断感染着观众。当张大娘的几句唱将本剧的主题揭示给观众时，好多观众甚至站起身来一边喝彩一边热烈鼓掌。

《断路》的成功演出，在省城太原成了新闻。好多群众闻讯而来，争相观看，剧团不得不在几个剧场之间转演10多天。

调演结束后，山西省文化厅专门组织了一次座谈会，邀请著名作家西戎、马烽、胡正、孙谦等人参会发言。

座谈会后，《断路》获得山西省戏剧调演最佳剧目奖，并被推荐为参加华北五省戏剧汇演的剧目。

1976年10月，中共中央粉碎了“四人帮”篡党夺权的阴谋，举国上下一片欢腾。之后，极“左”思潮得到纠正，华北五省戏剧汇演中断，小戏《断路》也无缘在更大范围内演出。

莫愁女(年画)

出版:中国妇女出版社　　配诗:张继善
演出:曲沃碗碗腔剧团　　摄影:郭剑峰

喜怒哀乐无常君,忠心耿耿尚书郎。
只因听得奸臣计,忠烈满门刀下亡。
死里逃生莫愁女,天涯孤雁倍凄凉。
只道眼前风云骤,哪晓日后雨更狂。

往日豪门富贵体,今日做了烧火女。
千篇诗稿随烟去,往事回首亦断魂。
卖身蜗居中山府,凤凰从此落鸡群。
但愿云开雾散日,恶梦醒来是早晨。

漫漫人生漂泊路,天涯何处不相逢?
莫愁担水低头过,公子游春意正浓。
前者无意丢香扇,后者萍水已钟情。
人间自有真挚在,月老暗抛鸳鸯绳。

公子拾扇仔细瞧,心海顷刻起狂涛。
诗文胜过苏小妹,画迹更似仙手描。
徐澄暗将月老谢,难得巧遇在今朝。
梦里寻她千百度,情魔已把心旌摇。

莫愁女(年画)

公子来把祖母求，书房伴读要莫愁。
祖母不知其中谜，遂命莫女上画楼。
笔端初把心迹表，烛炬暗将情意流。
莫道天河多宽广，且看小船来横游。

春风拂面雾朦胧，荷塘月色亦有情。
树上鸟儿成双对，偏与公子巧相逢。
本是天涯沦落人，心印何须山海盟？
但愿终生结知己，并蒂莲花相映红。

当朝宰相老奸臣，膝下一女邱彩云。
只为门第能当对，联姻轻抛石榴裙。
天官老爷做大媒，提亲笑登王府门。
祖母只知攀高贵，哪管鸳鸯已断魂。

身处逆境欲何求？尚未开颜已泪流。
祖母为娶奸相女，后花园里关莫愁。
蜜蜂都为采花死，寒枝偏遭雪雨稠。
满腹心酸诉向谁？此恨绵绵无尽头。

莫愁女(年画)

中山王府喜盈门，公子无奈做新人。
花炮犹如追命鼓，笙歌灌耳更伤神。
自古洞房多甜蜜，徐澄此刻心如焚。
只为思念莫愁女，冷落新娘邱彩云。

一弯明月照东墙，更鼓催得人断肠。
公子一怒拂袖去，夜探莫愁到冷房。
万贯家财似粪土，功名利禄又何妨？
双双愿走天涯路，鹏程万里任飞翔。

徐澄莫愁逃出门，洞房气煞少夫人。
含泪怒把祖母唤，王府顷刻起风云。
灯笼火把通天照，管家婢女结成群。
尚未扬帆船已破，棒打鸳鸯两分离。

蛇蝎之辈邱彩云，面对情敌暗思忖。
杀人何须剑在手？自有高计能索魂。
暂将莫愁做使女，一箭双雕妙如神。
莫愁只知苦劳作，不晓大祸已来临。

莫愁女(年画)

日出山呵月落山，日出月落多少天。
挥笔饱蘸三江水，难书莫愁屈和冤。
相女买通老郎中，妖魔鬼狐结成奸。
假借公子需药引，要将莫愁双目剜。

可怜莫愁花月容，身陷囹圄祸双行。
方才秋波藏神韵，刹时双目全失明。
怒火烧得肝肠断，热血喷洒玉盘红。
都道苍天会睁眼，谁晓天公本无情。

夜沉沉呵雾茫茫，憧憬破碎顷刻间。
往日美梦成泡影，全部心血化云烟。
一代薄命随风去，碧波难洗满身冤。
莫愁纵身葬湖底，南湖从此恨无边。

公子闻讯气难平，毅然出家做苦行。
金院银屋何所恋？愿向空门抛赤诚。
真心打动天和地，千年古塔亦伤情。
从此西寺多烟火，岁岁月月钟常鸣。

第十章 DISHIZHANG

红遍晋南第一腔

醉打金枝

1977年12月以后，全国文学艺术界开始对“文化大革命”期间的错误进行批判，“百花齐放、百家争鸣”的方针得到恢复贯彻，一大批被禁锢的中外优秀剧目、影片和文艺作品陆续重新上演或出版，经受严重摧残的文艺事业开始出现新的生机。

曲沃县碗碗腔剧团也开始着手恢复、编演优秀传统剧目。

1978年，由郭柏华执导、卫春生任音乐设计、梁克勤（原运城地区文工团舞美）任舞美设计的优秀传统剧目《打金枝》被搬上碗碗腔舞台。

1980年，曲沃县碗碗腔剧团携精心打造的“亮箱子戏”（即综合展示一个剧团演出能力和表演水平的剧目）——《打金枝》，参加临汾地区专业团体会演。

会演那天，临汾人民大礼堂千人剧场内座无虚席。慕名前来观看碗碗腔《打金枝》的群众络绎不绝。

舞台上的大幕刚一拉开，就引来观众的赞叹。只见舞台上彩灯高悬、红绸飘飘、寿匾灿灿，煞是好看。

随着一个“小开门”（唢呐曲牌）的奏起，碗碗花点敲的叮叮当当，汾阳王郭子仪（张六顺饰演）和夫人坐在舞台正中的椅子上，接受着七子八婿和众家仆的祝贺。这七子八婿个个身着官衣、头戴官帽，他们的夫人更是人人凤冠霞帔、戴珠挂玉，成双结对地向郭子仪行礼祝寿。这一个出场亮相，就集中了二十几位演员，每人都是崭新的行头和冠饰，这样的演出阵容和气势，在当时的临汾地区

《打金枝》剧照

是屈指可数的，顿时就赢来观众一片热烈的掌声。

在这满堂喜庆之中，唯有驸马爷郭暧（刘平饰演）一人闷闷不乐。他或翘首而望或左顾右盼或坐立不安或挥袖叹气，最终还是没有将升平公主（唐王之女，郭暧之妻）盼来。刘平（1963年生，曲沃碗碗腔著名演员，2002年任曲沃碗碗腔剧团团长）在舞台上巧妙地运用眼神、身姿、水袖等艺术形式，将郭暧由盼望到失望再到怒火中烧最后愤然回宫的内心活动刻画得惟妙惟肖，让观众跟着他的表演一起着急、一起不安、一起愤懑，也让观众对郭暧回宫后将会发生什么事情充满了期待。

那边是怒气冲冲的郭暧甩袖而下，这边是笑意盈盈的升平公主娇媚登场。但见这升平公主手舞折扇、莲步轻盈，一边令宫女张挂红灯，一边轻启朱唇唱道：

头戴上美翠双凤齐，身穿着八宝衮龙衣，
八幅罗裙腰中系，轻提裙带往前移。
我的父就是当今皇帝，我本是金枝玉叶驸马妻。

汾阳王今晨寿诞期，众哥嫂拜寿在筵席。

一个个成双又配对，单留下驸马独自己。

我有心过府拜寿去，君拜臣来使不得。

侍儿们将红灯高挂起，等驸马回宫来安排筵席。

张玉琴的表演十分细腻。她嗓音纯美，表情丰富，尤其是当她表演公主闻听驸马郭暧从寿堂回府时，那种喜出望外的娇媚以及令人高挂红灯时的神气，活脱脱就是一个娇媚而骄气的金枝玉叶皇家女。

驸马郭暧怒而回宫与升平公主论理，只见宫门前红灯高悬，一时“怒恨恨将红灯全打碎”。郭暧气不可遏质问升平公主“不去拜寿是何道理”时，升平公主却自以为尊地回答道：“盘古至今一个理，君拜臣来使不得”。这一来愈加激怒了郭暧，小夫妻之间的矛盾顷刻暴发，郭暧怒火冲天，唱道：

本宫把话对你提，你父王江山从何起？

都是我郭家打下的！越说越恼越生气，

恨不得一拳打死你！

在如此尖锐的矛盾冲突之下，郭暧醉打金枝，将剧情进一步推向高潮。升平公主虽然是驸马之妻，可是毕竟是金枝玉叶的公主，岂能受此大辱，一时恼羞成怒进宫向父皇母后哭诉告状。闻讯赶来的汾阳王郭子仪见此情景，立即喝令校尉将郭暧绑缚上殿请罪。

在“劝宫”一场中，孙金娥有一大段儿唱词，来表现“皇后劝女婿女儿”的殷殷深情。孙金娥的唱腔师承著名碗碗腔艺人安六，将碗碗腔、蒲剧、眉户的唱腔揉为一体，音色缠绵，委婉动听。她唱道：

叫驸马你休发少年脾气，有国母爱女儿更疼女婿。
我的女不拜寿是她无理，
你不该吃酒带醉怒气冲冲闯进宫去招惹是非！
你的父功高在社稷，安禄山造反他解围，
救了河东定河北，身经大战几百起。
虽然他官高在王位，劳苦功高不自居。
父皇见你聪明心欢喜，才把公主许你为妻。
公主自幼长宫里，从小与我不分离，
娇惯成性不知理，我与你父皇说重了她还不依。
我养的女儿不成器，驸马担待这一回，
常言道当面教训子，背地里无人再教妻。
夫妻居家平日里，有事商量慢慢提。
你欺我来我压你，谁也不肯把头低；
你让我来我让你，知冷知热是夫妻。
爹娘看着多欢喜，免了多少闲是非。
我说的话全为你，愿你们相亲相爱和和气气到白眉。

劝罢男来再劝我的女，不孝的丫头听端的：
你父王见子仪忙站起，你奴才焉能把他欺？
假若你父寿诞期，驸马不来你依不依？
想想人来想想己，这件过错应归你。
你不该撒娇又使气，进得宫来搬是非。
你虽然是个帝王女，嫁到民间是民媳。
你怎敢把亲翁看不起，快回去磕个头把礼来赔。
为娘我吩咐你牢牢谨记，从今后你二人和和气气。
数说闺女劝女婿，尘世上家家户户是一样的！

孙金娥在"劝女"一场中融入了自己的生活和艺术体验，巧妙地运用轻声细气、扣人心弦的唱腔，将一位母亲的规劝之情表达得细致入微，让闻者为之动容感叹、回味无穷。

"劝女"将剧情推向了一个新的境界，郭暧和升平公主的矛盾得到了化解。在唐皇和皇后以后宫饮宴借故离开之后，郭暧主动上前向公主示好。这在剧情上只是一个小的细节刻画，但是，在表演上，张玉琴和刘平还是下了一番苦功夫的。师徒二人一起琢磨表演的细微之处，从一颦一笑、一嗔一喜、一举一动来表现剧中人物的心理变化。一直到郭暧以调侃的语调念白道：

公主，你看宫人来来往往，本宫处于何地？说是你笑了吧！

啊，本宫连施二礼，仰头不睬，休走，本宫拳头下去了！

升平公主则娇滴滴地凑到郭暧面前道：

张玉琴(左)、刘平(右)在《打金枝》中的剧照

在宫下未曾打够，到如今你还要打？你就与我打打打！

郭暖则趁机一把拉住公主的手，怜惜道：

憨呆子，本宫怎舍得打你？

看着小夫妻二人的幽默和逗趣，观众或为之莞尔一乐或为之捧腹大笑。

全剧在轻松活泼的气氛中拉上了大幕，观众的掌声此起彼伏，经久不绝。以至于演员多次出来谢幕，观众方才作罢！

在此次临汾地区专业团体会演中，《打金枝》一剧连续上演18场，创下了当时临汾地区戏剧舞台一场戏连续演出场次最多的记录。郭柏华、张玉琴、孙金娥、张六顺、刘平等演员被评为临汾地区优秀演员。

临汾会演结束后，曲沃碗碗腔剧团的《打金枝》风靡一时，全区17个县市纷纷定戏相邀，群众争相观看一睹为快。

亚仙哭更

《打金枝》的成功演出，给擅长演“才子佳人”戏的曲沃碗碗腔剧团带来极大的振奋。刚从样板戏压抑的氛围中走出来的演员们，再次焕发出前所未有的艺术活力。

剧团党支部书记董光辉和团长王德奎一合计，觉得正是趁热打铁的好时机，便把恢复演出《五花马》的事儿敲定下来。

《五花马》是碗碗腔的经典剧目，早在“文化大革命”之前就很受群众欢迎。加之，这出戏在剧团有着很好的演出基础，许多优秀演员都是经过这场戏打磨出来的，因而，恢复演出并不是一件难事。

鲁国防(左)、张玉琴(右)演出剧照

新编排的《五花马》共有十场戏,分别是:进院、宰马、卖仆、装疯、杖子、赎身、刺目、哭祠、团圆。这十场戏中的精彩之处很多,不但剧情曲折多变扣人心弦,而且唱词极其感人,能将观众的情绪很好地调动起来。

担任演出的演员以张玉琴(在后五场中饰演李亚仙)、张保保、王梅(在前五场中饰演李亚仙)、侯保成等人为主,同时以老带新培养一批新的演员登台演出。

听说碗碗腔要重新排演《五花马》,郑怀礼十分高兴,多次专程来到曲沃,亲自观看指导剧目的编排工作。

郑怀礼是临汾戏剧界的老领导、老戏迷,襟怀坦荡,知识渊博,说话风趣幽默,擅长制联拟对,常用戏剧中的台词来评价演员的演出。

在观摩《五花马》的彩排之后,郑怀礼显得很激动,他风趣地告诉董光辉说:“五花马驮着个小书生,在长安遇到亚仙卿。马板肠治了亚仙的病,刘花子救了郑元和的命。哭五更亚仙装疯有感情,夜秉烛元和悔恨不读书。好男儿立志中了皇榜,李亚仙刺目留下了美名”!

郑怀礼这一番话，看似像土的掉渣的顺口溜，但是细细一品，这话中却道出了剧情缘由和戏剧的教化作用。董光辉听后大赞，连声说："郑老师，你不愧是大家，出口成章，总结得真好！"

郑怀礼回去后，就着手安排曲沃碗碗腔剧团到临汾地区人民剧院演出《五花马》的事宜。

1981年初，《五花马》在临汾地区人民剧院演出。

在演出前，郑怀礼特意上街买了一些糖果、饼干、香烟，悄悄装在自己的背包里。

大幕开启，随着板胡的奏起，碗碗腔的韵律回响在剧场里，委婉而缠绵。在沉闷的过门中，李亚仙（王梅饰演）用"哭腔慢板"唱腔唱道：

叹身世恨苍天满腹忧虑，心郁郁悲切切愁锁双眉。

遭不幸二爹娘同下世去，被奸人卖院下受尽凌夷。

侯保成在田间地头为群众演戏

奴本是良家女清白身体,誓不愿囚在这人间地狱。

早有心从良人未逢知己,何一日逃出这万丈污泥。

吕玉萍演出剧照

王梅是曲沃碗碗腔的著名演员,师承仈自茂、宋文龙、筱兰香、涂卿芳等名师,在晋南一带颇有名气。她上台亮相一开口就能赢得观众的掌声。今天的开场观众没有给掌声,而是跟着她悲戚戚的唱腔进入了剧情的世界里,跟着她一起郁闷和愁怨。

郑元和(侯保成饰演)出场后,拾得一把绢扇,因而与李亚仙一见钟情结下情缘。李亚仙生病需马板肠为药引治病,郑元和不惜宰了自己的坐骑五花马,为亚仙治病疗疾。在烟街柳巷,郑元和花光全部积蓄,被老鸨儿使计谋赶出烟花院。郑元和身无分文,落魄街头,万分苦闷,却又被店家张三欺辱。这期间郑元和的唱词并不多,但是要将这个先是志骄意满继而伤魂落魄的小书生演好,实属不易。侯保成长相俊秀,举手投足颇有几分书生气。他善于在眉目之中找变化,把热恋中的书生郑元和和失意后的郑元和演得形象传神。

李亚仙和郑元和被老鸨生生拆散。在剧中,李亚仙相思成疾,彻夜难眠,用一大段儿唱词来表现心中的相思之愁。

王梅(饰演李亚仙)唱道:

数日来不见郑郎面,活活地急煞李亚仙。

老虔婆做事太短见，害得我夫妻不团圆。

茶里思来饭里念，朝思暮想难入眠。

红日坠西玉兔现，亚仙盼郎心痛酸。

一更里来月儿出现，我对坐银灯泪不干，

望不见郑郎在哪边。老虔婆，放暗箭，

郑郎夫，遭磨难，何一日才把愁眉展。

二更里，月儿渐高，我思想郑郎似火烧。

绫罗绸缎奴不好，美味珍馐奴懒瞧。

台上的李亚仙如泣如诉地唱着，她双目含悲，眉头紧锁，一副娇滴滴愁煞人的样子，让观者顿觉愁思万千，也跟着她一起心怀忧思，愁眉不展。

张保保演出剧照。《赵兰英进京》中饰演县官（上），《困铜台》中饰演王强（下左），《五花马》中饰演刘花子（下中），《奇缘恨》中饰演县官（下右）。

三更里来月儿当中，我倒在床上睡朦胧。
梦儿里梦见郑相公，她坐在床边笑盈盈。
他叫奴声贤卿，奴叫他声相公，
白昼间难见，到晚来相逢。
我夫妻正在做团圆梦，无情老鸨叫连声，
郑郎夫转眼无影踪，梦醒来才是一场空。
四更里来月儿偏西，想起了郑郎泪悲啼，
我只说夫妻不分离，闪得我靠无靠来依无依，
恨鸨儿，太无理，我亚仙实难受委屈。

“三更月夜相思浓，亚仙梦见郑相公。”郑怀礼转过头看看坐在他身后的观众，乐呵呵地说：“这段唱词儿写得好，演员唱得好、演得好，声情并茂，真过瘾”！

五更里来月儿压山，想起了郑郎泪涟涟。
可怜你孤身无侣伴，可怜你青春在少年。
身无分文怎宿店，无钱怎能把饭餐。
千里迢迢怎回转，孤苦伶仃闪在外边。
奴年幼何人照管，直哭得东方大亮闪出太阳，
燕子双飞屋梁上，蝴蝶对舞粉壁墙。
鸟儿成对奴不成双，人间地狱苦煞善良，
泪涟涟倒卧纱罗帐……

王梅的嗓音清新亮丽又柔情绵连，一句接着一句的唱词不断把观众的情绪推向高潮，直唱得台下的观众落泪涟涟、泣不成声。

待到刘花子（张保保饰演）出场时，现场的气氛由悲戚转向了

亢奋。观众对碗碗腔的痴迷达到了忘我的境地，不断地喝彩鼓掌。在刘花子将莲花落打得正起劲时，郑怀礼从背包中抓出一大把饼干、糖果向舞台上扔去。台下的观众看见郑怀礼向台子上抛洒吃食，便纷纷效仿，也将手中的糖果、馒头、枣子、苹果等吃食抛到台上。一场莲花落打下来，张保保在台上就能收获一大包的糖果、饼干等吃食。观众就是以这种特有的方式来表达他们对碗碗腔艺术和碗碗腔演员的热爱之情。

观众来信

《五花马》的成功演出引发了轰动效应，临汾地区的群众慕名观看者众多。一时间，《五花马》的演出票场场销空，千人剧院内座无虚席，好多观众连看数场而不腻烦。《五花马》的演出票可谓是一票难求，有些门路的观众，不惜找人托关系找到曲沃的县委书记，只为能够求得一张戏票，为能看到一场碗碗腔演出。

那一年，《五花马》在临汾人民剧院连演53天，不但刷新了《打金枝》的场次纪录，而且创下了一场戏在晋南数十个县市连演235个场次的辉煌业绩。

曲沃碗碗腔的影响力不仅仅覆盖了临汾、运城两个地区，还跨过了黄河波及到陕西的渭南一带，成为名副其实的“晋南第一腔”。

寇准背靴

1982年，夏天。

听说曲沃县碗碗腔剧团在临汾人民剧院演戏，董启民（时任中共临汾地委书记）早早就赶到剧团驻地，一把握住郭柏华的手说：“老郭啊，我早就听大家在传，说是‘曲沃出了个郭跟年（郭柏华的小名），一炮打红全晋南’，你那个‘寇准背靴’演绝了。”

郭柏华听到董启民表扬自己，不好意思地说：“董书记，是你支持得好！我们一到临汾演戏，你就赶过来捧场，我们的戏唱不好也让你给捧火了！”

董启民哈哈一笑，大声说：“是你们唱得好、演得好，群众欢迎！这个是基础，离开了这些，我个人也起不了大的作用！”

郭柏华看见董启民很开心，便说：“今天晚上，唱的就是寇准背靴，请董书记给咱捧捧场。”

董启民豪爽地说：“文化大革命”那会儿，你敢冒着被扣上‘大帽子’的危险给咱买烟送饭，这是多大的恩情啊！这会儿，咱看一场《寇准背靴》，还成问题？”

曲沃碗碗腔剧团保存的老剧本

董启民和郭柏华相视一笑，继而两只大手重新又紧紧地握在一起。

“寇准背靴”是碗碗腔传统戏《困铜台》中的一折，大致剧情是：

北宋时期，昏君无道，听信谗言，陷害忠良。杨府虚报杨延昭病死，假设灵堂，想自此回河东隐居。此时，辽军进犯，边疆告急。八贤王和天官寇准听到噩耗，心情十分沉痛。于是，二人同往杨府吊唁。寇准在灵堂上看到杨延昭的儿子杨宗保不甚悲哀；又见到杨延昭的妻子柴郡主外面虽身着孝服里面却着红裙；还听到佘太君向八贤王奏本，举家要回河东，心中顿生疑团，便以守灵为名留八贤王同在杨府。夜晚，寇准疑虑满怀，难以入眠。这时，他忽然发现柴郡主来其窗外窥视后，提着篮子急忙向花园走去。寇准看穿其中有些蹊跷，便尾随柴郡主前往花园，柴郡主在黑夜中疾行，不小心摔了跤，篮子落在了地上。紧跟其后寇准也失惊跌倒，碰掉了纱帽，摔脱了靴子。寇准在寻找纱帽时，发现了篮子里的饭菜，并与寻找篮子的柴郡主碰在一起。寇准躲闪不及，又怕被柴郡主发现，便设法躲过了柴郡主。他为赶上柴郡主看个究竟，便背起靴子踉跄跟踪而去。寇准终于看到柴郡主将饭菜送进花厅，并听到她与杨延昭在花厅里讲话。这可乐坏了忠心为国的寇准，急忙赶回将此事报知八贤王。忧虑中的八贤王听说杨延昭还在人世，十分惊喜。于是，君臣二人悄悄地来到花厅，设法见到了杨延昭。从此，世代忠良的杨家又重新为国为民捍卫边疆。

在碗碗腔皮影戏中，《困铜台》以说唱见长，对签手的要求极高。皮影戏搬上舞台后，要表现“寇准跟踪柴郡主”这一段戏，光靠唱功就显得有些单薄，很难将寇准这个人物的心理变化刻画好。曲沃碗碗腔的剧组人员在编创这出折子戏时，便充分考虑了这一点。他们博采众长，从蒲剧、秦腔、晋剧、曲剧、豫剧等诸多剧种中，汲取优秀戏剧表演艺术的养料，将《寇准背靴》编创成一部以做工见长、特技纷呈、华美细腻而又风趣感人的折子戏。

为塑造好寇准这一人物形象，郭柏华反复揣摩人物心理，但凡举手投足、扬眉凝眸等细致之处均细细琢磨，力求通过戏剧的艺术手段将人物的心理世界惟妙惟肖地呈现出来。

夜幕四合，繁星满天。董启民坐在舞台下的观众席中，乐呵呵地欣赏着郭柏华的表演。

舞台上的寇准，边跑边唱：

寇准我紧跟踪，郡主她跑的一溜风。

我年老她年轻，她路熟来我路生。

高高低低、高高低低路不平。

《寇准背靴》剧照。郭柏华(左)饰寇准，王梅(右)饰柴郡主。

离远了我怕跟不上，离近了又怕露了形。

靴子底厚板又硬，踢踢踏踏有响声。

路滑……扭得我脚脖儿疼。

她提篮给谁把饭送，丧未满脱去孝衫露大红。

杨郎要是真丧命，她此行太不近人情。

我不能再不能，更难比郡主你甚聪明。

我糟老头子虽说不中用，

杨元帅死活我料八成。

我一没逼二没问，是你亲口露了风。

说什么你心明来我不明，我好比豆腐拌小葱。

你拐弯抹角只管走，咱今晚来一个跑马灯。

背着朝靴光脚走，深秋夜累得我热汗流。

又当毛贼又当狗，为国操劳为民忧。

只要访出杨元帅，哪怕再挨上两砖头。

这一段“背靴访帅”的表演难度很大，演员既要唱功扎实，更要做工精湛。试想，夜深人静之时，柴郡主偷偷地给杨延昭送饭，不曾想后面跟着一个老臣寇准。这寇准悄悄地尾随在后面，小心翼翼地背靴而行，唯恐被柴郡主发现。柴郡主的“偷偷地”和寇准的“悄悄地”，恰好是一对“静态”与“动态”相互交融的矛盾冲突。在这个矛盾冲突中，寇准的戏份很重，既要边唱边舞，还要在戏中表演一些独特的技艺。

只见郭柏华在舞台上举步撩衣，紧跟在柴郡主的后面跑起了圆场。郭柏华的台步很有功力，他跑起来肢不摆、翅不闪、袖不卷，始慢渐快，神情饱满，步履轻盈若行云流水，时而急时而缓，疾趋时不乱，缓行时不滞，一招一式均有心理依据，将一个忠心报国的老臣刻画得栩栩如生。

台下掌声一片。董启民也跟着观众一起鼓掌，他心里充满欣慰。董启民是闻喜县(现运城市闻喜县)人，从小就喜欢看蒲剧、看碗碗腔皮影戏，自己曾经在曲沃担任过县委书记，对碗碗腔艺术以及碗碗腔剧团的演员有着很深的感情。他的鼓掌不是礼节性的，而是发自内心的十分淳朴的一种感动。这种感动是对艺术的敬仰，是对演员的尊重，也是对郭柏华人品戏品的认可。

郭柏华在说戏

在戏剧表演中，大致遵循着“是戏必有技，无技不成戏”的一个原则。在戏中，技和戏是密切相连的，技是戏的完美延伸和表现，是充分表达戏剧内容的一种特殊方式。在戏剧表演中，技的巧妙运用不仅能够丰富戏的内容，更能增添戏剧的美感和精彩。

在表演中，郭柏华就充分发挥了一些“技”的优势。在寇准如影随形跟踪柴郡主时，既要穿花丛、绕山石，还要过横桥、翻陡坡。在不同的路段，郭柏华先后运用了碎步、滑步、蹉步、云步、探步、垫步等多种台步，把一个年迈苍老、忧心国事、机智善断的老寇准演得活灵活现。在剧中，为防止靴底的响声引来柴郡主的警觉，寇准将靴子脱下背在肩上。郭柏华巧施“踢靴功”，两次用脚踢的方式脱掉靴子。只见被踢到空中的靴子，顺从地翻了个个儿，准确地落在了在原地等待的郭柏华的肩上。

郭柏华生动形象的表演，不断将舞台气氛和观众的情绪推向高潮，让观众为之惊叹、为之痴迷。等到观众从碗碗腔艺术的魅力中回过神来，剧院内顿时响起了热烈的掌声，经久不息。

现场浓烈的喜悦氛围，感染着董启民。他竟然高兴地站了起来，使劲地鼓着掌，为郭柏华也为曲沃碗碗腔的艺术魅力而由衷地喝彩！

小戏之乡

1978年之后，中国开始进入改革开放的新时代。

在20世纪八九十年代，随着改革发展的需要，曲沃碗碗腔剧团新编了一系列具有浓郁时代特点的现代小戏：

1981年，新编现代小戏《卖裤子》参加临汾地区戏剧青年演员调演大会，荣获优秀剧目奖。该剧由碗碗腔剧团青年演员解红旗（饰演王二蛋）、孙海云（饰演康大鹏）、付桂琴（饰演王小燕）等人担纲演出。

1982年，新编现代小戏《你富我富》（靳贵编剧，郭柏华、吕丽萍

（上左）《上工地》剧照；（上右）《卖裤子》剧照；（下左）《闹果园》剧照；（下右）《下不为例》剧照。

刘平在采访纪贵宝(左)

主演）参加临汾地区戏曲调演，荣获一等奖。

1984年，新编现代小戏《闹果园》代表临汾市参加山西省文艺调演大会，荣获优秀奖。同年10月，现代小戏《下不为例》（靳贵编剧）参加临汾地区专业剧团会演，荣获小戏类一等奖；在山西省第二届教学剧目会演中荣获一等奖，并被山西省电视台录制播放。该剧由侯保成任导演，张六顺（饰演爸爸）、付桂琴（饰演女儿）、李燕燕（饰演儿子）等演员演出。同年，靳贵调入曲沃碗碗腔剧团担任党支部书记，张六顺等11名演员调离。

1986—1988年，曲沃碗碗腔剧团演出的古装剧《五花马》（年画摄影宋大声、配诗张继善，北京航空出版社出版）、《莫愁女》（年画摄影郭剑锋、配诗张继善，中国妇女出版社出版）、《鸳鸯会》（年画摄影尚刚、吴天章，配诗张继善，山西画报社出版）被印制成年画，在全国累计发行上百万张，受到群众的欢迎。

1990年3月，曲沃碗碗腔古装小戏《如意店》（翟文斌改编，解红旗饰演干欢喜，史敏霞饰演秦女）和《碗碗腔曲牌联奏》赴太原参加山西省第四届教学剧目会演，荣获优秀奖。

1995年5月，曲沃碗碗腔戏曲舞剧《赶集路上》（张保保、王梅编排，邹亚丽、周发户主演）参加山西省第五届教学剧目会演，荣获编导奖和表演奖。

曲沃碗碗腔小戏的连连获奖，为曲沃赢得了“小戏之乡”的美名。

在隰县演出后留影

在此期间，曲沃碗碗腔剧团为培养戏剧后继人才，陆续招收艺训生100余名，为剧团的长期发展做了良好的人才储备。

但是和以往相比，地方戏剧的风光不再，演出市场日渐萧条，许多碗碗腔演员或转岗或自谋生路，一批优秀演员因此而流失。

1996年11月，时任曲沃碗碗腔剧团团长张保保在去剧团的路上突发脑溢血病逝。年仅49岁。

全省巡演

1997年春节，上任不久的曲沃县文体委副主任、碗碗腔剧团团长纪贵宝找到靳贵（时任洪洞县文化局专职创作员），向靳贵表达了他想领着剧团创作一部大戏的想法。

纪贵宝性格直爽，说起话来快人快语，他一见到靳贵，便说："靳老师，你是咱剧团的老人手，我想搞一台大戏演演，你给咱编一台戏咋样？"

靳贵和纪贵宝是熟人，也没有说一些客套的话儿，便接着话茬儿说："行，写本子，这没有啥问题！你说的这个大戏，到底是怎么个大法，是古装戏还是现代戏？"

纪贵宝说："是现代戏！咱演就演个上规模、上档次的，至少让全山西省的老百姓都知道咱曲沃碗碗腔也能演现代大戏！"

"好！就得这么干！"靳贵高兴地说，"咱碗碗腔的戏，老百姓就是喜欢看，有很好的群众基础！我一百个支持！"

两人说着话儿，纪贵宝从手提包里掏出一份文件来，说："靳老师你看，这是一份县委组织部下发的文件，你琢磨琢磨，是不是从这里面突破一下？"

《不信东风唤不回》剧照。从左至右分别为孙喜凤、解红旗、吉俊仙、王美霞。

靳贵把文件拿在手里，认真地读着，不时地点点头，似乎有所思考。他看完后，对纪贵宝说："我看行！党建扶贫正是一个热点，能从咱县的扶贫工作中挖掘出个典型，那就更好啦！"

纪贵宝见靳贵答应下来，高兴地说："靳老师，你安心抓创作，我给你当后勤！"

两个人一时兴致大起，聊得很投机。剧本的写作主题，也在两个人的聊天中逐渐明晰起来。

1997年5月，靳贵写出了无场次大型现代戏《沟东沟西》的剧本初稿。大致剧情是：

沟西和沟东原是一个行政村分开的两个自然村。沟东村的自然条件不好，但是在以刘大凤为首的党支部的带领下，发挥了党员干部一班人的作用，带领群众拼搏奋斗，很快甩掉了贫穷帽，进入小康村的行列。沟西村的自然条件优越，但是以刘大发为首的一班干部，置群众利益于不顾，胡作非为，使一个本来应该富裕的村子成为贫困村。扶贫工作队年新田同志，面对群众呼声，在党心和良心的促使下，毅然改变了自己以往"与人为善"的处事方法，在上级党组织的支持下，终于改变了沟西村的面貌。

1997年7月，靳贵根据县委组织部和县剧团的修改意见，拿出了《沟东沟西》剧本的第二稿。

1997年8月，临汾地区行政公署组织部和曲沃县政府分别拨付专款10万元，用于碗碗腔大型现代剧《沟东沟西》的排演。

纪贵宝还专门赴太原，把山西省文工团的导演苏家栋请来执导《沟东沟西》。至此，由苏家栋任导演、靳贵任编剧、梁克勤任舞美、牛建强任音乐设计的编创班子正式成立。

张玉琴、郭柏华、赵步贵等已经调离曲沃碗碗腔剧团的著名演员也被纪贵宝聘请回来，参加了《沟东沟西》的演出。

解红旗、郝荣芳、杨建华、孙喜凤、周发户、张琳、吕小庆、张海刚、王美霞、王保红、靳岐凤等一批碗碗腔剧团的青年演员也在此剧的编排中逐渐成长起来。

1998年3月，山西省委组织部党教处处长牛社威在观看《沟东沟西》后，提出了具体修改意见。之后，靳贵在修改剧本时将《沟东沟西》改名为《东边日出西边雨》。

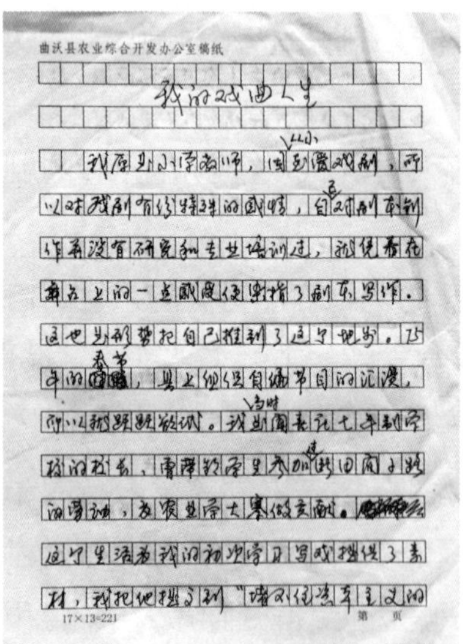
曲沃县农业综合开发办公室稿纸

我的戏曲人生

17×13=221

靳贵回忆手稿

1998年6月，山西省委常委、组织部部长支树平专程到曲沃观看碗碗腔大型现代戏《东边日出西边雨》的演出。演出结束后，支树平和临汾行署、曲沃县的主要领导以及剧组主创进行了座谈，对剧本提出了三点修改意见：一是要大力弘扬正气人物，把党在群众中的地位放在第一位；二是要以正面教育为主，让党员干部通过观看剧目汲取教训、受到教育；三是以扶贫攻坚为主线索、主旋律。之后，靳贵在修改剧本时，将《东边日出西边雨》更名为《不信东风唤不回》。

1998年10月，曲沃碗碗腔剧团携《不信东风唤不回》一剧赴山西省京剧院进行汇报演出。

当演到剧情将尽，群众含泪欢送已经罹患肝癌的年新田时，台下的观众顿时唏嘘一片、满脸含泪。一位姑娘将一朵硕大的红花系于年新田的胸前。舞台的正面一卷红绸徐徐展开，上面写着16个金黄色的大字：

扶贫攻坚，关键在党，根本在人，成败在干！

随着红绸的展开，观众全体起立，全场暴起雷鸣般的掌声，持续30多分钟。

在之后的演员接见会上，支树平握着纪贵宝的手说："一个县级剧团，能演出这样好的戏，辛苦啦！不容易"！不久，支树平批示将《不信东风唤不回》确定为全省教育党员干部的好教材，在全省巡演。

1998年冬天，曲沃碗碗腔剧团到临汾地区永和县巡演，受到党员干部的热烈欢迎。巡演结束时，永和县群众纷纷以当地盛产的红枣相赠。

1999年3月，曲沃碗碗腔剧团到临汾地区襄汾县巡演，观者如潮。在演到年妻（年新田的妻子）在得知年新田罹患肝癌后"劝夫"一节时，年新田（解红旗饰演）有这样一段唱词：

我一见贤德妻步步走远，不由我一阵阵热泪潸然。
只怕是这一别再难相见，我的心好一似刀割剑穿。
只因为负重任使命顾念，不幸负党培养三十五年。

到沟西来扶贫六月将半，看清了刘大发致贫根源。
我原想帮助他错途知返，找一个好项目上马扬鞭。
谁知他竟欺我面善人软，每交谈都受他恶语冷言。
王乡长为什么看他上眼，那一张破纸条窥见一斑。
受支持他越发肆无忌惮，让我这可欺人备受难堪。
欺辱人被报复遭到暗算，大门楼被炸毁身受伤残。
出事还不做检点，反而嚣张更狂颠。
我本意身患癌症不再管，急流勇退早回还。
眼见群众受灾难，沟西脱贫到哪天？
诺言一定要兑现，今天不死还要干。
我要汇报王乡长，准备讨双小鞋穿。
头头脑脑都要见，底底码码往外端。
我不信没有真正共产党，我不信没有为人民的官。
党员群众有骨干，共向大发把战宣。

本书作者和王梅（左二）、张六顺（右二）合影

纵然他后台不可撼，我也要挺起胸，壮起胆，

不扳倒刘大发——我死不心甘！

这一大段唱词，悲中含愤，愤中有怒，把年新田心中的悲苦和下决心向不正之风挑战的勇气描绘得真切自然。解红旗在唱腔中，巧妙运用碗碗腔独特的吐腔运字技巧，将心中的悲痛、压抑、无奈、奋争等互为交织的情绪准确地表达出来，一字字、一句句地送抵观众的心中。

观众沉浸在碗碗腔的韵律中，不断感受着剧中人物的悲喜苦乐，不时地抹着眼泪，不时地哀叹连声，不时地报以感动的掌声！

一场演完，群众不愿离场。当地组织部门和剧团沟通后，临时决定加演一场。演出谢幕时，数十名群众自发跑到台上和演员握手，向年新田的扮演者解红旗鞠躬。有一名群众，还站在舞台上向观众大声宣传说：年新田是党员的好干部，这样的好干部我们也需要！

1999年夏天，曲沃碗碗腔剧团在晋城市高平市（县级市）演出，时遇大雨，观众冒雨观看不愿退场。

从1998年冬天到1999年秋天，曲沃碗碗腔剧团携大型现代戏《不信东风唤不回》先后到临汾、运城、晋中、晋城、长治等区、市辖内的80余个县巡回演出200余场次，观众总数达到30余万人。这次巡回演出，把曲沃碗碗腔戏曲艺术从晋南一带传播到晋中、晋东南等更为广阔的区域，使得曲沃碗碗腔一时蜚声三晋、好评如潮。

第十一章

DISHIYIZHANG

春色满园关不住

专家赞誉

曲沃碗碗腔传统剧目中，有一出《三忘卖布》的喜剧很受群众欢迎。这出戏人物可爱生动、唱词诙谐有趣、唱腔婉转绵长，是碗碗腔传统小戏中的经典之作。

剧情大意是：春节将临，王爱芬吩咐丈夫刘天旺（小名三忘）到集市上卖布。因为刘天旺天生忘性大，王爱芬千吩咐万交代，唯恐刘天旺忘记到哪里赶集卖布，唯恐刘天旺找不着回家的路。恰巧，王爱芬的担心成为现实，刘天旺出门摔了一跤，就把赶集的事儿忘得一干二净。在刘天旺寻找回家之路时，偶遇胡伦。两人以“路引绳子”为话题，展开了一段诙谐、幽默、天真的调侃，令人捧腹大笑。

解红旗（左）和王保红（右）在排练新剧目

《三忘卖布》剧照。孙海云(左)饰三忘,王保红(右)饰王爱芬

2002年,刘平担任曲沃碗碗腔剧团团长,恢复排演了《如意店》、《打金枝》、《五花马》等10余部传统剧目,其中,就有《三忘卖布》。

2004年,著名音乐家赵季平、景建树到曲沃采风,观看了曲沃碗碗腔剧团演出的《三忘卖布》。

《三忘卖布》中,王爱芬(饰演者王保红,1967年6月生,新绛县南社村人。1979年考入曲沃县碗碗腔剧团,师从王梅、侯保成,主攻小生。后因其唱功好,改为旦角)出场时,有一段儿唱词:

我奴家名叫王爱芬,刘天旺本是我男人。
十六岁定亲行了聘,十八岁将我娶过门。
所生下一男并一女,男名淘气儿女桂珍。
公婆早已把命尽,小两口过了十二春。
丈夫他本是个实疙瘩人,对我又爱又是亲。

地里干活多勤恳，小光景过得也随心。
人物头儿不丑也不俊，精明能干也不闷。
百依百从百和顺，就是一样气煞人。
叫他做甚他忘甚，稀稀拉拉不经心。
东村不敢到西村去，回来记不住家里的门。
走过的路儿他记不准，转眼忘了家里的人。
一个人不敢叫去探亲，出门还得我后面跟。
眼看看残冬腊月尽，家家户户过新春。
我织布三丈零八寸，换些肉菜包馄饨。

这一段唱词的碗碗腔韵味儿极浓，王保红刚把“我奴家名叫王爱芬”一句唱完，赵季平就兴奋地说：“哎呀，这一嗓子唱得好！尤其是最后的那个甩腔，美极了！真是晋南第一腔啊！”

大家一时都陶醉在碗碗腔的音乐里，静静地聆听着，细细地品味着。

直到三忘上场，呼了一声“来了”时，大家方从那一段优美的唱

付桂琴（左）在和孙海云（右）交流演出经验

腔中回过神来。

三忘（孙海云饰演）用方言味很浓的道白声韵念道："我名叫刘天旺，外人送号叫三忘。夜晚睡觉忘上炕，早起忘了穿衣裳，出门三天把家忘，认不得堂前二爹娘。"

孙海云（1963年生，师从张保保，主攻丑角，演戏细腻逼真，对角色的把握准确）的念白韵味十足，加上一口地道的方言，让大家听起来既好笑又舒服。特别是，他憨态可掬的样子，让观者忍俊不止。

当三忘兴冲冲赶往集市时，不料一脚踩空，摔倒在地。这个三忘是个不经摔的主儿，从地上一骨碌爬起来，便将卖布的事儿忘得一干二净。待他四下张望，发现没有人时，贪占小便宜的心眼儿便活泛起来，他唱道：

刘天旺心喜欢，今日的运气倒帮尖。
凑巧拾了布一卷，高高兴兴把家还。
送染坊将它染，给我老婆子做衣衫。
做袜子做鞋面，袍子褂子一裹圆。
正行走抬头看，来在没底儿窑洞前。
进得洞来抬头看，家家墙上把门掩。
到底我是哪家汉，这才是出门容易回家难！

这一段不只是要唱功好，还要做功好，演员没有一定的舞台演出经验，很难将三忘这个人物演活。这人物要是演得死板而无生机，就难以打动观众或引起观众的共鸣。孙海云在唱段中，巧妙地融入了自己的演出技巧，一个眼神、一个蹙眉都极有喜感，他将符合人物性格特点的动作和表情有效地传达给台下的观众，引领着观众和演员一起感受戏曲人物特有的魅力。

赵季平和景建树看得很入神，不时地拿出笔来往本本上记些东西。当演员演到精彩处，两人都会心领神会般地微笑着或用手指打着拍子。

喜剧往往讲究一些让人感到意外但又在情理之中的演出效果。《三忘卖布》也是一样，当剧情推进到即将结束的时候，有这么几句道白，就达到了这样的演出效果：

刘天旺：哎呀呀，我觉得我肚子里空空地、肠子头儿拧绳哩、肝花疙瘩摇铃哩、疙里疙瘩疼疼哩，这敢是霍乱、搅肠沙、伤寒又把摆子发？哎呀——

王爱芬：哎呀，像是跑了一天啦，没吃饭，是不是饿啦。

刘天旺：哎呀着，你不说吃我连吃都给忘了。将面活地软软的，擀皮切地宽宽的，将碗舀地满满的，陈醋调地酸酸的，待我压着肚子饥，吃饱喝好再认你，我的妻。

这一大段道白词儿，形象而生动，念起来朗朗上口，取得的艺术效果一点儿不比唱段儿逊色。

演出结束后，赵季平、景建树登台和演员合影留念。

正是有了这样的一次机遇，曲沃碗碗腔才有了“晋南第一腔”的美誉。这也是建团以来，曲沃碗碗腔戏曲艺术得到音乐界权威人士最高的评价！

梅绽新芽

2004年8月，第九届全国少儿戏曲小梅花荟萃活动开始选报。

刘平把剧团的骨干召集起来，开了一个动员会。意思是从临汾市文化艺术学校碗碗腔定向班（办学地点在曲沃碗碗腔剧团）的学生中选拔演员，教师定好剧目后分组包教，争取多选报几个剧目，好让小演员们经经大场合、历炼一下，促进小演员尽快成才。

全国少儿戏曲小梅花奖，又称“小梅花奖”，在中国戏曲界有着很高的声誉。一个地方剧种，想摘取这样一个全国性奖项实在是有些难度。

刘平没有气馁，他和剧团的老师们一起研究碗碗腔的艺术特色和剧种优势，积极在小而精、巧而美上下功夫、找突破。

石文林（临汾市文化艺术学校教师）给刘平建议说：“碗碗腔的优势在唱腔，可是这一次出戏时间要求是8分钟之内，唱腔的优势很难发挥出来。是不是应该在演技上找突破口？演好了一样会出彩！”

杨建华（曲沃碗碗腔剧团副团长，师从解光礼、张保保，以攻净角为主）对石文林的意见表示赞同，他说：“以做功见长的戏，我演过一些，如果能行的话，我觉得那个‘砸涧’就不错！这个戏里面有一些戏份比较适合演出”。

石文林（右）在指导刘敏演戏

刘平听了大家七嘴八舌的意见后，心中逐渐有了一个比较明晰的想法，他说："咱们碗碗腔的优势是演才子佳人，唱腔缠绵抒情。可是，这次参赛，时间上只有几分钟，很难把咱的优势发挥出来。要说以演致胜，我也同意上一些技术性强、做功好的戏。比如，'砸涧'这出戏，咱剧团以前也演过，是咱的看家戏。只是在本子上要压缩、修改，在技术性动作上要大胆创新，要有亮点，一上台子就要把观众的心抓住！但是，大家也不要把眼光只盯在一出戏上，像'赶集'那样的具有碗碗腔皮影表演风格的戏，也可以大胆创作，积极申报！"

刘平的一席话，把大家的思路聚集到一块儿，没有人再提不同意见。

《砸涧》是曲沃碗碗腔传统本戏《春秋配》中的一折。本戏剧情是：

商人姜韶外出，继室贾氏虐待前妻之女秋莲，逼往山涧拾取芦柴，乳母随行代劳。遇书生李春发询悉详情，乃赠银买芦柴。秋莲归，贾氏诬女不贞，欲鸣官。乳母伴秋莲乘夜逃走，遇巨盗侯升官，杀乳母劫包裹并逼秋莲成亲。秋莲佯允，诱侯在山崖摘花时将其推坠涧中，投石砸之，旋逃奔尼庵。窃贼石敬坡见侯，将其所劫包裹掳去；因李春发对己有恩，将包裹投入李院中以为报答。贾氏见乳母尸鸣官，供出李赠银事，衙役至李处见包裹，疑李为凶手，押禁狱中，石知而探监，李嘱往好友张雁行处求救。张妹秋鸾寄居侯尚官家，侯欲卖之为娼，为石窃听，误以秋鸾为秋莲，助其逃走去见官救李春发。秋鸾投井，恰遇姜韶救之，姜伙计徐黑虎见秋鸾美，杀姜，抛尸井中，缚秋鸾而逃，遇巡按何德福，被拿获，秋鸾被安置尼庵。石敬坡告官“秋莲投井”，打捞却得姜尸，贾氏反诬石为凶手。何巡按私访逮解侯、石回衙。张雁行劫李回山，李却私逃下山入尼庵，遇秋莲、秋鸾互诉冤苦，齐赴何巡按处告状，何审明案情，判贾氏、侯升官、徐黑虎等罪，又以李春发招安张雁行有功，荐李为翰林学士，奉旨与姜秋莲、张秋鸾成婚。

石文林和杨建华将“砸涧”一折反复推敲打磨，在保持剧情完整性的基础上，只保留了四句唱词，演员也精减到两名。石文林认为，剧中的主要人物侯升官是一个净角，戏曲的表现方式要体现人物性格特点。杨建华也根据自己的演出经验，在动作设计上提出了具体意见。

最后，《砸涧》在编排时，将动作设计成“连环套式”，一环套着一环，环环紧密相扣。侯升官以“走边”疾行出台，继而“整发瞭望”亮相；在无有上门买卖的急躁中，侯升官以“甩髯口”来表达内心的焦躁不安；当侯升官惊喜地发现姜秋莲后，上前“抢夺”香袋；当姜秋莲将侯升官推下涧中，侯升官连续“翻滚”而下；继而姜秋莲以石相投，侯升官中石后以“倒扎虎”倒地昏迷；侯升官醒来后以“躄屁股”、“躄肩膀”离场。整个戏演下来，虽然只有八分钟，但是涉及腰、腿、跳、旋、跌、扑、翻、滚等等技术性动作多达20个，对演员的要求很高。

在挑选演员时，石文林和杨建华看中了碗碗腔定向班的学生刘敏（饰演侯升官，时年14岁）和秋艳（饰演姜秋莲，时年10岁）。

刘敏是个浓眉大眼的少年，眉宇之间有着一股子英气。在班里，刘敏不仅悟性好，而且能吃苦，有一股子犟劲。石文林和杨建华正是看中了刘敏这一点。因为，《砸涧》这个戏虽然是个小戏，但是含金量大，假如没有悟性或缺乏吃苦精神，这个戏是拿不下来的。

刘敏果然没有辜负大家的期望。

一次，刘敏在排练厅练习“铡草”动作。这个动作要求演员腰部柔软、韧劲好，能够以腰为轴完成脚和手的两头互颠。在练习时，稍有差池，往往会出现以后脑勺触地的现象。刘敏为做好这个动作，常常是一做就是上百个。这对于一个14岁的少年而言，是十分辛苦的。石文林站在刘敏旁边一边指导一边守护着。等到训练任务结束时，石文林发现刘敏的后脑勺上被磨掉了一小块头发，头皮也被磨破往外渗着血。

石文林一边为刘敏擦着药水，一边心疼地拍拍他的肩膀，说：“小子，练功要趁着劲儿，头蹭破了也不吭一声”？

刘敏没有回答老师的问题，眼里却盈出了一串儿泪花。

其实，“铡草”的训练还不是最苦的。在《砸涧》中，侯升官落涧受伤，迫不得已逃离时，有一段精彩的动作设计——“亶屁股”、“亶

刘敏在《砸涧》中剧照

肩膀”。这两个动作的难度很大。“躠屁股”要求演员以屁股着地，双腿抬起交互用力向斜前方蹬去，协调双臂并带动全身向前移动。“躠肩膀”要求演员倒立，双肩着地，双手扶腰，以双肩的前后交替用力来带动身体向前移动。为练好这两个动作，刘敏吃了不少苦头，常常是别的同学休息了，自己还在排练厅练功。不管是白天还是黑夜，只要有空闲，刘敏就练上一会儿。很快，刘敏屁股和肩膀上的肉磨出了血泡，血泡磨破了结成了痂瘢，痂瘢被再次磨破渗出血水，血水再结成痂瘢。在七八月的时间里，刘敏的衣服磨破了十几套，屁股和肩膀上面结了厚厚的一层血痂，血痂上涂满了紫色的药水，时常是旧痂未好又添新痂。

梅花香自苦寒来。经过艰苦的磨练，刘敏的技艺日臻成熟。

2005年3月，临汾市文化艺术学校申报组，到曲沃碗碗腔剧团预审节目，《砸涧》获得一致好评。

2005年5月，山西省文化厅审评组在临汾梨园堂对刘敏主演的《砸涧》进行了录制。录制的音像带被报送至中国戏剧家协会全国少儿戏曲小梅花荟萃活动评审组。

2005年8月，中国少儿戏曲小梅花荟萃活动在山西省临汾市影剧院鸣锣开赛。刘敏以其精湛的演技获得全场观众好评，八分钟内掌声迭起、喝彩不断。

之后，刘敏演出的《砸涧》荣获全国第九届少儿戏曲小梅花金奖。《砸涧》也成为曲沃碗碗腔历史上首度获得全国性大奖的剧目。

星光灿烂

2009年春天，天气开始暖和起来，虽然看不到盛开的鲜花，但是路边的柳枝儿已经长出了鹅黄的芽儿。

本书作者刘平和刘明管(右)研讨剧本

曲沃县碗碗腔剧团院内,刘明管(曲沃县文化馆馆长,二级编剧)和刘平热烈地探讨着参加全国“群星奖”比赛的事情。

群星奖是中华人民共和国文化部为繁荣群众文艺创作,促进社会文化事业的繁荣与发展而设立的全国社会文化艺术政府奖,至2002年期间每年举办一届,每届评选一至两个门类。从2004年开始评奖纳入中国艺术节中,每三年举办一届,分7个门类和3个组别,7个门类分别是美术、书法、摄影、音乐、舞蹈、戏剧和曲艺,每个门类分成人、少儿、老年三个组别。每门类设15个奖,每组各设5个奖,获奖作品授予“中华人民共和国文化部群星奖”荣誉称号并颁发证书、奖牌。

两个人的话题,主要集中在选题上。那个时候,农民进城务工是个热点话题。刘明管和刘平也避免不了谈论农民工的一些趣闻轶事。刘明管把自己带来的一个剧本拿出来,递给刘平说:“这个本子不错,反映的就是农民工进城的身份变化和精神渴求。”刘明管自己倾向于将这个本子进行艺术的再加工。刘平边看本子边听刘明管的想法，自己也被带动起来，觉得这个想法不错，主题和时事贴得很紧，能反映改革开放带来的变化。两人最后谈拢，先由刘明管执笔写剧本，等剧本出来后，再说排练演出的事情。

2009年8月，刘明管撰写出了一部反映农民工生活的剧本——《圆梦》。

2009年9月，刘明管和刘平携《圆梦》赴太原参加山西省文化厅组织的"群星奖"剧本评审会。评审会上，省厅的专家对曲沃的选题表示肯定，同时提出了一点修改意见，就是要把剧本和农民工的实际生活紧密结合起来，要把焦点放在农民工的真实生活状态上，不要回避社会问题和生活矛盾。

从太原回来后，刘明管不辞辛苦，连续数周挑灯夜战，先后三易其稿，终于拿出了自己感觉满意的剧本——《人约黄昏后》。

剧情大意是：一个周末的黄昏，进城务工的青年农民青山和妻

《人约黄昏后》剧照

子相约于公园山上。青山妻来到自己搭建的草棚时，却发现同村的农民工夫妻牛娃和枣花已在草棚中约会。青山赶到后，欲与妻子相欢，却屡被妻子拒绝。青山夫妻由此发生一些误会和矛盾，故事由此展开。当青山得知自己误解妻子后，两人才和好如初。不料，天气突变，电闪雷鸣。青山和妻子急欲离开时，忽然发现草棚漏雨，便将携带的被单苫在草棚子上，为牛娃和枣花的约会遮风避雨。

故事情节简单，但是反映的社会问题却是深刻的。农民工进城为城市的发展建设作出了巨大牺牲，但是，农民工的现实生存状况却不容乐观，他们的衣、食、住、行、医以及精神层面的问题依然得不到保障。剧本的再度创作，站在了一个新的高度和视点来看待问题，这为《人约黄昏后》日后能够捧回“群星奖”打下了坚实的基础。

剧本写好后，组建《人约黄昏后》剧组的事儿便提到日程上

曲沃碗碗腔剧团部分师徒合影

来。经过刘明管联系，曲沃县碗碗腔剧团把项晓娟（山西省群众艺术馆国家一级演员）请来执导，音乐设计由牛建强负责，舞美由李国强负责。演员由王建龙（饰演青山）、高爱爱（饰演青山妻）、张海刚（饰演牛娃）、黄连云（饰演枣花）等人担纲。刘平负责剧组剧务。

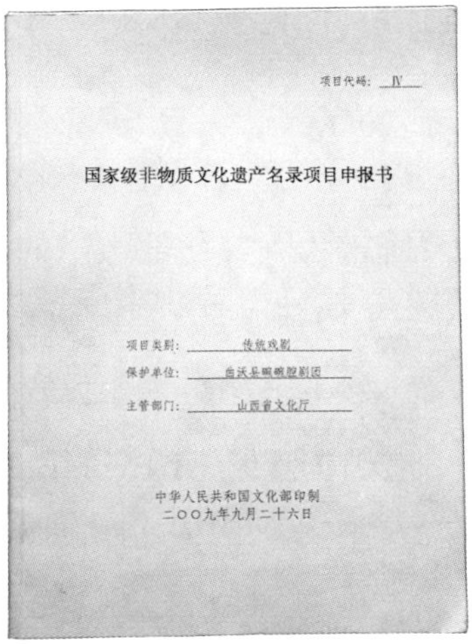

项目代码：Ⅳ

国家级非物质文化遗产名录项目申报书

项目类别：传统戏剧
保护单位：曲沃县碗碗腔剧团
主管部门：山西省文化厅

中华人民共和国文化部印制
二〇〇九年九月二十六日

在编排过程中，刘明管不止是和导演交流沟通自己的想法，还参与到碗碗腔音乐的设计中，和牛建强一起哼唱韵律，寻找能够充分抒发内心情感的、符合农民工身份特点的音乐。

2009年11月，《人约黄昏后》首度在临汾市演出，就赢得了大家的一致好评。面对好评，刘明管和刘平没有自我陶醉，而是不约而同地在思考一个问题：如何运用一种新的方式或艺术手段来表现曲沃碗碗腔这种古老的唱腔艺术，能让观众感知到碗碗腔的悠久历史和艺术魅力。

在这出戏中，饰演牛娃的演员张海刚和饰演枣花的演员黄连云一直隐身在搭建的草棚之中，是只闻其语不见其人的演员。这两个演员如何来演？如何和两名主要演员搭戏？刘明管在和刘平的探讨中，感觉如果借助皮影戏的演出方式，来演牛娃和枣花的戏，似乎更好一些。

刘明管的想法得到刘平的支持。刘平说："刘馆长，咱曲沃碗碗腔的源头就是皮影戏，20世纪60年代才改由真人演出。你让两个演员钻到草棚子里演皮影戏，我看这个主意好！一是能体现咱碗碗腔的历史，二是皮影子的朦胧美和两位主要演员的形象美相互映衬，那种艺术效果一定是极震撼的！”

2009年12月，进行过再次艺术加工的《人约黄昏后》一剧，赴省城太原演出。演出的效果极佳，多名专家一致推荐将《人约黄昏后》确定为向文化部报送的剧目，并制作了音像带。

2010年2月7日，《人约黄昏后》赴京参加全国第十五届“群星奖”小戏类别的复赛，被确定为进入决赛的剧目。

2010年5月10日，第九届中国艺术节在广东举行，第十五届“群星奖”评奖活动同期举行。曲沃碗碗腔小戏《人约黄昏后》表现不俗，赢得了评委、专家和现场观众的阵阵掌声。5月24日晚，第九届中国艺术节群星奖颁奖晚会在广州中山纪念堂举行，《人约黄昏后》荣获全国第十五届“群星奖”金奖。

“群星奖”金奖的获得是曲沃碗碗腔发展史上的标志性事件，也意味着曲沃碗碗腔的艺术之花必将越开越艳！

薪火代传

根据联合国教科文组织《保护非物质文化遗产公约》定义：非物质文化遗产（intangible cultural heritage）指被各群体、团体、有时为个人所视为其文化遗产的各种实践、表演、表现形式、知识体系和技能及其有关的工具、实物、工艺品和文化场所。各个群体和团体随着其所处环境、与自然界的相互关系和历史条件的变化不断使这种代代相传的非物质文化遗产得到创新，同时使他们自己具有一种认同感和历史感，从而促进了文化多样性和激发人类的创造力。

非物质文化遗产是指各种以非物质形态存在的与群众生活密切相关、世代相承的传统文化表现形式。非物质文化遗产是以人

张玉琴在给郝荣芳(右一)辅导新剧目

为本的活态文化遗产,它强调的是以人为核心的技艺、经验、精神,其特点是活态流变。

在非物质文化遗产的实际工作中,认定非遗的标准是由父子(家庭)、或师徒、或学堂等形式传承三代以上,传承时间超过100年,且要求谱系清楚、明确。

曲沃碗碗腔的源头可以追溯到公元1877年,它在曲沃这块沃土上已经传承发展了近140年,师徒谱系清楚,相传已至第九代,在河南、陕西部分地区和晋南一带有着广泛的群众基础,符合国家级非物质文化遗产名录项目的申报条件。

2009年9月初,曲沃县碗碗腔剧团开始填报《国家级非物质文化遗产名录项目申报书》。

在项目说明中,填报了这样的内容:

曲沃碗碗腔音乐属于板腔体。主要唱腔大致有7种基本板式(不包括“杂腔”和“辅音”):

1. 慢板，是曲沃碗碗腔中的主要板式。分苦腔慢板和欢腔慢板两种。其速度通常是J=40—70，记2/4拍子，长于抒情。

2. 撩板，是慢板唱腔的一种叠句唱法。节奏和速度可快可慢，J=40—70，记2/4拍子，适用于述说性的大段唱腔。

3. 二八板，比慢板稍快，也分为苦腔和欢腔两种。J=60—100，记2/4拍子，可表述欢快、喜悦和悲痛、愤怒等不同情感。

4. 直杆二八板，节奏和速度和二八板一样，但是在唱腔结构上没有帽子腔，并且从感情上只适用于欢快、喜悦的情况。

5. 流水，节奏性强。J=100—180，记1/4散板拍子。有大流水、小流水之分，也有苦腔和欢腔两种唱法。适用于表现激昂的情绪。

6. 尖板，是有板无眼的散板体，节奏、曲调都较为自由，伸缩性也大，擅长表现悲愤的情绪。

7. 滚白，也叫哭腔板，是无板无眼的散板体。节奏、速度更为自由，唱词可多可少，唱腔可长可短，常表现悲痛的感情。

8. 杂腔，多属于曲牌体。大多是从别的剧种吸收而来，也有的是艺人或专业作曲人员根据剧情创编而成。如，顶缸调、五字腔、勾调、莲花落等。

9. 辅音，也叫二间。不属于独立板式，是女生在唱腔拖腔。

曲沃碗碗腔的乐队分为文场、武场两个部分。以管、弦、拨、弹组成文场，以打击乐组成武场。

1. 文场主要乐器：

板胡：属于中音板胡，定弦为（5—2），是曲沃碗碗腔文场的主奏乐器，演奏可上下倒把，音域宽广、音色柔和婉转。

二股弦：又叫小叫驴，特制高音板胡，定弦（6—3），比板胡高八度，属于伴奏乐器，音域较宽、音色清脆响亮。

月琴：中音弹拨乐器，由皮影戏中领奏变为伴奏乐器，定弦为（1.5），拨法有滑、领、顿、挑等，由皮影戏中领奏变为伴奏乐器，音色清脆缠绵悦耳。

以上为碗碗腔“三大件”。文场乐器中还有二胡、小提琴、大提琴、扬琴、琵琶、笛子、唢呐等。

2. 武场主要乐器

铜碗：亦称碗碗，剧种的名称由此而来。响铜铸造，口径6cm，演奏时鼓师左手用钢钉敲击，发出“叮当”之音，是碗碗腔独有乐器。

楔子：也写“切子”，是将两块5寸响木用牛肋绳子穿起来如快板状的乐器。在唱腔和乐曲中多打后半拍，起着掌握节奏的作用，也是本剧种独有乐器。

鼓板：板用小心鼓板制成，声音尖高。既是武场的主要乐器，又是乐队的领奏和指挥。

指板：亦称撩板，声音清脆，由鼓师兼操，是演奏中掌握节奏的主要乐器。

马锣：大铜器中的主要乐器，和马锣组合使用，有时也可独奏与配合效果声。

铙钹：大铜器中的主要乐器，和马锣组合使用，有时也可独奏与配合效果声。

手锣：大小铜器中的调配乐器，可独奏。

铰子：即小钗，小铜器中的主要乐器，与手锣配合，也可和大铜器组合使用，又可作唢呐曲牌中的击拍乐器。

战鼓：多用于开打，也可独奏制造气氛和描写环境，并指挥唢呐曲牌的演奏。

曲沃碗碗腔第六代传承人刘平

曲沃碗碗腔第七代传承人解红旗

曲沃碗碗腔第八代传承人郝荣芳

堂鼓：多用于起兵、迎亲、饮宴，也可制造舞台气氛。

除以上主要乐器之外，还有云锣、道锣、京锣、木鱼、梆子等。

曲沃碗碗腔的打击乐点，同唱腔板式一样分为慢、中、快、散四种类型。又分为大铜器和小铜器两个种类。大铜器有气势、有魄力，宜于表现悲壮、喜悦、欢快的情绪。

曲沃碗碗腔曲牌分为丝弦曲牌和唢呐曲牌。其中，丝弦曲牌有《南坡乐》、《北坡乐》、《滚雪球》、《扫雪》、《苦相思》、《观金扇》等30余首；唢呐曲牌有《朝天子》、《拜场》、《小开门》、《迎亲》等40余首。

从上述内容中，我们可以看到曲沃碗碗腔的唱腔、音乐、乐器、曲牌已经形成了自己完整而独特的风格。但是，这种完整独特的艺术风格，并不是一开始就具有的，而是其在100多年的传承发展中，不断吸收和融合曲沃秧歌、蒲剧、眉户和曲沃民间曲牌的音乐元素，逐步和当地文化形成相融共生的关系，从而实现了碗碗腔戏曲艺术的地域化，由此而产生了一个新的戏曲艺术形式——曲沃碗碗腔。

曲沃碗碗腔第八代传承人杨建华

当然，曲沃碗碗腔在其发展历程中，还有一次质的飞跃。20世纪60年代，碗碗腔皮影戏改由演员演出。这次改革，曲沃碗碗腔吸纳了秦腔、蒲剧、越剧、川剧、眉户等诸多剧种的表演程式以及装扮风格，广纳众长，兼容并蓄，让碗碗腔唱腔艺术在一个全新的、更加广阔的空间里得以迅速发展。这就为曲沃碗碗腔在20世纪60—90年代风靡晋南乃至周边省、市提供了一种可能。虽然历史不容假设，但是，假若真的没有那一次戏改，也许就没有今天的曲沃碗碗腔了！因为从艺术传承的角度来讲，这次戏改的实质是为碗碗腔艺术培养和储备了一批传承人。

曲沃碗碗腔第八代传承人甘红

2009年9月16日，曲沃碗碗腔通过山西省省级非物质文化遗产保护工作专家组论证，向文化部申报国家级非物质文化遗产名录。

2011年5月23日，国务院公布第三批国家级非物质文化遗产名录，曲沃碗碗腔入选扩展项目名录(传统戏剧类，项目编号Ⅳ—49)。

2011年9月，刘平、解红旗、郝荣芳等三人被评为山西省非物质文化遗产项目代表性传承人。

刘平，男，汉族，1963年生，大专文化，曲沃县东关村人，曲沃碗碗腔第六代传人，现任曲沃县碗碗腔剧团团长。1974年考入曲沃县碗碗腔剧团，师从张保保、张玉琴等碗碗腔名师，主攻小生。曾在《打金枝》、《十五贯》、《困铜台》等20余部剧中担任主要演员。1982年后，开始从事戏曲编导和传徒授教工作，先后执导过《赵兰英进京》、《砸涧》、《责任》、《少国公》、《梁红玉救岳》、《清风亭》等剧作，带徒传艺90余人。

解红旗，男，汉族，1964年生，曲沃县西张寨人，曲沃碗碗腔第六代传人，现任曲沃县碗碗腔剧团副团长。1977年考入曲沃县碗碗腔剧团，师从张保保，主攻丑角。曾在《春江月》、《卖裤子》、《东边日出西边雨》、《责任》等剧中担任主演。

郝荣芳，女，汉族，1966年生，曲沃县西张寨人，曲沃碗碗腔第七代传人。1979年考入曲沃县碗碗腔剧团，师从王梅，主攻正旦。曾在《少国公》、《莫愁女》、《恩仇记》、《三进士》、《酷情》等剧中担任

曲沃晋园仿古戏台

主演。

2011年9月，杨建华（曲沃碗碗腔第八代传承人）、甘红（曲沃碗碗腔第八代传承人）被评为山西省临汾市非物质文化遗产项目代表性传承人。

春色满园关不住，一枝红杏出墙来。曲沃碗碗腔被列入国家级非物质文化遗产名录后，将由政府出面予以保护扶持，这将对曲沃碗碗腔的发展与传承起到巨大的促进作用。

也许，在不久的将来，曲沃碗碗腔这朵戏曲百花园中的小花，将再次迎来一个满园芬芳、争奇斗艳的春天！

跋

牛春平

曲沃碗碗腔是从乡间搭台唱戏的皮影戏班发源，新中国成立后，在党和政府的关心支持下，成长起来的一个独具特色的优秀地方戏曲剧种。尤其是，20世纪60年代碗碗腔搬上大舞台一举成名之后，先后创作演出了数以百计的优秀剧目，在晋南一带颇负盛名，许多剧目至今盛演不衰，受到广大民众的喜爱。

我在汾西工作时，就听说过曲沃碗碗腔，也产生过一睹碗碗腔风采的想法。但是，多年以来，由于戏曲演出市场的不景气，地方剧团很少外出演出，我的愿望也就一直搁浅。不曾想到，后来组织上选调我到曲沃任职，并且分管思想文化宣传工作，这不仅圆了我的梦想，还给了我一个深入了解曲沃碗碗腔艺术魅力并倾力扶持它发展壮大的机会。

多年来，曲沃的宣传文化工作可以说是捷报频传，尤其是曲沃碗碗腔剧团接连捧回了中国戏曲“小梅花”金奖和全国第十五届“群星奖”，鼓舞了人心，给“文化立县”工作增添了光彩。2011年5月，曲沃碗碗腔被列入国家级非物质文化遗产名录，再次充分证明曲沃碗碗腔是我国地方戏曲文化中的一朵奇葩，是我国戏曲文化宝库中的宝贵遗产。保护好、传承好曲沃碗碗腔戏曲艺术，是我们责无旁贷的义务。

在传承保护方面，曲沃碗碗腔剧团克服诸多困难，收集整理老剧本30多套，录制老艺人特色唱段68段，恢复编排了13部优秀传统剧目，“送戏下乡”上百场。特别是，在撰写《铜碗金声》的过程中，为整理好曲沃碗碗腔百年传承史，县委宣传部、县文体广电新闻出版局从策划到创意作了许多指导性、服务性工作。刘平、史建荣两位执笔人员，更是不辞辛苦，多次赶赴陕西大荔县采访掌握第一手资料。为弥补皮影戏研究资料不足的缺陷，他们查阅史料典籍、深入民间考察、走访专家学者，终于理清了碗碗腔皮影戏在曲沃的传承脉络。据我了解，他们先后读阅的资料超过了100万字，购买博士专家皮影戏及碗碗腔研究论文6套，走访调查演员群众200多人次，收集照片600余张，掌握了大量珍贵详实的资料。《铜碗金声》全书共分十一章，记载的历史跨度超过了一百年，真实再现了曲沃碗碗腔八代代表性传承人的艺术追求。其间，既穿插描述了不同时代背景之下的艺人演员风骨，还整体呈现了曲沃的地域特点、历史文化、民俗风情，读之引人入胜又倍感亲切。可以说，《铜碗金声》不仅仅是一部填补我县地方戏曲研究空白的纪实文学作品，更是一部大力弘扬晋文化、保护传承地方戏曲文化历史的力作。

但是，我们所做的工作还只是一个开始。在传承保护曲沃碗碗腔这一优秀剧种方面，我们还有大量的工作需要去做。比如，传承保护的问题，如何做到薪火代传后继有人？如何让我们优秀的地方戏曲文化在市场经济的冲击之下重新振兴？这都将是一个新的课题，值得研究。还有就是，传承与创新的问题。这就需要我们从传承弘扬民族文化和晋文化的战略高度，自觉承担起振兴地方戏曲艺术的使命和责任。既要继承好曲沃碗碗腔经典传统剧目，把那些立得住、传得久，经得起时间和观众检验的老剧目传承好、演绎好，保持魅力不衰，还要贴近现代观众的欣赏习惯和生活方式，适应新时代的传播特点，大力推动碗碗腔戏曲艺术创新发展，使之展现新魅力、焕发新光彩。

在《铜碗金声》付梓之际，我要感谢那些为曲沃碗碗腔艺术付出终生心血和劳动的老艺人、老演员，是你们代代相传的不懈努力成就了这朵戏曲艺术奇葩；感谢那些喜欢和热爱曲沃碗碗腔的广大人民群众，是你们滋养了我们的艺人和演员、丰富了碗碗腔戏曲艺术。我还要感谢那些为本书提供过诸多帮助的各级领导同志、各界人士，感谢责编孙琳同志对这本书的悉心阅读和编辑，没有你们的支持和激励，也就没有本书的成功出版！